ちくま文庫

出久根達郎の古本屋小説集

出久根達郎

筑摩書房

目次

古本屋のにおい

猫じゃ猫じゃ

閑《ひま》を売るのが古本屋の商売かもしれぬ、とそのころ私は冗談でなく、そう考えていたのである。

暇を買うのは、むろん繁忙の人である。けれども忙しい人は買物にでられぬ。ならば古本屋が暇なのは、当然の理であった。

開業当時、私はまだ独身であったが、なさけないことに、そのひとり口さえ養えなかったのである。てんで、客がない。

開店日は暑いさかりであった。はりきって早朝に飛び起き、店のカーテンを閉めたまま準備にいそしんでいると、学生らしいふたりづれが店の前で立ちどまったのが、影の動きでわかった。

「フルショ……？　ヨシマサドウ？　ここ、なに屋だろう？」と一方が一方に聞いている。

「書道用品の店じゃないか。セコハンの」

「なんだ、習字屋かあ」

　表のガラス戸に「古書肆《こしょし》　芳雅堂」と大書してある。古書肆はともかく、わが屋号は音読してもらいたかった。幕あけに、不吉な思いがよぎったのである。

　午前八時三十分に開店した。玄関に水を打ち、縁起に盛り塩をし、千客万来を願った。

　ひときわ暑い日で、帳場に不動で座っていても、背中を汗が流れた。そのうちシャツがうつし絵のように背に張りつく。冷房装置を買う余裕がないので、もっぱら大判のうすい雑誌であおいで、扇風機がわりである。最初は優雅にあおいでいたのが、いつのまにか発動機のような音をたてている。客のこないいらだちと、さきゆきの不安が、発動機と化したのである。

　午後二時、ようやく客あり、金とともに来たる。しかも、ベッピンのうら若き女性。皮切りの客が女性だと、その日の売りあげは抜群、とわが業界では信じられている（これがふしぎに当る）。かくて、あるじの手動式扇風機は、とたんに蚊の羽音に変じた。

　愛らしい女性客は、何かおちつかぬ様子で書棚をながめていたが、決然、こちらに向きを変えた。突進するように、歩いてきた。

「あの、……」

「いらっしゃい。はいはい。なんの御用でしょう？　古書高価買入、御報即参上」

「トイレを、貸していただけませんか？」

はじめのうちこそ予想外の閑古鳥に気をもみ胃を痛めたが、そのうち慣れっこになってしまった。なんとかなるだろう、と腹をすえたら、なんとかなるのである。開き直ってみれば、毎日が気散じなものだった。

背中に張りつく汗のシャツが気色《きしょく》わるくて、日が落ちると店をあけっ放しで、近所の銭湯にでかけたのである。つり銭だけは懐中にした。泥棒の心配は、これっぽちもない。私の店は住宅街のまんなかにありながら、野なかの一軒家も同然であったのだ。

ひと汗流して鼻歌まじりで帰ってくると、帳場の机に、大きな梟《ふくろう》が止まっていた。梟ではない。そっくりの眼と背恰好《かっこう》の、猫であった。

私の顔を見ると、ニヤリと笑った。笑ったような気がしたが、事実は口を歪《ゆが》めてニャアとないたのである。そして屈伸をし、あくびをし、今度ははっきりと口をあけてないた。長湯すぎる、と文句を言うような鳴き方である。地響きをたてて机から飛びおりた。よほどの体重だった。

なんと、猫がすわっていたあとに、現金がある。千円札が一枚と百円貨が三枚。それと一三〇〇円の数字が書きこまれた本のシール。

客が私のるすに本を一冊求めていったらしい。店番の応答がないので、勝手にシールを外し、相当額を置いていったのであろう。梟猫は金を尻に敷いて守っていてくれたのである。あるいは、この猫が、売ってくれたのかもしれぬ。

ありがとうよ、と不二家の「ペコちゃん」のような頭をなでてやった。とたんにノドを鳴らして、私のふくらはぎに身をすり寄せた。意外に人なつこいのである。

この猫は古本屋が気にいってしまったらしい。

私が銭湯から戻ってくると、必ず机の上にすわっている。店番交代という顔で、いれかわりに往来へゆっくりとでていく。毛並に艶《つや》があり、おっとりとした挙措や、面相に険がないところから察すると、野良ではないらしい。しかしどこの飼い猫かわからない。

いつだったか、そしらぬ振りして、あとをつけたら、急にふり返り、ふり返ったと思うとすぐ早く民家の塀の破れに走りこんでしまった。

数日後、何事もなかったような顔をして、机の上にしゃがんでいる。

偶然といえばそれまでだが、この猫が店番している日は、奇妙に売り上げがよい。その日はつまり私の入浴日で、ふだんはお前が汗くさいから客が寄らないのだよ、と友人たちはひやかしたが、私は猫の徳である、と思いこんだ。

むかし読んだ夏目漱石夫人の思い出話に、『吾輩は猫である』の「わが輩」にふれた箇所がある。迷いこんできた汚ない黒猫を、漱石のお声がかりで飼うことになった。猫はお鉢の上で暖をとったり、腹ばって新聞を読んでいる漱石先生の背中に飛びのったり、気ままなもの。夏目家出入りの者が、この猫は爪まで黒い、こいつは珍しい福猫というもので、大事にすると家運隆盛まちがいない、と吹きこんだ。ほどなく黒猫をモデルの小説がベストセラーとなり、予言通りになった。

わが店の番猫は茶虎であって爪も黒くないが、どうやら福の神らしい。というのは、売りあげの急増が偶然や思いすごしでないからだった。こういうことだった。

梟猫はいつのまにか、わが店を根城にしてしまった。私が出前のフライ定食のアジを丸ごとくれたら、にらみつけながらかぶりつき、それをしおに当然のような顔をして居ついてしまった。ときどき、たぶん用を足しに行くのだろう、戸外にでる以外はずっと店にいる。机に丸くなって眠っている。客が入ってくると、それが役目の如く、起きあがって見張っている。

近所に愛犬美容学校があり、十代の生徒（ほとんど女性である）が、昼食時に列をなして店の前を通る。彼女たちは古本などに関心がなく素通りである。

ところがある日ひとりが気まぐれにこちらをのぞいて、「あんな大きな猫がいる」と張りあげた。付和雷同が特徴の現代っ子たちが、わっと大挙して、狭い店内に押し入ってきた。「大きい」「オッキイ」「驚き」「貫禄」「ねえねえ、この鼻の頭みて。ビワみたい」

口々にさえずりながらペコちゃん頭をなで、体、しっぽに触れる。あるじなど眼中にないのである。そこへ次のグループが通りかかり、この騒ぎに加わる。店内は犬猫好きの若い女性であふれてしまった。梟猫はのどを鳴らして愛想がよい。さんざんいじられても悦に入っている。

この猫の雌雄がわかるか、と彼女たちに聞いてみた。別に冗談ではなかったのだが、彼女たちは、「いやらしー」と歓声をあげた。どうやら雌らしい。

彼女らは休校以外は必ず当店に寄り道する習慣を作ってしまった。ひとしきり店内が華やぐのである。むろん彼女たちは、ひやかし以下の客であるが、おかしな現象で、彼女らの色香に誘われたように、若い男たちが集まってくるようになった。彼らは女たちと猫との交歓を横眼でながめたあと、手ぶらで出て行きづらいらしく、お義理で一冊二冊買っていく。類は友を呼ぶ。たてこんだ店は人の気をそそる。熱気とは恐ろしいもので、貧しい商品もひときわ燦然《さんぜん》と放光し、ささやかなわが店は、めざましい売りあげをはじきだす優秀店と変じてしまった。梟猫のおかげである。

私は以後、験《げん》をかついで、こいつを「ふくろう」と呼ぶことにした。梟でなく、「福郎」である。雌猫の名前にしてはキテレツだが、要するにこれなら人前でも照れずに呼べるからであった。

ある晩、私が寝床に腹ばって帳簿をつけていると、足もとで誰かが含み笑いをした。ふりむいたが、誰もいない。しかし、ものの気配はする。入口のふすまが二十センチばかり開いていて、そこから、あるかなしかの風が流れてくる。私は尚もふすまの隙をにらんでいた。

するとふいに福郎のペコちゃん頭が、ま横にぬっとあらわれた。首を傾けて私の様子をうかがったのである。私と視線がかち合うと、あわててひっこめた。

それとなく注意してみると、どうも時々、私の動きをのぞき見している気配である。

どういう了見か、むろんわからない。しかしなんとなく気味わるい。

きみわるい、といえば、閉店後うす暗がりの店の隅に、向うむきで何事かしている様子だったが、私の足音を聞きつけると、ギョッとした顔でふり返り、うわずった声でないた。福郎の方も驚いたらしいのである。老女が背を丸めて、らちもない細工に夢中の恰好に似ていて、いかにも怪しい。福郎はのっそりと立ち去った。

一体なにをしていたのだろう、と隅に近づいて検分したが、別段かわった節もない。通路の行き止まりに、客から仕入れて未整理の本が積んである。福郎はその本の背をながめていたらしい。

その時は気にもとめずに見すごした。何日かして、再び同じ場所にうずくまっている福郎の後ろ姿を目撃した。やはり驚いたように急にふりむき、ところが振りむいた表情が、だらしなく笑っている。そうじゃなくて目尻を下げ、半開きの唇からヨダレを流しているのである。

「どうした？」と声をかけると、甘えたようになき、病気ではなさそうだった。通路の本の山に顔をすりつけている。今までもそうしていたらしいのである。なんだか、ただごとではない。そこら一面ヨダレの跡である。本にもぬれたシミがある。本に何かついているのだろうか。未整理品は三十年前の人名事典ひと揃いと、数学の雑誌。ろくなものではない。だから片づける張あいも起きず、いつまでもここにうっちゃってある。こごんでかいでみた。古本特有のしけたにおいと、ヨダレの生ぐさいようなのが、かすかに鼻先にきける程度で、たとえば猫族の好むマタタビや魚のような独特のにおいはない。しかし猫が目を細め、ヨダレを流して恍惚となるものは、他に何があるだろう？　異性の体臭か？　人間の嗅覚では捕えられぬ、何か特有のにおいが付着しているらしいのは確かだ。

　この本の入手時を思いだしてみた。福郎がわが店にあらわれる数カ月前のころである。

　Kという、出入りのチリ紙交換業者が運んできた。

　Kは一時間後に再度やってきた。手ぶらできて、思いがけぬことを言いだした。さきほどの本を返してくれ、と言う。いや、厳密には貸してほしい、と頼むのであった。

　わけを聞くと、車のタイヤがパンクしたが、あいにく予備を積んでいなかった、持ちあわせも足りない、それでさきほど引き取ってもらった本を貸してほしい、よその古本屋へ持ちこみ金に換える、とこう言うのであった。

　私としては、いったん買い入れた品を同業者に回されるのは面白くない。金を貸そうと代替を申しでると、いや借金は気が進まないし、第一あなたに申しわけがない、と尻ごみする。私にすればどの道同じことなのである。

　押し問答のあと、先方はしぶしぶといった体《てい》で、私の申し出を受けいれた。どっちが借りぬしだかわからない。

「いっぺんに返してくれなくてよいよ。まとまった額を作るのは骨だろうから、こうしよう、今後あなたが持ちこむ本の買取り代金から、なしくずしに差しひくことにしよう。どう?」

「いやも応もないよ。ありがた涙だよ。本屋さんが腰ぬかすような、いいネタをジャンジャン運んできます。恩に着るぜ」

胸をたたいてうけあったが、それきりであった。私は、してやられたのである。

こういうケースは珍しくないらしく、同業者のほとんどが、似たような煮え湯をのまされているのを知った。Kのようにドロンをきめこむ者もいれば、約束通り品物をせっせと持参するけれども、ろくでもない物ばかりを選んでくる。値がさの尤物《ゆうぶつ》は、ちゃっかりよそへ回して金に換えてしまうのである。そりゃそうだ。借金分を差しひかれて一銭ももらえないのでは、損した気分になろう。それが人情というものだろう。考えようによっては、人をなめた、いけ図々しいやり方をされるよりも、Kのように、ひと思いに高飛びされた方が、いっそあとくされがない。

しかし、やはり多少のいまいましさがあって、Kの置きみやげを片づける気になれなかった。ずいぶん高い買物についたのである。おまけに猫がヨダレを流す得体の知れぬ香を放つ本。

全体Kは、どこからこいつをひろってきたのだろう?

その後も福郎がしきりに執着するので、なんだか気色わるく、いっそ処分することにした。

とりあえず人名事典のひと揃いを、市場に持ちこんだ。翌日の市で始末するつもりであった。

数学の雑誌は戦前の発行で、とりたてて言うほどの内容と思われぬ。私がKから買いうけたとき、値を踏んだのは人名事典だけであった。これとて良い値を出したわけではない（結果としては逆になったが）。数学雑誌はおまけで引き取ったので惜しげはない。けれども古本屋の習い性（もったいながり）で、捨てる気にはなれないのである。何かに活用できまいか、とつおいつしているところへ、小金井さんというお得意が顔をだした。

折よく、とはこのことだろう。小金井さんは高校の数学教師であった。日頃買う本は数学関係ではなかったけれど、もしやこの雑誌お役に立ちはしまいか、と聞いてみた。

「お使いになれるようでしたら差しあげます」

小金井さんは、ホウという表情をして雑誌をめくった。

「おいくらだい？」

「なに、進呈します」

「本屋さんは本が商売じゃないか。大根をもらうならともかく、本をただでいただくわけにはいかないよ」

小金井さんは堅い人なのである。

「でしたら、おぼしめしで結構です」

「値をつけて下さい」

「つける程の値もないんですが、お気がすまぬなら千円でどうです?」

小金井さんは、ふっと黙りこんだ。

「あの、――五百円で構いません」あわてて言いなおした。

「本屋さんはだめだなあ」苦笑した。「商売人は自信を持たないといかんよ」

結局、千円で手打ちとなった。

通路がきれいさっぱり片づいた。福郎は様相一変の跡をかぎまわっていたが、特別の執着もみせず、じきに机上にまるくなってしまった。

市場の日は、店を「本日休業」にして出かける。仲間と語らって時に帰宅が遅くなるので、さすがに福郎に店を預けるわけにいかない。昨日運んだ人名事典の結果を確かめに出かけたのである。

はしご酒の相棒にいきなり、「うまくやりやがったな。昼をおごってもらうぜ」と背中をどやされた。

「たまには良い目を見せてもらうさ」

おや、思ったよりうわ値でさばけたのだろうか?

「ウナ重じゃすまねえぞ」

仲間は笑っているが明らかに羨望の口調である。

会計方で売上げ票をもらって、あやうく小便をしびるところだった。胸算用より二桁多い数字が並んでいる。さあ大変だ。体がふるえだした。

「持ちつけない金額を握ったので、魂をふっとばしたな」さきほどの仲間が、どうやら待ち構えていたのである。

「人名事典ってこんなにも高いのか？」

正直におのが知識不足をうちあけた。

「よっぽど仕入れを値切ったようだな。罪深い野郎だ。まあ日本では、こと人名事典だけは、ろくなのがでていなくてね。お前さんが持ちこんだのは、なかで、ましな方なのさ」

ずいぶん古いものだったが、とまだ信じられぬ。

「復刻ができるという噂があるから、お前さんいい潮時に処分したと思うよ」

「ウナ重でいいのかい？　三つ四つ取ろうか？」

「ウナギで殺されてたまるか」

Kに貸した金が何倍にもふくらんで戻ってきたわけだった。悪党に見えたKの顔が急に菩薩に変じたのだから、現金なものだ。けれどもその菩薩は、杳《よう》として消息が知れぬゆえ、大もうけのお裾わけは、福郎のナマリ節に化けた。ヨダレを流して、こちらの注意を引いた福郎にも、当然、分け前に与《あず》かる権利があろう。

公務員に夏のボーナスが支給された、との新聞記事がでた翌日、小金井さんがひとり笑いしながら現われた。

「これ、手みやげ」紙袋をさしだした。

「甘食。知ってる？」

「いやあ、なつかしいですねえ」

卵味のトンガリ帽子型パンである。

福郎が、あたしにも見せよ、とばかり袋をのぞきこんだ。

「この猫、足が悪いね？」

「いいえ。どうしてです？」

「気のせいかな。ひきずるような歩き方に見えたから」

「片足だけ折り曲げた不自然な姿勢で寝ていたから、しびれたんでしょう」

「実は本屋さんを甘食だけであざむくつもりだったんだが、やはり後ろめたいから白状しちまうよ」

「なんです？」

「この間ちょうだいした数学の雑誌だがね」

落丁でもあったか。

「なに、状態は完全だがね」

「お気に召しませんでしたか。ひきとりますよ」

「とんでもない。というのはね」

小金井さんは入ってきた時と同じようなひとり笑いをもらした。

「やはり、この猫、おかしいよ」

「もったいぶらずに教えて下さいな」

「聞いてから恨まないでくれよ」

「自分で申すのも野暮ですが、度量はわりあい広いつもりです」

「失敬。実はね雑誌をぼくの恩師に見せたらね、……いや、やっぱり悪いかなあ。プロのあんたにこんな話をするのは厭味じゃないかなあ」

「水臭い。派手な前置きだけで、おあずけなんて、それこそ殺生ですよ」

小金井さんは私が某古書店の小僧時代からのおつきあいである。あきんどと客、という通りいっぺんの関係より、も少し親密であった。私より三つ四つ年上だが、つい友だち同士のようなやりとりになる。

「がっくりするなよ」

「ご心配なく」

「分け前をせがまれても断わるよ」

「大もうけでもしたんですか？」

「そら目の色が変った」

「あきんどだから無理ないですよ」

「だからさ打ちあけづらいんだよ。あの雑誌、ありゃあ並大抵じゃないんだよ。ぼくは専門のくせして知らなかったんだがね、稀覯本のお職だ、と恩師が興奮してね、是非ゆずれとせがむ。ことわれませんよ。恩師の口ききで某大学が買い上げてくれる首尾になったんだが、恩師がつけた買いあげ代金が、――」

小金井さんはいったん言葉を切って、溜めた息をゆっくり吐きだすように金額を告げた。

「ヒェー」と私は万歳して飛びあがったが、なに、おどけたのである。けれども驚いたのは本当であった。

「でね、あんたにもボーナスをあげなくちゃ寝ざめが悪いんで、はるばるとまかりいでたるに候、さ」

「分け前は無用と謝絶したばかりじゃないですか」

「あれはね、ぼくの冗談。あんたをからかったんだ。これからは、まじめな話。桃太郎じゃあるまいし、団子ならぬ甘食だけで、あんたを丸めこむ魂胆はない。ぼくにも良心のカケラ位ありますよ。梅干の天神さまほどのカケラですがね」

私は人名事典の一件をうちあけた。十分に利益は得ている、と負けおしみでなく辞退した。

「お言葉に甘えて、それじゃわれわれにこの福をもたらした福郎に、ほうびをあげて下さい。ナマリか何ぞ。それでこの話、おつもりにしましょうよ」

「あんたのガンコには、わしゃ、かーなわんよ、は古いか。それじゃこうしよう。お礼にぼくの本を整理する。いや、ただじゃない。あんたに買いあげていただく。それと、この猫に伊勢海老を贈ろう」

「甲殻《こうかく》類はだめですよ。腰を抜かしてしまいます」

「びっくりして？」

「譬喩《ひゆ》じゃなく文字通り。猫には禁物なんです。飼い方の教科書にでてました」

「初耳だねえ。それじゃ鮭罐《かん》を贈ろう」

福郎が子供の礼辞のように恥ずかしげに短く鳴いて伸びをし、さて散歩にお出ましである。

「あれ？　もう腰を抜かしているんじゃないか？　あの歩き方、やっぱり妙だよ」

確かに右の後ろ足、ずるような、ぎこちない運びである。

小金井さんの見立は当っていた。その夜、福郎の様子がおかしい。おのが寝所の机上で、癇性に足踏みをする。足の裏が腫《は》れている。腫れてかゆいらしい。いたたまれなくて足を床に打ちつけるようにする。やがて、うろうろと場所をかえ、おちつかない。原因がわからない。福郎は（私もだが）夜っぴて、まんじりともしなかった。

翌朝、食欲もなく、ぐったりしているのが哀れで、駅前の犬猫病院に抱いて連れて行った。

医者は念を入れて診察してくれたが、皮癬《ひぜん》ではなく、観察を続けた上でないと断定できないけれど、アレルギー性疾患くさい、ととりあえず痒《かゆ》み止めの注射を打ってくれた。命には別状ないが、かなりやっかいなような口ぶりであった。今後通院の際は籠《かご》に入れてくるように、と注意された。伝染病の隔離ではなく、猫は何かで驚いたりすると、ふところから飛びだして行方知れずになるから、というのである。しかし福郎は観念したようにおとなしく抱かれたままで、ふびんなほどだった。

近道を選んで帰ってきた。途中に、同業の店がある。店内から若い男が小走りに出てきて、あやうく鉢あわせするところだった。お互いに、のけぞるように立ちどまった。見ると、チリ紙交換のK。「や」「や」と、相手とこっち、同時に発した。

「猫、ひろってきたんスか」とKがてれくさそうに指さした。

「どうしている?」とこちらは相手の安否を問うた。

「貧乏ひまなしでね」と笑った。

「お見限りだね。これでも心配していたんだよ」

相手は皮肉と受けとったようであった。色をなした。

「忘れちゃいませんよ。おれは卑怯者じゃない。げんに返しに何度もお宅に行ったんだ。本当だ。入ろうとして、いつも引き返した。悪いとは、そりゃ思っているさ」

「いや、借金はいいんだ」私は赤くなって、うろたえた。Kの品物で大もうけしたのを思いだしたのだ。少なからず、やましいものがあった。正直に告げるべきか、頰かむりしちまうか。

「お宅の店は、若いギャルがいっぱい集まっているだろう？　だからさ、おれ入りづらいんだよ」Kが意外なことを言いだした。

「おれは、こんなババっちい恰好だろ？　紙クズ、トラックに積みあげてよ。おれにも外聞というものがあらあな」

「悪かったね」そうは思わなかったが、私は頭を下げた。

「あやまることはないさ。あとで改めてうかがうよ。背広に着がえてよ」

「待っている」

猫を抱いての立ち話はみっともないし、ふたりきりの時、持ちこみ品の「大化け」(古本屋の市場用語で、意想外の高値にさばけることを化ける、という。それの最もはなはだしきを、こう称する）をうちあければよい。少しでも先にのばしたい気もちなのである。

Kは、しかしそれきり現われなかった。若いギャルうんぬんは、あるいは口実だったかもしれぬ。

福郎は一向に本復しない。例の足バタバタは続いている。そのうち右の耳を、アブの羽のようにふるわせるようになった。しもやけの症状に耳のつけ根がふくれている。暗くて狭い場所にひそもうと、盛んに家中を徘徊する。体の変調におびえている様子である。そしてある朝、福郎の姿が消えた。

小金井さんが数学のなんとか賞を受賞した。ほぼ同時に奥さまが書道展で文部大臣賞を獲得した。更に一番上の娘さんが、化粧品のクイズに当るわ、おばあちゃんが「シルバー・ヘアコンクール」で銀杯をもらうわ、小金井家はつづけさま福神の到来で、てんやわんやであった。

約束の古本払い下げも、だから、ずいぶんのびのびになっていたのである。

小金井さんの自宅を訪れるのは初めてだった。

失礼ながら高校教師という職業から、それなりの住まいを想像していたら、とんでもない、大実業家の大邸宅なのだ。

私はうっかり裏口にたどりついてしまったが、正門に回るのに、えんえんと石塀が続く。塀の向うのクヌギ林で人声がする。小金井さんらしくは聞えなかったが、念のため大声で呼んでみた。すると、逆の方角から、当人の声がかかったのでびっくりした。邸宅と道をへだてて小公園があり、そこに小金井さんがトレーニング・パンツ姿で足踏みしていた。

「初めての来訪者は、まず十中八人が迷うんでね、迎えが必要なんだ。あんたもやっぱりだった」

「このすごい屋敷じゃないんですか?」

「悪い冗談だぜ。そこは大使館だよ」

「どぎもをぬかれましたよ」

「こっちの言い草さ」

　小金井さん宅は相応のたたずまいであったので、なんだか安心した。玄関先に猫が三匹寝そべっていた。見まわすと、あっちにもこっちにも、大きいのや小さいのが、いる。福郎の異常にめざとかったのも道理、なんだ、小金井さんは隠れ愛猫家らしい。しかし相手が何も言わないので、黙っていた。

　家人はるすということで、まっすぐ書斎に通された。踏みこんだとたん、「おや」と私は立ちどまった。

　見覚えのある雑誌がある。いつぞや千円の押し問答を展開した、あの雑誌。

「ああ、それ」と小金井さんがふり返った。

「なにしろ高額なんでね、大学の図書館の手持ち金が足りないんで、新年度の予算を組んだ上で買う、というなりゆきになった。それまでお預かり願いたい、というのさ」

「邪魔でしょうに」

「最初は、そうだった。ところがね」

　小金井さんはウインクした。

「しだいに愛着がわいてきてねえ。手放しがたくなってきた」

　私はあいづちを打った。

「稀覯本で高価なものとわかったら惜しくなった。いや金の問題じゃない。この世にいくつとないものを、この自分が所持していると考えたら、ふしぎだねえ、あたかも自分がこの稀覯の品そのものであるような気がしてねえ。人間、珍奇な物に病みつきになる理由も、この錯覚の楽しみだろうと思う。これはしかし危険な誘惑だねえ。へたすると人間性を失うような気がする。自分が物として見えてくる、ということは、人間をそうとしか見ないということだ。そこにまた金の価値がからむと、……ブルブルだね。それに」

小金井さんは再びウインクした。

「この雑誌がわが家にきてからというもの、奇妙に喜びごとが多くてね。なんだか手放したくないんだよ」

「おや」とまたまた、けげんが私の口をついてでたのは、窓外に福郎を見つけたからである。

植こみの蔭を、ペコちゃん頭の茶虎が、おびえたように這いずった姿勢で、向うへ歩いていく。足をひいているように見える。姿を消す直前の、福郎の恰好だ。

「福郎」思わず呼ばわっていた。

聞えたかの如く立ちどまってふりむいた。こちらを見つめている。福郎のようであり、違うようでもある。

「野良猫なんだよ」小金井さんが狆《ちん》のような顔をしてクシャミした。

「となりがうっそうとした庭だろう？　小公園は子供たちがたむろして食物カスだらけ、

えさを狙っていつのまにか野良猫のすみかなんだ。そいつらがうちにもくぐってくるんだよ。ちかごろ馬鹿に多く集まってくるんだ」

「玄関で日なたぼっこしていたのもそうですか？」

「うちは全員猫ぎらいなんだ。だけど、ほら猫は化けるだろ？　邪険に扱うと、たたられるからね。それに数学雑誌の入手と、軌《き》を一《いつ》にして集まってきたんでね、彼らは福の神の使いかもしれないじゃないか」

「どうやら、うちにいた猫じゃなさそうです」茶虎に見えたのだが、どうも茶の斑《まだら》のようなのである。

「まさかねえ」小金井さんは再びクシャミをした。

「猫の顔ってどれも似たりよったりだからねえ。うう」と続けざまに放った。

「だれか、ぼくのうわさをしてやがる。猫どもかもしれんぞ」

　小金井さんが入れてくれたコーヒーを飲もうとして、スプーンを床に落した。ひろいあげるとき気がついたのだが、書斎の床はほこりと猫の毛だらけであった。小金井さんがクシャミするのも無理はない。小金井さんは、あるいはご存じないかもしれないが、この部屋こそ連中の隠れ家ではあるまいか。そう考えて、なんだかゾッとした。小金井さんは最近やたら集まってくる、と言った。あの数学雑誌の、人間には感知できぬにおいに、おびき寄せられてくるのではないか。

　帰途、天啓のようにひとつの情景がひらめいて、私はまるっきり考え違いをしていたらしいのである。

福の神は福郎でなくて、Kが運んできたあの本だったのだ。頭にうかんだ情景というのは、小金井さんの姿だった。今ごろあの人はひとり書斎にこもって、陶然と数学雑誌をいとおしんでいるに違いなかった。目を細め、よだれを流しながら。

福の神を手放してしまった後のわが店の有様は、報告するまでもあるまい。ご想像の通りである。

(『無明の蝶』講談社、一九九〇年、所収)

カーテンのにおい

地方の町で古本屋を捜すとする。手っ取り早い方法はないだろうか。

電話帳を開くのは、まだるっこしい。駅前の交番も、姓名なら割りだしが早いが、商売となると案外らちがあかない。

昔は荒物屋で聞くのが一番といわれた。商売道具のハタキを買いにくるからである。まとめて何本も買っていくし、しろうとと違って選択にうるさいから、荒物屋もつい客の身元を確かめる。現在は荒物屋を見つける方がむずかしい。

酒屋や米屋は当てになりそうで当てにならない。

裏通りの小さな（小さいほどよろしい）喫茶店か理髪店で聞くのが早道である。客寄せにマンガをどっさり置いているような店なら、まず確実に教えてくれる。古本屋が卸している可能性が高いからである。なにより客種が地元の特定ゆえ、情報がこまやかである。

借問《しゃもん》する際、古書店などと堅苦しい言葉を用いぬ方がよい。古書肆《こしょし》などは、もってのほか（これはコンプレックスの強い古本屋の自称なのである）。古本屋、と言っても通ぜぬ場合がある（地方によっては古本屋も新刊店も、どちらも本屋、ですませている）。昔の本を売っている店と、具体的にした方が賢明である。

もっと簡略に見つける便法はなきや？

ある。目ぬき通りの一本か二本、裏の通りを歩くこと。古本屋という稼業は、昔から裏だながあきないの場で、とてもじゃないが、大通りに五色の看板を掲げられるほどの実入りはない。

古本の好きな人ならおわかりと思うが、古本屋のある通りは、ある種のにおいが感じられるはずである。どういう手のにおいかと問われても、いわく言いがたいにおい、としか説明できない。

大抵が見すごしてしまうような、はえない構えの、小さな店舗である。

腰板に乾いた泥はねがこびりついたガラス戸が閉まっている。あけたてのたびに、死にたくなるようなものすごい音がする戸だ。その音で奥から家人がでてくる仕組みになっている。

でてきたのは小学二三年生の男の子である。目の子算で三坪ばかりの店。十数年前の世界文学全集の端本が並んでいて、あとは流行遅れのマンガと雑誌。つきあたりの平台になぜかパチンコ台が立てかけてあり、三年前の高島暦が数冊積んである。

小学生は親に言いつけられているらしく、客のこちらから目を離さない。さあ、出るに出られなくなった。無言で入って、無言で出ていくのが後ろめたい。お義理に何か一冊と棚を見回すのだが、そのお義理になるものが、みごとに、ない。

戦前の紀行文集があったので、別段ほしいわけでなかったが、とにかく店を出なくちゃならぬので、それを持って帳場に向う。向いながら本の後ろをめくって売価をのぞいた。足がとまった。

五千円である。どこから見たって、そんな値打ちの代物じゃない。早まった、戻そう、としてもう一度よく見てみた。店内が暗いからちょっと見に気がつかなかったのだが、鉛筆で無造作に記された数字が、なんだか変だ。５０００とアラビア数字が並んでいるのだが、位取りコンマが百円、つまりゼロふたつめに打ちこんである。なるほどわかった、コンマからあとのゼロの大きさがやや小ぶりな所を見ると、これは銭単位をあらわしているのではないか。すなわちこの本の売価は五十円である。

いつごろ書きこまれた売値かわからないが、としよりの古本屋は今でも時としてこんな表記をする。戦前の癖が抜けないのである（もっとも銭単位は昭和三十年にアルミの一円貨が発行される頃まで使われていた記憶がある。ただし五十銭以下の小額貨幣は、昭和二十八年の末に廃止されている）。

あるいはこの紀行文集の売価は、戦前に別の古本屋が記したものかもしれない。

ところでもうひとつ心配ごとがふえた。

この本が表記通り五十円なら、むろん買い得というものである。しかしこの額面通りに帳場の坊やが売るかどうかが問題だ。彼には銭単位というものがわかるまい。五千円であると主張するだろう。親に聞いてほしい、聞くまでもない、と大人と子供のはしたない押し問答になりやしまいか。

おそるおそる帳場に差しだした。

案の定、男の子は例の数字をにらんでいる。ながいこと見つめたすえ、黙って本をつかんで奥に入った。カーテンの向うは茶の間らしく、複数の家人の密語が聞こえる。やがて男の子がでてきた。彼は一枚の紙きれをさしだした。読め、というのである。へたな走り書きで、「五百円デス。スミマセン」。

けげんな顔をすると、少年はあわてたように、右の五本の指をひろげてかざした。いったんつぼめて、こぶしを作って、もう一度ひろげた。

私は微笑しながら少年の目にうなずいて見せた。私がいぶかしんだのは、売価のあやふやではない。五百円で当然なのである。それより少年の美しい目の輝きに、何かを思い知らされたのだ。

お金を置くと少年は古新聞紙で無器用に本をくるんだ。

たてつけの悪いガラス戸を閉めながら、ふとふり返ると、とたんに少年がきまじめな表情で大きく辞儀をした。

何十年も陽光を吸いこんだカーテンのにおいが古本屋のにおいだ、とある人が称したが、そうかもしれないが、それは「数年前の地方の」と限定した方が正確ではあるまいか。現今の古本屋には、まして生き馬の目を抜く都会の古本屋には、はっきり言って、においそのものがない。

（『漱石を売る』文藝春秋、一九九二年、所収）

書棚の隅っこ

おいらの縁起

あああ。また正月がやってきた。一体ここで迎える正月は何度めだろう。一昨年が十八回めだから、昨年が十九回めで、だから今度は、と。なんだ二十回めだ。十九の次は二十で、数えるまでもない。おいらはどうしてこうも勘定に弱いんだろう。やっぱりおいらの名前がよくないのかなあ。もっともここの店の主人だって数学オンチだ。この間二十に二十足すと、ええと四百なんて計算をしていた。

小学生が主人をからかって、「一に三を足すといくつ?」と言ったら、主人「きまっている、四だ」と答えた。小学生が、「ああらこらら、カバでバカだ、先生に言ってやろ。一二三を足したら六だぞお」とはやした。

数の話じゃない。おいらの身の上だった。

おいらは昭和二年の大不況時に、某という出版社で生まれた。これでもレッキとした書物さ。うまれて六カ月間、京都の大きな書店の棚で買い手を待っていた。けれども、おいらを見そめてくれる奇特な客がいなくて、取次店に返された。続いて版元に逆戻り。まもなく版元が倒産しちまった。おいらは仲間たちと共に債権者の担保におさえられ、特価本問屋にたたき売られた。古本屋の市場に、哀れな値段で売りにだされた。

気がついたら、おいらは祭礼の露店の平台に並べられていた。そこでおいらは種々の人の手に取られたが、でも、すぐ台に戻されてしまう。

シビレを切らした頃、ひどく貧しい身なりの老人が、おいらの頭から爪先までを一時間余もながめ渡したのち、値ぎりに値ぎって、やっと買いあげてくれた。老人は、贈り物にするので美しい包装紙にくるんでくれ、と注文して露店のおやじをまごつかせた。

老人は鳥居の傍に落ちていた、人の食べかけの焼きイカと竹串を一本、当り前の顔をして拾いあげ、懐に忍ばせた。道に落ちている物は、そんな風にすべてわがものにした。

老人の自宅は、いやはや姫路城のような大邸宅であった。玄関先に千人もの従業員が垣を作って、平伏して老人を迎えた。狸のナントカ程もあろうかと思われる広々とした居室で、老人はおいらを取りだした。包装紙はシワをのばして折り畳み、大金庫に納めた。のちほどこれで封筒をこさえるのである。懐の中身も卓上にぶちまけた。たちまち卓はゴミためになった。老人はひとつひとつ点検した。齧《かじ》りかけの焼きイカは、里芋の煮つけのダシにするつもりなのであった。竹串は洗ってためておき、数百本にまとまったら、オデン種製造業者に卸すつもりであった。最後に老人はおいらを摘《つま》んでほくそえんだ。老人にとって、おいらの内容はあこがれの世界なのだ、とその時わかった。そして、――いやよそう。老人を語っていると話が長くなる。おいらの身の上話だった。

とにかく、いろいろないきさつを経て、二十年前おいらは、現在の主人のもとにやってきたのだ。主人は「奉賀堂」という年賀状の文句のような屋号の古本屋である。口の悪い同業者たちは「奉加帳」と呼んでいる。年中、金にこまっていて、貧乏の親玉のような主人なのだ。だからこそおいらを好いてくれたのかもしれない。嫌われ者のおいらに肩入れするなんて、物好きもきわまれるもの。この店の書棚の隅っこから観察した、主人のことや店の様子、出入り客の生態を、おいおい語るつもりだけれど、まずは、しそびれた、おいらの名前を紹介しよう。

十数年前の元日だ。貧乏親玉の主人には盆も正月もない。朝から店を開いていると、一杯機嫌の客が入ってきて、なんと、おいらを買いあげてくれた。縁起のよい口切りだ、と主人が喜んでいると、その客がじき戻ってきて、奥さまに叱られたから、と無惨や返品である。正月から縁起でもない、とさんざ叱言《こごと》をくった、と客はぼやいた。さもあろう、と主人も同情している。当事者のおいらだって気の毒になっちまった。だっておいらの名は『貧乏の研究』というんだもの。めでたいわけがない。

かわいい盗人

おいらは『貧乏の研究』という古い書物で、もう二十年も、奉賀堂という古本屋の棚に居座っている。早い話が売れ残り。書名が悪くて買い手がつかぬ。今じゃ店の書棚の一番下、しかも奥の隅っこに、居場所を移されてしまった。口さがない連中に、「隅の隠居」と陰口をたたかれている。江戸時代の牢の隠語で、古参の囚人をいう。

ちなみに古本屋の棚は、人の目の高さの書棚が、いわばヒノキ舞台で、ここに並べられる本が花形である。売れ残ると値下げされ、同時に一段ずつ棚をおろされる。最下段で埃《ほこり》まみれになったあとは、見切られて表の百円均一にほうりこまれる。風に吹かれ陽にさらされ、見るも哀れな姿となる。掘りだし物を捜すなら、古本屋の一番下段の棚を狙え、と昔から言われている。

おいらも掘りだし物だと思うけど、世間には見る目のある人間が少ないものだ。奉賀堂の主人もおいらを買ってくれているらしく、いまだに値下げもしないし、店頭につきだしもしない。本のわかるのは、ここのご主人だけだ。もっとも知識の量と金もうけは反比例するらしい。主人は年中、金欠病である。もしかすると主人がおいらを見切らないのは、いわゆる同病あい憐れむかなあ。

いつだったか、書棚の大移動が行われて（新しい本が大量入荷したのだ）、おいらの隣に『金もちの一手』という題の本が「転勤」してきた。偶然だが、皮肉な取りあわせである。癪なのは、そいつが、値下げされ格下げされたとたんに、買い手がついたことだ。

ところが翌日、客が返品にきた。まちがえて買ったというのだ。客は将棋ファンで、書名から、てっきり金将の使い方の本だと勘違いしたのである。無理もない。金という字が将棋の駒に描かれている装丁だもの。金満家になる方法の本だとは、一見わからない。

主人は恐縮して引きとり、その本を経済書コーナーにつめた。ひょんなきっかけで「栄転」したわけだ。お達者で、とやつは得意げにおいらに挨拶し、そのあと横を向いてペロッと舌を出しやがった。

ある日、主人が客にその話をしていたら、客も物好きで、どの本ですか? 表紙を見たいと言いだし、主人、これですよ、と棚を指さしたのだが、ない。奥さんもでてきて、売った覚えはない、と断言する。

盗まれたのである。いやはや、と主人があきれ返った。たかだか五百円の本ですのに今時ねえ、と奥さんもため息をついた。

いや犯人は金をもうけようという野心の人間ですから、ひと筋なわでいきませんよ。タダで本を読もうと図ったわけです、と客が慰めた。たった五百円なのにねえ、と奥さんがくり返した。どんな方法で金を溜めるつもりか、わかったものでない、と主人が吐き捨てた。バブル経済はなやかなりし頃の話である。

主人と客は万引の話題に移った。

ちかごろは万引も珍しくなりました、と主人が語った。これも、活字離れの影響かも知れない。古本屋に客が少なく、常に閑散としているから、悪事をする方もしづらいだろう。昔は多かった、と主人が自分の小僧時代の思い出を語った。

漱石全集を盗まれたことがある。

箱だけ残してあって、中身を持ち去っていた。だから最後まで気がつかなかった。

久しぶりにハタキをかけていて、ポコンという空箱の音で、やられた、と知った。以来、毎朝必ず書棚にハタキをかけるようになった。小僧の本来の仕事をずるけていたために、つけこまれたのである。

万引の多いのに業を煮やして、書棚のあちこちに大きな目玉のイラストを張りつけた店がある。いわば雀おどしである。案外なことに効果は抜群だった。しかし同時に客も寄りつかなくなった、という笑い話がある。客がなければ万引だってあるわけない。

主人が語った。数年前に、ある漫画が子供たちの大人気になった。十五巻で揃いの漫画だが、主人の店に、六巻以降の十冊だけ入ってきた。店頭に並べたが端本のせいか売れない。ところがある日、その漫画が万引された。他の揃い物が無事で、よりによってその中途半端だけ盗まれた。万引する人間は必ずしも計算高くて効率よくやる人間ばかりではない。漫画を盗んだ犯人は、やがてわかった。小学生である。どこの誰かまではわからない。盗品がいつのまにか返還されていたのだ。しかも本来欠けていた一巻から五巻つきの完全品で。どうやら自分の所蔵分を、おわびがわりに付けたものらしい。推量するに、その子は六巻以降が読みたかったが、買ってもらえなかったのだろう。たまたま欲しい巻以降が目の前にあったので、出来心で盗んだらしい。

「というのは手紙がついてたんです」「手紙が？」

「それがね」主人が思い出し笑いをした。「小便しますゴメンナサイと書いてある」「小便を？」「どうやら弁償すると書いたつもりがあわてててて、アレ？」「小便と？　なんて可愛い万引だろう」と客が腹を抱えた。

オリバー

古本屋「奉賀堂」の主人は、ある日奥さんに売上帳を示しながら、ここところの数字が落ちている、と指摘した。

「あら、その日はゼロよ」と奥さんが答えた。

「ゼロ？　するとこの日は売り上げが全くなかったのかね」と主人が当り前のことを言った。

数学音痴の主人も、さすがに愕然としたらしい。程なく店頭に、「あなたの初恋の本さがします」という看板をかかげた。客の探求書を捜索し、口銭を稼ごうという目論見である。「初恋の本」というのが味噌であった。

　こむずかしい学術書や洋書では歯が立たない。絵本や漫画、児童書、初級者用の文学書なら、なんとか用を足せるだろう、とにらんだのである。浅はかな考えであったことは、まもなく思い知らされた。一度読んで捨ててしまうような本ほど、捜すとなると難儀なのである。しかもそういう類ほど労多くして利が薄いのだ。大体、自分の初恋の本捜しに、人手を頼むような客は、そう言ってはなんだが安易だし、おざなりだから金も惜しむ。

　八十年前の初恋だが頼めますか、とまず飛び込んできたのは、品の良い老女。

「八十年前と申しますと?」「はい。私が七歳の頃です」「すると?」「はい。まもなく米寿を迎えます」「それはそれは」

　主人がもみ手をしたのは、客の長寿をめでたのでなく、実は相手の捜し物が年代物で、相当むずかしそうだ、と当惑したのである。

　なにしろ八十年前というと、大正二年、夏目漱石先生が『行人』や『こゝろ』を執筆していた時代である。

「一体なんの本でしょうか?」

「さあそれですよ。だから私には初恋なのよ」

「はあ?」

　なんだかわからない。

「題が不明だから初恋なの。初恋の人の名前って、愛称は覚えているけど本名は忘れるものじゃない？」

　七歳なら、そうかもしれない。

「何か手がかりがありませんか？」

「さあそれなのよ」と老女が語り始めた。本の内容である。なんでも主人公の男の子が、いろんな人にいじめられて苦労し、のちに金持ちになるという話。「それだけ？」主人はあっけにとられている。

「覚えているのは、それだけなの。捜せます？」これで捜せたら、探偵のノーベル賞ものだ。

「もう少し詳しくないと」「でしょうね。思いだしてみるわ」

　老女はその日はあっさりひきあげた。翌日、思いだした、とやってきた。「男の子は孤児なのよ。それで孤児院に入れられてしまうの」「外国の話でしょうか？」「日本だと思うわ。男の子の名は日本人だもの。よく覚えていない。もっと思いだしてみるわね」

「お願いします」

　老女は次の日もやってきた。

「お葬式のマンジュウをいただいて歩くのよ。主人公が」「お葬式の？」「お婆ちゃんと一緒に出かけるの」「もしかしたら？」主人は何やらひらめいたらしい。

「吾一、といいませんか、その少年」「吾一？　誰それ？」「路傍の石、という山本有三の小説なんですが、確かお話のような場面がありますゝ」「金持ちになるの、その子？」「いや、ならなかったと思います。貧しい少年の成長物語でして」「山姥《やまんば》というのよ、そのおばあさん」「えっ、山姥？　坂田金時おやこの物語でしょうか。あるいは民話で」「もう少し思いだしてみるわね」

「お願いします」

老女は連日やってきては、二時間ほど熱心に話していく。さっぱり進展しない話である。かれこれ一カ月になるが、書名はおろか、本の見当もつかない。主人は次第にもてあまし始めたが、老女は喜々として通ってくる。

「あの方、あなたと会話したいばかりにくるのよ」奥さんが忠告した。「ばかな。なんの為に？」「寂しいんじゃないかしら。話相手がほしくて、これ幸いと」「根も葉もないことを語っているというのか」「嘘か本当かは判断できないけど」

しかし老女は、「見つかったら十万円でもいただくわ。昔の本でなくていいの。読めさえすれば現在発行の版でも構わない。内金預けておきましょうか」と財布を取りだすのだ。酔狂や暇つぶしとは、思えない。

ある日奥さんが、本を書棚につめながら、あっ、と声をあげた。「わかったわ」と叫んだ。

主人が、「何が？」と顔をあげた。奥さんが一冊を手にかざした。ディッケンズの『オリバー・ツイスト』である。

「孤児、孤児院、葬式……なるほど、オリバーだ」

「山姥と言ったでしょ？　山姥という人、オリバー・ツイスト。ほら音が似通っているじゃない？」

「オリバーの翻訳書だったんだ」

「十万円でも買うと言ったわ。十万円よ」

「十万。ゼロが四つだ」

「なに言ってんの五つよ」

「おれたちは大金もちだ」

夫婦は抱きあって感涙にむせんだ。

しかし老女は、それきり現れなかった。

教科書の匂い

古本屋「奉賀堂」の主人が、売上不振の打開策に、「あなたの初恋の本さがします」という看板をかかげた。

「捜して下さい、私の初恋」と息せききって飛びこんできたのは、若い女性である。

「あの、初恋の人さがしでなく、本ですよ」とあわてて説明したら、キョトンとしている。

「あらごめんなさい。私の舌足らずでした。本なんです。本を捜してほしいんです」と言った。「ああ、よかった」と主人が胸をなでおろしたので、客も大笑いした。

阿部知二の『冬の宿』という古い小説であった。高校時代に、意中の男生徒に勧められた小説である、と若い女性は、のろけた。

ところが三分の一ほど読み進めたころ、くだんの男生徒が、別の女生徒を恋していることを知った。ショックをうけて読む気がしなくなり投げだした。

卒業後、ある機会に彼女は、それが自分の早合点であったのを知った。男生徒が本心から愛していたのは、この自分だったのである。

恋の誤解は、とり返しがきかない。せめても読み残した小説を、最後まで読んでみたい。

おっちょこちょいの人らしからぬ、聞いてみれば身につまされる話であった。奉賀堂の主人は大いに感動し、よござんす、必ずやその初恋の人、いや本を捜してあげましょう、とうけあった。

「一年ぐらいかかるでしょうか?」「なあに。文庫本や文学全集の一冊でもよければ、二カ月で」「おまかせしますわ」

そうしたら、翌日、入手したのである。古本の面白さで、十年二十年待たされる本もあるかと思えば、楽々見つかるものもある。

彼女は、すぐに飛んできた。

「いやあ、よかったよかった。さあさ、ご対面願います、初恋の人、いや本と」

ところが若い女性は、なんだか浮かない顔をしている。

「どうしたんです？　嬉しくないんですか？」

ありがたいような、迷惑なような口調で、こう言った。

「こんなに早々見つかってしまって、感激がないんです。二年も三年もかかって、苦労のあげくに手に入れたかったわ。つまんない私の初恋」

人それぞれの「初恋の本」は千差万別である。本とのかかわり、思い出等が、まちまちである、ということだ。

中年の女性が頼みにきた本は、小学生のとき使った教科書であった。これには奉賀堂の主人も目をむいた。学校の教科書が「初恋の本」とは、信じられなかったのである。何しろ主人にとって教科書は、授業の退屈と試験の苦痛を想起させて、二度と目にしたくない部類の本だったからである。

女性客の「初恋」のゆえんは、こういうことだった。

彼女は家が貧しかったので教科書を買うことができず（昭和三十年代初頭は無償配布でなかった）、母親が先輩宅を回って、三拝九拝で借りてきた。人のお古であったから本は手垢で汚れていて、小学生の女の子には、ずいぶん恥ずかしいものだった。

あるページには、そのころ流行の漫画「デンスケ」が、オシッコをしている姿がいたずらがきされてあって、男の子たちに、お前が描いたのか、やあいデンスケベイ、とからかわれた。たぶん男子先輩の持ちものだったのである。

隣席の女の子は東京から疎開してきた子で、松島トモ子似の優等生だった。その子の教科書はむろん新品で、ページをめくるたび印刷インクの匂いがにおってきた。彼女は、ねたましくてならない。

ある日、昼休みで教室が無人なのを幸い、隣席の子の教科書を取りだして、顔を押しつけ胸いっぱいインクの匂いをかいだ。やはりうらやましくなって、後ろの方の一ページをそっと破り取り、おのがポケットに隠した。あとでゆっくり、しみじみ匂いを味わうつもりであった。

ところが翌日から、登校するのが恐ろしくなった。いつかはページ破りが露顕する。一日ごと教科書は先へ進んでいく。いつの日か例のページに行き当る。授業中、突然、発覚することになる。当然まず隣が疑われる。

あと数ページという時、隣席の子は家の事情で、急に東京に転校してしまった。秘密は、そのままになった。

破った一枚は今でも持っています大事に、と中年の客がシワばんだ紙片をサイフから取りだした。これを見るたび、胸が痛みます、と述懐した。古めかしい紙の匂いがした。

奉賀堂主人はいたく同情して、懸命の捜索を続けたようだが、ものがものだけに、不首尾に終った様子である。

土下座

古本屋の職業病といわれるギックリ腰を、「奉賀堂」主人がわずらった。大体この腰痛は、思いがけぬ時に突発するものだけれど、奉賀堂主人の場合は、こんな具合だった。

さしさわりがあるので書名はあかせないが、七十年前に出た日本歴史の研究書で、全十五冊もの大著がある。花野和治（仮名）という人が生涯をかけて著した労作だが、現代では全くといっていいほど読まれない。内容が大時代で、古びたせいである。従って古本屋でも邪魔者扱いで、ほとんど値がつかない。いかめしい装丁なので、いっそ哀れである。

奉賀堂にはこの本が陳列してある。主人の見識といえば聞こえがよいが、要するに店頭の均一台にほうりこむのが、もったいないのである。内容でなく書物の押し出しに眩惑されたらしい主人は、やはり古本屋としては一流になれそうもない。「こんな場所ふさぎの本は早く処分したらいかがです。もう十年も動かないんですよ」と奥さまにもなじられている。

「いや。この本を必要とする読者が、必ず一人はいるはずだ」と主人は譲らない。

「その一人が現われるまで待つ気ですか。私たちの寿命が尽きてしまいますよ」

「あしたにも訪れるかも知れないぞ」

「そう言いながら十年もたったんじゃないですか」「きっと売れる」「売れません」「よし賭けよう。売れなかったら君に土下座する」

「みっともない。しかし期限はいつまでです？」「今年中だ」

「気の長い賭けね」と奥さまがあきれた。

ところが、なんと一カ月後に、十年も根が生えていた花野氏の大著が、売れたのである。

買ったのは、品の良い老婦人であった。ご近所の方らしい。主人がのちほど自転車でお届けすることになった。

「みたことか」主人は鼻をうごめかした。

「約束通り土下座してもらうぜ。いや今でなくてよい。お客さまに品物を届けてお金をいただいてからだ。こりゃ楽しみだ」

妻の土下座姿など面白いはずもあるまいに、主人は得意満面、口笛を吹きながら老婦人宅に向ったのである。

以下は、帰宅後の主人の話。

大きな古いお屋敷である。書斎に運んでほしいと頼まれた。老婦人が独り住いらしい。

何しろ重い全集である。主人は胸に抱えて老婦人に従った。家は荒れはてており、うす暗い廊下を歩きながら、足元に気をつけて下さい、とたびたび注意された。床が腐っていて、踏み抜くのではないか、と危ぶまれた。

書斎は廊下のつき当りにあった。裸電燈がともされた。三方の壁面に書棚がめぐらされ、古色蒼然たる学術書がびっしりとつまっている。室内を見回しながら、その時初めて主人は気がついた。書斎のぬしは、どこにいるのだろう。

机の上は埃だらけだし、書棚のあちこちにはクモの巣が張っている。人の気配はない。してみると、自分が運んできたこの本は、老婦人が読むのだろうか？

「そうなんです」と、あたかも話しかけられたように、老婦人が答えた。

「別に読むわけじゃないんですけど、安い値で気の毒なので、つい買ってしまうんです」

主人が全集を書棚の空間に並べながら、何気なく足元を見ると、そこに同じ全集が一組、いや二組も置いてある。よくよく見回すと、更に二組、三組。安い本には違いないが、これは道楽が過ぎまいか。

「いいえ。これを書いた人の苦労を考えると、可哀想で見すごせないのです」

老婦人の述懐に、主人は共鳴した。主人もそれゆえに処分せず、十年も店に飾っておいたのだ。

「しかし全部で何組お買いになったんですか？」「著者は、私の身内なんです」老婦人が別のことを答えた。

そうだったのか、それなら同じ本を何組集めようと不思議はない。

「お父さまでいらっしゃいますか？」

老女の年恰好から主人は推測した。

「むすこです」相手が答えた。

「え？　あの、あの、むすこといいますと？」「私の子供ですわ」「この著者が、ですか？」「そうです」

大正時代末の本である。目の前の老婦人は、どう見ても、その頃お生まれの方である。勘定が合わない。主人は急に寒気だって、逃げるように店に戻ってきた。

帳場に全集が置いてある。今しがた老女に届けた品と全く同じである。不審がると、客が買ってほしいと持ちこんだという。

「あなたの予言通り、またすぐ売れると思ってひきとったの」奥さまが得意げに説明した。「なんということを」主人がくだんの全集を持ちあげたとたんに、ギャッと跪《ひざまず》いた。ギックリ腰である。いや、奥さまに土下座の形であった。

ごもっとも

おいらは『貧乏の研究』という冴《さ》えない題名の本で、奉賀堂という古本屋の書棚の片隅に、もう二十年も座っている。書名も悪いが、なにしろ客の少ない古本屋である。従って、これという事件も起こらない。毎日が退屈だ。本でも読んで気をまぎらせたいが、本が本を読んでいたら共食いみたいで、おかしいだろう。そうそう、数日前にこんなことがあった。奉賀堂にとっては、大事件である。

若い男が本を売りにきた。高価な学術書を三冊。主人が品定めしながら盛んに首をひねっている。普通の人が楽しみにひらくような本ではない。学者が使うような本当の専門書だ。でもまあ誰がどんな本を読もうと、咎《とが》める筋あいはない。だが三冊の系統がまるでてんでんばらばらなのだ。法律書と民俗学書と経済学書。こんなにも多岐にわたって勉強する人は、皆無とは言わないけれど、まあ稀だろう。

もっとも不審なのは、どの本も全くページをめくった形跡のない新刊なことである。万引品かも知れぬ、と主人は疑ったらしい。客にあれこれ質問している。昨日買ったばかりだ、緊急に金が入用で、やむなく手放す、と客は理路整然と説明した。身分証明書も提示したが、主人はやはり釈然としないらしい。すると客が業を煮やして、疑うなら本屋に電話して確かめてくれ、と言った。

「構いませんか?」主人が念を押した。

「構わないことはないけれど、ご主人が納得しないならやむを得ない」「立場上、私もやむを得ないのです。疑うわけじゃありませんが、あとでいざこざになると面倒なので、納得ずくで取引したいのです」「でしょうね。ご随意に」そう言って客が、主人と同業の屋号をあげた。

「あれ? 古本屋でお求めになったのですか」「いや、この本は違う。新刊書店で買った。でも僕はその本屋の昔からの顧客なんだ。現に昨日、その店でコレコレという学術書を買った。三万二千五百円の高価な本です」

　客がややこしい書名をよどみなく告げた。「だからこの場でその本屋に電話で聞いてくれれば、僕の話がデタラメかどうかわかる。是非そうしてほしい」

「そうですか。では」と主人が神田の有名な古書店に電話をかけた。

　その本なら昨日、売りました。間違いなくその本です、と相手が即座に答えたらしい。何かご不審でも、と相手が逆に問い返したようだ。主人があわてて、いえ別に、と電話を切った。同業同士なので、あれこれつっこむのは、はばかられたらしい。

「いや申しわけない」主人が客にわびて、然《しか》るべき金を支払い本を引き取った。

「なあに、どこの古本屋に持ちこんでも僕は必ず咎められる。不徳の至りだが、どうも僕は学問するような男には見えないらしい」客が皮肉を言った。主人は恐縮して何度も頭を下げた。

　ところが客の言う通り、彼は不徳の男だったのである。数日後、警察から盗品の品触れが回ってきて、主人が買い入れた三冊の本がそこに出ている。主人は青くなり、泡くって警察署に届けでた。最初から贓物《ぞうぶつ》と承知で買ったのではない。贓物かもと一度は疑ったが、身元は調べたし、相応の確認手続きも踏んだのである。事故に遭ったようなものだった。

　主人はお咎めなしだったが、三冊の本は没収された。貧乏な主人にとって痛い大出費であった。

のちにわかったが、若い男の話は巧妙なデタラメだった。彼は神田の古本屋のお得意ではなかった。たまたまその古本屋で獲物を物色していた折、一見《いちげん》の客がコレコレの本を上記の値段で買うのを見ていたのである。その客に、まんまとなりすましたのである。主人にも落度があった。若い男が三冊の本を「買った」という新刊書店を、なぜ問いたださなかったのだろう。直接、新刊書店に電話で確かめるべきだった。相手のたくみな話のすりかえに惑わされたのである。古本屋のお得意という言葉に、つい惑わされたのである。これを要するに主人の頭には、古本屋の客に悪人はいない、という固定観念があったのに違いない。この事件にこりて主人は以後、高価な書物を客から買い入れなくなった。奉賀堂は雑本だけの古本屋となり、ますます流行《はや》らない店になった。

ある日、高校生が年に似あわぬ研究書を持ちこんできた。主人は未成年からは引き取れぬ、と断わった。相手は憤然とし、自分は大学生だ、と主張した。しかし彼の持ち物かどうか判断できぬ。両親と同居だと言うので、主人が父親に確認してよいか、と聞いた。

電話をすると父親が飛んできた。息子の蔵書に間違いない、と保証した。しかしご主人は本物の古本屋か、身分証を見せてくれ、と要求した。息子がこういう本を読む人間かどうか、見極められぬような業者では信用できぬ、と息まいた。ごもっとも、と主人が柳のようにうなだれた。

貧乏の研究

奉賀堂は午前十一時三十分に開店する。

中途半ぱな時間だが、でたらめに決めたわけではない。店の仕事に専念するのに丁度よい時間なのである。すなわち雑用一切は午前中に片づけてしまう。昼食も早目にすませる。何しろ本屋という商売は、店を開いてしまったが最後、帳場に張りつけとなり、一歩も外に出られない。交代がいなければトイレにも入れない。客商売だから閉店時間はむしろ遅い。午前中を雑事用にあけておかないと、銀行や官庁の用が足せないことになる。

もっとも奉賀堂も開業当時は、こんなのんびりしたものではなかった。午前五時に開店していた。閉店は午前二時であった。一日二十一時間も働いていた勘定である。しかも年中無休であった。大繁盛のため寝る暇がなかったのでなく、暇がありすぎて飯が食えず必死だったのである。暇があったから日中は居眠りしていた。客がないのだから平気である。要するに店を開けたり閉めたりするのが面倒なので、開けっ放しにして生活していたようなものである。

奉賀堂主人が開業時つけていた売上帳がある。昭和四十八年八月六日の開店日は、午前十時から午前零時まで十四時間営業して、四三七〇円の売上である。

翌日は四〇一〇円、以下、八日が三九二〇円、九日二八九〇円、十日四七五〇円、十一日六五〇〇円、十二日は日曜日だが五七一〇円、十三日は一六三〇円であった。

当時ソバのもりとかけが一五〇円、うな重の上が千円、天丼四百円、映画入場料が封切館で八百円（邦画）だった。

一日平均四千円の売上は上々である。

この月は二十六日間営業して十二万七一八〇円の収入であった。十円の単位がなつかしい。当時は店頭に十円均一を並べていたのである。仕入れが三十七万六六四〇円。開業したてだから商品を充実させねばならず、売上を大幅に越すのも無理はない。

八月は夏期休暇で頼みの学生がいない。また暑くて本を読む気にもならない。古本屋としては最も悪い季節に開店したわけである。この月で一番売れた日は二十六日の日曜日で八九七〇円。ところが九月に入ると、一万円を越す日が九日もでてきた。最高が一万八三三〇円である。

十月には一万円以上がのべ十三日、十一月が十五日と上向きである。それより驚くのは、十一月に入ると連日、店の仕入れがある。多い日で一万円以上。いわずと知れた第一次石油ショックである。故紙の値が高騰し、廃品回収車が町にあふれた。トイレットペーパーがスーパーから姿を消し、人々はそれほしさに古新聞や古雑誌古本を盛んに持ちだした。それらが古本屋に、どっと入ってきた。

書籍の定価があがったため、客が古本屋に押しよせてきた。奉賀堂は石油ショックのおかげで商品は充実し、またよく売れたので、解消に最低三年はかかると言われた赤字が、一挙に黒字に転換した。人間、金がたまると、なまけるようになる。

奉賀堂主人はそのころ独身であったが、こんなに多忙では身が持たぬと理由づけて、営業時間を大幅に変更した。開店は午後一時とし、閉店は午後十時にした。定休日も毎月一回作った。売上は別に落ちる様子もなく、どころかすこぶる順調なので、閉店時間を更に一時間くりあげた。一日八時間労働、世間並になった。このまま変化がなければ、ゆくゆく奉賀堂ビルが建つはずだった。

どこで計算が違ったろう。気がついてみると、売上ゼロの日があるようになった。雪や大雨の悪天の日はやむを得なかったが、この頃は天候に関係なく、月のうちにゼロの日が五日も六日もあるようになったのである。

主人は決してなまけているわけではない。むしろ人の倍も三倍も働いているといってよい。開業時に比べれば営業時間は長くないが、時間の長短に関係はなさそうだ。

座して死を待ってはいられぬ。主人は思案の末、古書在庫目録を作って、地方の客に送ることにした。地元の特定客だけを当てにしていては、細る一方である。古本屋が近辺にない地方の人たちを顧客にしよう、と考えた。資金が乏しいので、手書きでコピー印刷することにした。四十ページの小冊子を作った。

雑誌の愛読者欄を見て、本を好みそうな人を摘出した。古書目録「書宴」第一号は昭和五十六年八月六日に出来あがった。あとで気づいたのだが、奇しくも奉賀堂開店の日である。いわば目録が二度目の門出であった。発送して二日後に、最初の注文が入った。その人は手書き目録を味があるとほめて下さったあと、「惜しむらくは、ここに貧乏の研究という本が出ていますが、これいわば誤植ですよね」と笑って指摘した。驚いて確かめると、なるほど「貧亡の研究」とある。

貧に亡ぶ。奉賀堂主人も貧乏には、よほど戦々兢々としていたようなのだ。

追って書き

ただでさえ閑古鳥が鳴く古本屋なのに、折からの夏枯れで、わが主人の「奉賀堂」の屋台骨が危なくなってきた。われわれ「商品」も気が気でない。へたをすると処分されてしまう。他の本は新しい主人を得て二度のおつとめがつとまるだろうが、何しろ二十年もひきあいがなく売れ残っている「貧乏の研究」なる書名の私めは、書名が書名だけに、やけを起こした主人が腹だちまぎれに廃品回収車にポイ、となりかねない。ああわが運命やいかに。暑い暑い、なぞとぼやいておられぬ。

奉賀堂主人もデクノボーではない。やおら、御輿《みこし》を上げた。何やら机に向って書きつけている。小説でも書いて投稿し賞金を稼ぐのかと思いきや、違った。手書きの在庫目録を作ったのである。コピーの、四十ページほどの小冊子。「書宴」と名づけて、地方在住の古本好きの方々に発送した。

こんな挨拶文を巻尾にのせている。

「書宴などと大層な誌名をつけましたが、何々焼の器に八汁九菜といった豪儀な饗宴ではなく、ごらんの通り、せいぜいがオカラの甘辛煮にワカメの三杯酢、アジの塩焼きに二級酒一本といった、まあその程度の、ごくささやかなうたげであります。貧しいあるじは、それでも少しでも華やかな雰囲気をと、座に紅白の幕など張りめぐらしたり、ふちの欠けた瓶に菊の大輪を投げ入れたり、笑止なことであります。けれども、どうかそのようなあるじの、きまじめな意をくんで、これから末永くおつきあい下さいますよう、お願い申しあげます。貧書生の四畳半の酒盛りの中から、必ずや楽しいことが、一度くらい、何か起こるような気がいたします」うんぬん。

起こったのである。

創刊号を発送して翌日から、注文の電話が殺到した。一ページめの「全集」コーナーに掲載した「新青年傑作集」五冊揃、という品に注文が集中した。店ではなかなか売れなかったのに、と奉賀堂主人が気をよくして、おのが手書きの目録をながめると、五冊揃四〇〇〇〇円の売価が、四〇〇〇円と、一桁少ないのである。

四〇〇〇円なら殺到しない方が不思議であった。

慣れぬ目録作りだったから、失敗だらけであった。一桁多くまちがえた売価もあった。ところが、その馬鹿高値の本に注文がきたのである。主人は客に詫びを言った。一桁少ない間違いではないので詫びも気楽である。客は、すると、この値段より一桁小さい額が売り値というわけですか、と念を押した。

さようでございます、と主人がうなずいた。申し訳ありませんでした、混乱させてしまいまして、と電話に向って頭を何度も下げた。

なんだか大変もうけた気がするなあ、と客が喜んだ。そう言っていただけますと私も面目次第もあります、と主人が妙な世辞を言った。

あとでわかったのだが、主人が一桁多くつけてしまったというその本は、実は、もう一桁多い値で取引されている稀覯書だったのである。主人も客も大層な価値に気づかなかったのである。しかしケガの功名で、奉賀堂の古書目録は、すごい掘り出し物が目白押し、との評判がたった。

たちまち左前の奉賀堂もビルが、――そうは問屋が卸してくれない。

なにしろ資力が乏しい主人だから、目録にのせてある商品が雑本ばかり。売り値がせいぜい四、五百円。これでビルを構えようたって無理な話。

なかば道楽である。むろん主人も最初からそのつもりである。

客との対話を望んで、目録の四号より「追って書き」という欄を設けた。客が注文の際、ハガキの隅に記してくれる片言隻語《へんげんせきご》を、客のイニシャルを用いて勝手に掲載した。

こんな具合である。

「目録をいただいた以上、注文する義務感に強く迫られる。しかし繰り返して見ても欲しい本が見当らず注文できない時が多い。そんな時、申し訳ない思いで一杯である。

（神戸市・Sさま）」

△どうかどうか義務感など持たないで下さい。本当に欲しい本だけを買って下さい。義務で買った本くらいつまらなく腹のたつものはありませんぞ。

「書宴の思い出一つ。二号の時注文した一冊のあいだから明治二十四年の古封筒の切手部分だけを破いたのがでてきて、えらい得をした気分であった（まさか返せとはいわないでしょうね）。（和光市・Tさま）」

△今度お金がでてきたら教えて下さい。

「くだらぬ質問ですが、『書宴』は毎号美しい記念切手を貼って送られてきますが、ご主人は切手収集家もしくは愛好家？（Hさま）」

△私にはどうもあの別納郵便と印刷された、いかにもダイレクトメールなのだからという無造作がやりきれないのです。それだけです。

目録の解説

「奉賀堂」主人の手作り古書目録「書宴」は、号を追うごと大変評判になった。品物が安価であること、掘り出しが多いこと、の他に、目録の記述そのものが面白いとほめられた。本の一冊一冊に、主人が解説を施したのである。しかつめらしい文章でなく、楽しみながらの無駄口講釈である。

たとえば、こんな調子であった。
「支那百笑　伊能嘉矩《かのり》選　昭和五年　二五〇〇円」（本書にはこんな話が入っている。骨董を好みて真偽を弁ぜぬ人あり。ある者、いつわりて、虞舜《ぐしゅん》が作るところの茶碗、周公もつところの杖、孔子が遊歴せし折に用いしムシロなりとて、おのおの千金に売る。骨董狂、ここにおいてたちまち貧乏となり、左手に虞舜の碗を持ち、右手に周公の杖をひき、身に孔子のムシロをかむって、ゆくゆく食を人に乞う、と）
「劇と史実　渋谷吾往斉　昭和二年　一〇〇〇円」（村井長庵、八百屋お七他を収録。一一九一ページの厚冊なれど、一一八九ページと裏の一一九〇ページが破れている。すなわち一一八九ページ分のお代が一〇〇〇円であります）
書名、著者名、発行年、売価の順に記述してある。古い本ばかりではない。ごく最近の本も、ちゃんと「解説」している。
「ジョーク雑学大百科　塩田丸男　昭和五十七年　五〇〇円」（江戸時代、佐渡金山に坑夫相手の半公認のバクチ場があり、酒はご法度であった。ここの入口に、魚が四ひき並んでいる看板が出ていた。「鮭、鮫、鱈、鯉」の絵で、「さけ、さめ、たら、こい」の判じ物である。といった楽しいお話が盛りだくさん）
「母の蛍　寺山はつ　昭和六十年　一〇〇〇円」（寺山修司の母である。小生うかつにも寺山の母は、若いツバメを作って家出し、死んだとばかり思いこんでいた。寺山がそう書いていたからである。あにはからんや、彼一流の嘘だったのだ。青森高校一年のとき寺山は「母逝く」という題で、すでにこんな嘘歌をこしらえている。「母もつひに土となりたり丘の墓去りがたくして木の実を拾ふ」「音たてて墓穴深く母のかんおろされしとき母目覚めずや」ひとり息子のために、日雇いまでして働き続けた母の哀切な回想録）

と、こういう記述を、奉賀堂主人も楽しんだが、目録の顧客も大いに喜んだようなのである。

Kさん、という客がいた。目録の創刊号以来のお得意だが、毎号、熱心に注文を下さるのだけれど、大抵ほかの客と目当ての品がぶつかってしまい、先着順の受けつけゆえ、運悪く後れを取る。十回たて続けに注文下さったが、五百円の本が一冊しか確保できなかった。これでは客もいやになる。

しばらくKさんからの注文が絶えた。目録は送り続けたが、そろそろ中止の潮時かも、と考えていた矢先、Kさんの息子と名のる若者が訪ねてきた。Kさんは四国の、奥深くに在住の方である。

むすこさんは東京に用事があって出てきたのであった。ついでに奉賀堂に立ち寄って、目録恵贈の礼を述べてこい、と父親に頼まれたのである。父がよろしくと申していました、そう丁重に挨拶し、父に託された、と里芋のように丸いトロロ芋を下さった。袋に詰めて重いのをわざわざぶら下げてきたのである。奉賀堂主人はいたく恐縮した。

これでは目録の郵送をやめるわけにいかない。しかしその後もKさんからは、ただの一度も注文がなかった。むすこさんから、父がよろしくと申している旨の葉書をいただいた。

ある年の夏、むすこさんが再び店を訪ねてきた。用事のついでに立ち寄ったのではなく、今度は、まっすぐ奉賀堂に駆けつけたのであった。

Kさんが亡くなったというのである。

Kさんは、長いこと入院していたのだった。本を買い集めるどころではない。

「でも父は決して奉賀堂に告げるな、と口止めしました。父はベッドで『書宴』を読むのが唯一の楽しみでした。書宴が送られてこなくなるのを、極度に恐れていたんです。ならば毎回注文を出せばよいものを、売りきれの返事をもらうのがつらいから、と言いまして。妙な親父でしてね。自分が求める本を、同じように求める人間がいる、こんな本を読むのは自分だけだろう、そう思って注文すると、すでに売りきれている。なんだか自分と同じ顔の人間が生きているような気がしてならない。そう言い言いしまして、病気のせいで、ノイローゼ気味だったと思いますが」

「申しわけありませんでした」と主人が深々と頭を下げた。

「どういたしまして。でも父は喜んでいました。『書宴』が最後まで父の枕頭の書でありました。きっと頭の中で注文し、首尾よく入手した夢をみて、ひとりほくそ笑んでいたのかもしれません」

奉賀堂の古書目録は、Kさんにはむしろ「本」だったのだ。

図々しい客

古本屋「奉賀堂」は、屋号こそ立派でおめでたいが、間口二間、奥行二間半の、ちっぽけで貧しい商店である。規模もそうだが、商品も安物ばかり。奉賀堂で一番高価な本といえば、全集や叢書の揃いをのぞけば、さあて何があるだろう。一冊で二万円の『漱石私論』だろうか。

著者は越智治雄氏で、昭和四十六年に角川書店から刊行されたもの。漱石研究の書では、他に熊坂敦子氏の『夏目漱石の研究』、宮井一郎氏の『詳伝夏目漱石』が、古書価が高いそうだ。

ちなみに語り手のおいら『貧乏の研究』は、一千円なり。書名にふさわしい売価というべきか。世の中ゆたかで、おいらを研究する奇特な方はいないんだね。研究を発表しても、たぶん誰も見向きもしないだろう。大体、おいらを著した者も、笑いが止まらぬほど印税に恵まれたとは思えない。『貧乏の研究』を出版して、貧乏でのたれ死をし、自ら証明してみせたかも知れない。

それにひきかえ、夏目漱石先生を研究しようという者は、ひきもきらずなのだ。日本の文学者で、およそ漱石くらい研究書の多い作家は、いない。それだけ売れるわけだ。

奉賀堂の二万円も、店に出して、数日のうちに、売れたのである。

買ったのは大学生であった。ひと駅向うの、アパートに両親と住んでいる、申しわけないが自宅まで届けてほしい、学生の分際ゆえ高額の品を買う時は、親の許諾がいる、ついてはこの本を両親に見せたうえで代金を親からもらってほしい、こう言うのである。もちろん奉賀堂主人に、いなやはない。早速、自転車で届けたのだった。何しろ二万円もの品だから厳重に包装して、落すと一大事だから腹巻にはさんだ。自転車を走らせながら、時々、手で触れて確かめたのである。

以下、帰ってから主人が奥さまに語った話。

アパートに着くと、部屋の外でくだんの学生が待っていた。そして小声でこう言った。お願いがある。この本の売り値を両親に四万円と告げてほしい。四万円もらったら、二万円を内密に自分に渡してほしい。

要するに学生は、ちゃっかり小遣い稼ぎをしようという魂胆である。

奉賀堂の主人は別段、損をするわけでないので合点承知した。

「ずいぶん高い本だねえ」と親御さんに言われた時は、さすがに主人も申し訳ない気がした。

悪がしこい息子は部屋の外で待っていて、小遣いを受けとると、主人に、ウインクをしたそうだ。むくつけき野郎のウインクじゃ、主人も嬉しいと思わなかったろう。

それから一カ月もしたろうか。

学生の親御さんが漱石の研究書を売りにきたのである。

主人は、ハタ、と考えて、弱った。高価な本だから、ふつうは売り値の半分で引き取る。しかしこの本の場合——とにかく主人はあの時のいきさつを説明した。すると相手は猛烈に怒りだした。息子の悪口を言われたように受け取ったらしい。

主人が陳弁これつとめても、いかんせん、証拠がない。主人がデタラメを述べていると取られても、返す言葉がない。

とうとう主人はあきらめて、二万円を相手に渡した。

一体、奉賀堂主人は、何をやっているのだろう。これで商売人といえるのだろうか。息子のような若造に、まんまと鼻毛を抜かれて、みっともない。二万円もの品を、ただ読みされたのである。

ただ読みといえば、世には図々しい手合いがいるもので、奉賀堂主人が発行している在庫目録の客で、こういうケースが一件あった。

三冊ばかり注文をくれた客が、一週間後、三冊そっくり返品してきた。三冊とも落丁だという苦情である。

驚いて主人が確かめると、いずれも一枚ずつページが破られている。つまり製造過程における落丁ではない。この手の落丁は疑えば怪しい。本は読んでしまえば不用である。客はただ読みを図ったのかも知れない。

この話には後日談がある。

それから一週間ほどして、当の客から手紙がきた。先日返品した傷物は、貴店ではどのように処分するのか。もし捨てるようなら、自分に安く譲ってほしい。傷物とはいえ古書は大切な文化財である。自分は末永く労《いたわ》ってやりたい。

むろん主人はお断りした。

「傷物と貴殿はおっしゃるが、さげすんでもらってはこまる。捨てるなどとは、とんでもない。おっしゃる如く大切な文化財、金にはかえられぬ。うんぬん」と返事をしたためた。

客に貴賤なし

この間、奉賀堂主人と客が、店で雑談をしていた。当然、ふたりの会話が書棚に座っているおいら（貧乏の研究という表題の本である）の耳に入ってきた。おいらは初めて主人の少年時代を知った。また主人がなぜ古本屋というなりわいに踏みこんだかも、知った。

以下は主人の話で、私というのは主人のことである。

私の生まれた村には本屋がなかった。十五、六キロ離れた隣町に一軒あった。小学生の私は毎月歩いて、少年雑誌を買いに行った。家は貧乏だったが、父親が無類の本好きで、息子が本を買うといえば無条件に金を出してくれた。それなのに米を買う金は、ないのである。毎日、水をすすって、ひもじさに耐えながら、本を読んでいた。考えれば、まことに不思議な家庭であった。

隣町の本屋は、五十代の主婦がいつも店番していた。私は朝から昼すぎまで立ち読みし、あげくに少年雑誌を一冊求めて帰るのである。おばさんは決して文句を言わなかった。見ていると、誰ひとり咎める様子はない。だからこの店はいつ行っても、店頭に子供たちがたかって立ち読みしている。

ある時、太った中年の女性が、店に入れないじゃないか、と子供たちに文句を言い、かつ本屋の主人にも苦情を述べた。

「看板がわりよ」と主人が笑って軽くいなした。

「客ひとりいない店なんて、入りづらいじゃない？」

「そりゃま、そうだけど」

「それに子供たちは、将来の客よ。邪けんに扱えないわ」

「そりゃま、そうだけど」と中年の女性は、なんだか不満そうだった。

私は何気なく聞いていて、子供ごころにいたく感動した。本屋という商売に、である。タダ読みする客もこばまない。小学生だからといって拒否しない。貧乏人だからといって、いやな顔をしない。

店に入ってくる客は、対等に扱う。こんな商売、ほかにあるだろうか。映画館だって、十八歳未満お断り、と制限する。ボロを着て、ゾウリをつっかけて、ホテルに行けば、ヒンシュクを買うだろう。どんな店屋だって、ひやかしの客には冷たい。

本屋だけは違う、誰でも自由に出入りできる。貧しい者も富める者も、東大卒も小学卒も、資格を問われることはない。

よし、自分は本屋になる、と私は決意した。

中学を卒業し、就職することになった。求人広告で「書店員」というのを見つけたとき、得たりや応とばかり飛びついた。

ところが上京して、その店を捜し当ててみると、書店には相違ないが、新刊店ではなく古本屋なのである。

いなか育ちで古本屋の存在を知らなかった少年は、ぼうぜんとしてしまった。間違えましたから帰ります、というわけにいかない。

かくて翌日より店の帳場に座って、小僧生活の始まりである。

古本屋には立ち読みというものがない。時間つぶしができるような気軽に読める本がないのである。店内は閑散とし、ひねもす、たった一人の客もない日だってある。

私は退屈してしまった。朝から晩まで好きな本が読めるといっても、売りあげがゼロでは、やましい限りである。店番が本を読んでいるせいで売れないのかもしれぬ、と考えて、ぼんやり往来を眺めていた。

毎日、一定の時間に、店の前を右から左に通る人がいた。腰まで伸ばした長髪にヒゲもじゃの顔、天気がよいのに長靴をはいて、背中にナベやダンボールその他あらゆるガラクタを背負い、明らかにホームレスの人である。

ある日、その男が店の前に立ちどまると、ちらっと奥の私を見、そしてこちらに向ってきた。店内に入るのでなく、店頭の、いわゆる均一本の投げこみ台をのぞいている。その頃は十円均一であった。

彼は長いこと見つめていたが、やがて一冊を取りあげた。そして、つかつかと入ってくるなり、好奇の目で、カタズをのんでいる私の前に、それを差しだした。

本は、漱石全集の端本《はほん》であった。『坊っちゃん』の巻でなかったか、と思う。

男の人は、洋服の体裁をなさぬ洋服のポケットをまさぐって、大事そうに十円玉を持ちだした。黙って、卓上に置いた。

品物を包装しようとすると、いい、と手で制した。彼は終始、無言であった。大事そうに本を抱えて、表に出ていった。

本を愛する者に貴賤はない。来る者をこばまぬのは、古本屋もまた然りである。

私は、この商売を選んで間違いでなかった、としみじみ思った。しかし正直を言うと、かの男性が店頭の台をのぞいた時、眉をひそめた別のいやな自分が、確かにいたのである。それきり男の姿は、見ない。

さらば隅っこ

古本屋「奉賀堂」の主人が、客と貧乏談議にふけっている。「貧乏の研究」という書名のおいらが、それを聞いているというのも出来すぎた話だが、しかしなんだね、貧乏というのは結局、食物のことなんだね。

米のかわりに何を食べたか、の話だ。

「ザリガニをよく食べたなあ」と主人。「イナゴも毎日口にしました。それに、セリ。サツマイモのツル。ヒマワリの種。なんでも食べたなあ」

「贅沢だったじゃないですか」と客。

「ぜいたく？　そうでしょうか？」

「そうですよ。だって現在はイナゴ、ザリガニは珍味ですよ。高価ですよ。ヒマワリの種の煎ったやつは、幻のつまみですよ」

「まさか？」

「本当です。この間、飲み屋の突き出しにズイキが出たんです。ほら、里イモの茎を干したやつ。若い人が珍しがりましてね。これ、ワラを煮たんですかって、店員に聞いている。店員も若い女性で、よくわからない様子。山菜の一種だと思います、って自信なげに答えていました。私ら若い時分は、ズイキなんて貧乏人の飯の菜でした。今は珍味の仲間です」

「なるほど。すると私ら昔は貧乏なくせに贅沢をしていたんだなあ」と主人。

「そうですよ。こと食物に関しては王侯貴族の生活をしていたんです」客が大仰なことを言った。「貧乏はよかった。なつかしい。たったひとついやだったのは、本が買えなかったこと。子供心にこれは悲しかったですなあ」

「そうそう。本」と主人が相槌を打った。

客がこんな話をした。小学校三年生の時である。本屋の店頭に、少年雑誌の新年号がずらり並んでいる。正月特大号と銘うって、どの雑誌も付録が多い。なかには三十大フロクというのがある。やたら具をつめこんだサンドイッチのように、本誌から付録がはちきれそうである。紐《ひも》で十文字にくくってある。

三十大フロクの筆頭は、そのころ人気の漫画の別冊だった。自分はこれがほしくてならない。買いたいが先だつものがない。

盗もう。それしか、ない。暮れのことで本屋はごった返している。店番も忙しそうだ。上着の裾から忍びこませ、何げない風にズボンのバンドにはさめば、大丈夫、見つかりやしない。自分は、店内を見回した。

すると、雑誌の平台をはさんでま向いの、ちょうど自分と同年ほどの少年と、目と目が合った。自分もギョッとしたが、相手も一瞬驚いた顔をしている。どうやらこの自分と同じことを考え、今まさに、そのことに着手しようとしていたようなのだ。先方も、こちらの意図を見抜いた様子である。お互いに、間が悪く、なんとなく苦笑した。相手の少年も自分同様、見すぼらしい身なりをしていた。

「それだけの話なんですがね。今でもあの時の少年の姿が忘れられません。私と全くそっくりの顔をしているんですよ。目の前に鏡があるのか、と錯覚したほどでした」

万引といえば、と主人がこんな話をした。

本を盗むところは商売柄、何度も目撃したが、盗品を返す現場を見つけたことがある。

「返すところを？」

「おそらく良心が咎めて戻しにきたのだと思いますよ。私が古本屋の店員になりたてのころでして、そう、私と同じくらいの少年でした。何気なく見たら、少年が服の下から本を取りだし書棚に入れるところでした。ふと少年がこちらを見たんです。目と目があって。とたんに少年が泣きだしそうな顔をしました。私が帳場から立ちあがりかけると、一散に逃げだしました。あとで少年が棚に返した本を見ると、一カ月ほど前に盗まれたものでした」

「一カ月ほど悩んだ末に、決意して返品にきたんですね。盗む時よりも、はるかに恐ろしかったろうな」「律儀に盗んだ場所に戻してありました」「その少年は私ですよ」「えっ？　まさか？」「いや。なんだか私のような気がします」

「さきほどのお客さまの話ではありませんが、その少年の風貌が自分そっくりなんですよ。そんな気がしただけかもしれませんが」「わかるわかる。あの頃は貧しい者が多かったからなあ」

「貧乏の研究をする必要が今こそありますね。バブルもはじけたし、単なる郷愁でなく、まじめに」「本屋さん、そういう本ありますか？」「ありますよ。まことにうってつけの本が」

　というわけで、おいらは突然、売れてしまったのである。なんとおいらの時代到来だという。

「貧乏の研究か。なんだか冴えない書名だなあ。この本はいつ入荷したんです？」と客。

「なあに、一カ月ほど前ですよ」と主人。

　おいらは思わず主人を見た。もう二十年もここに居るのに。でもおいらは黙っていた。考えてみれば、おいらは主人にとって貧乏神だったかも知れない。そろそろ退散する潮時だろう。おいらも新しい世界をのぞいてみたい。


（『思い出そっくり』文藝春秋、一九九四年、所収）

古本をあきなう

おやじの値段

「古本の売価には然るべき裏づけがあるのですか?」とMさんが問うた。さきごろ某所で開かれた古書即売展の目録に、Mさんの著書が掲載されていたというのである。十年前に自費出版した句集だが、六千円の売価がついていた。Mさんは発句を得意とするが、その道で高名というわけではない。「それが六千円だというんですからねえ」私は古本屋だが、六千円の根拠は、正直いって私にもわからない。しかしMさんの句集に価格をつけた業者は、詩歌専門を金看板にしており、まるっきりでたらめを表示したとは思われぬ。どこかに六千円相当の珠玉をみいだしたに違いない。古本屋は値づけには意外と真剣、かつまっとうですよと語ると、Mさんは、「だけど、なんだか大げさですな」とてれくさそうに笑った。

私はあえてもちださなかったが、古本屋は時々気まぐれをやる。たとえば人の名前である。一昨年のこと地方のお客様から息せききった電話が入った。近所の古本屋に明治時代の漢詩集がある。編者名をのぞくと貴殿の苗字《みょうじ》だが果して因縁ありやなしや?　私の姓は特殊なのでひときわ目だつのである。まがうかたない私の祖父が編んだ小冊子であった。売価を聞くと、のけぞるほど、する。年代物とはいえ、内容は所詮しろうとの手慰みにすぎぬ。そんなこと業者も百も承知の筈だ。承知で、安くないのである。私はその辺の機微が痛い程わかるので相手の言い値で求めた。祖父の形見と考えればまあ安い買い物であった。とつまりこれが機微なのである。ありふれた苗字でない人の本は高いのだ。筋の通った研究書ならともかく、例えば饅頭《まんじゆう》本と称する故人追慕集など大半が捨てられてしまう代物だが、耳なれぬ姓の人のだけはとりよけて値段をつけるのである。しかも気張ってつける。首尾よく運べば、私が祖父の詩集と出くわしたような段取りが出来《しゆつたい》するやもしれぬ。本の内容や稀少価値など一切関係なく、古本屋の気分でつけられるこのような鼻歌まじりの正札も、ほんの折々存在するのだ。Mさんの句集はそうでないだろうが、考えてみるとMさんの姓も私同様めずらしい部類なのだった。

『殺人の方法』という本を見つけにきた客が、あぶれて帰りぎわ、店の出入口付近で悲鳴を発したので肝を潰《つぶ》した。彼は胸を抉《えぐ》られたかのように両手でおさえ、顔面を波うたせながら帳場にひき返してきた。舌がもつれるほど興奮しているのだった。店の通路に客から仕入れたまま未整理の品が積んである。そこに探していた本を見つけたというのだった。「あれは売ってもらえるのですか？」

客がさしだした本は『殺人の方法』ではない。私が聞いたことのない作者の「処女短編集」である。粗末な、ひとめで自費出版とわかる本である。「この作家を本屋さんはご存知ですか?」中年の客はようやくおちついてきた。私の返事をきくと、「有名なんですがね」そう言っておどかすような大声で笑った。「これ室生犀星ですよ」えっ?「随分探していたんです、これ」「するとこれは犀星の又《また》の名というわけですか?」「嘘ですよ」客は再び笑った。「これは私の親父なんです」

急にまじめな顔になって、親父の思い出を語り始めた。売れもせぬ文学に狂っていた父親の為に、どんなにむごい少年時代を送ったことか。親父が大借金して自分の本を出版した時、何百冊もの本を前に親父は狂喜して踊りまわっていたが、その部屋の隅では幼い子供達が、ひもじさのあまり壁土のかけらを齧《かじ》っているのだった。親父の死後母親に言いつけられて、親父の本をひとまとめ古本屋に売りにいった。店主が哀れんでコッペ一個の代をくれた。自分の小説の値打ちは金にかえられぬと大言壮語していた親父だったが、皮肉にも確かにそうであったわけである。怒った母親は残りをみんなお払い箱にしてしまった。

「くだらぬ親父だったんですが、親父が死んだ年に自分がなってみますと無性になつかしくて」と客が言った。「親父がどんな事を考えていたのか知りたくても、手元に一冊もないんです」客はいとおしそうに「親父の本」を愛撫した。「この本はもしかすると子供の私が古本屋に払った一冊じゃないかなあ。とするとまさに奇遇だなあ」「これはお父さんの筆名ですか?」

「そうです。実に平凡な名前でしょう？　筆名くらい大層な奴を作ればよいのに、創作力の乏しい親父だったんですね」私達は大笑いした。

「ところでこれ値段がついていませんが、おいくらでしょう？」「いやさしあげます。縁結びができた私の心祝いです」「それはいけない。商売なんですから。私も昔のような貧乏人ではないし」客が気色ばむので、「それでは百円頂戴いたしましょう」「百円？」絶句した。やがて相手は怒りだした。「百円だなんて人を馬鹿にするな。あんたは一体なんの根拠があって親父を辱《はずかし》めるのか」

そんなつもりは毛頭ない。私もムッとした。売り言葉に買い言葉、「それだったら千円いただきます」

とたんに客は相好《そうごう》を崩し、「いや五千円にしよう。ね、そうして下さい」そしてしみじみとこう述懐した。「親父もどんなにか喜ぶだろう。自分の著書が古本屋で五千円もするのだもの」

（『思い出そっくり』文藝春秋、一九九四年、所収）

腹中石

親しい人に裏ぎられて、金ですむことでなかったからなおさら応《こた》えた。人嫌いになった。客商売をたつきとする者にとって、これは致命的な事態だが、古本屋ののんきなところは、それならそれでの逃げ道があることだった。

カタログを使っての通信販売にきりかえた。これなら客と顔をあわせなくてすむのである。

手書きしてそれをコピーした四十ページたらずの古書目録を、全国の愛書家に送付した。思いがけないほどの手ごたえがあった。自信を得て、一カ月に一回の発行に踏みきった。号を重ねるにつれ客数もふえ売れゆきも増加すると見込んだのだが、当然その分、仕入れに頭を痛めるようになった。古書の愛好家はいずれもが珍味を求める舌のこえた通客《つうかく》で、彼らのわがままに常に添う機転ができないと、あっさり止まり木を変えられてしまうのである。

いよいよネタに窮すると、通信販売者同士で商品を交換しあう。お互いの売れ残りを融通しあうわけである。通常は古書市場にもちこんで処分するのだが、鮮度に敏感な業者の嗅覚は鋭く、どうしても足もとを見られる。損してまで見切りたくないという思惑から、手もちの貸借が始まった。同じ相手と続けるより、複数と融通しあう方が、品物にヴァラエティがある道理で、するとこの物交を仲介して口銭を稼ごうと考える手あいがでてきても不思議ではない。回し、あるいは回し屋という。

セドリなどという古本屋用語と同様、語源が鮮明でない。（セドリとはもっぱら古本屋の店頭より転売を目的として抜き買いする行為、またその人をいう。）本を回す、という所業から簡単に命名されたとは考えられない。（もっとも回すという動詞には手配するの意がある。）娼妓がいちどきに複数の客をとるのを称して回しというが、なんらかの関連があるかもしれぬ。つまらぬなりわいを卑下した称呼との説もある。回しには褌《ふんどし》の意味があるからである。そこから卑下でなく、表だたないけれどもなくてはならぬ職業、という自負の通称との、まったく逆の解釈もある。回し者というどす黒い言葉があるくらいで、いずれにせよ自虐のにおいがする日陰の陰語である。

回し屋は古本屋ではない。古本屋の客からいつのまにかこの世界にずれこんだ人が多い。多いといっても総数がせいぜい三、四人である。（もっとかもしれぬ。仕事の性格上つかみにくい。）歴史は浅く、古本屋の通信販売が急激に伸展した五、六年前に、品物の払底とともに生れた。彼らは新規に目録を発行した店をめざとくキャッチして、中村屋の菓子折をつとに挨拶にかけつける。お得意にとりこむ魂胆である。

「めりかりと申しやす」そう言って彼らのひとりが現われたのは、私が創刊号の目録を客に発送した翌日のことであった。話には聞いていたが、この人たちと接するのは初めてで、情報を飯の種にしているとはいえ、聞きしにまさる早耳である。

「目録のご発行まことにおめでとうございます」相手は丁重に祝詞を述べた。

夏の盛りであったが風邪をひいているのか、熱のある顔をしてマスクをつけていた。五十年輩のずんぐりもっくりとした男である。

彼は机の上に重ねられた出来たての私の目録を、「ちょっと拝見させてもらいます」無遠慮にとりあげると、「こら楽しい目録やな。仰山売れまっせ」と如才なく大阪訛りでおべんちゃらを使った。

「めりかり、とはどういう字を当てるのですか?」

ふしぎなことに相手は名刺をださないのだった。しかし私のはすばやくおのが内ふところにしまっていた。

「うちこの本買わしていただきとおますわ」目録を読んでいた相手が、私の問をはぐらかすように言った。「お客さまに向けるつもりですからだめですよ」私はいやな顔をした。

「頼まれものですんや。まげてお願いでけませんやろか」

指さしたページの品は変哲もない一冊である。ああ、これは相手の祝意なのだ、とさとった。そしらぬふりして、一等売れ残りそうな品を選んだのである。私は商売人らしい相手の心使いに好感をもった。彼はすばやく風呂敷にくるむと、その本についてはもう何もふれなかった。恩きせがましく受けとられるのを避けたのであろう。

「甲乙丙丁といいますやろ」突然いいだした。

「ほら誰やらの小説の外題《げだい》にありますな、あの甲乙をひっくり返したのが私の姓ですねん」

「それで、めりかりと読むのですか？」

嘘ではなかった。あとで辞書をくってみると、その通りだった。音調の高低、抑揚の意、とでていた。

「しかし本屋さんの名字も珍しいんとちゃいますか？」

私たちはお互いの奇姓をよしみにうちとけた。

「これをご縁によろしゅう頼みますわ」深々と叩頭《こうとう》した。

いれ違いに、青田という三十少しすぎの回しが顔をだした。

彼は机の上の菓子折を見つけると、露骨に舌打ちした。「また先《せん》を越された」おまけに彼の持参した手みやげは、先客より小ぶりだったので、彼は恥いって仲間をあげつらった。

「きゃつは見えっぱりだから、中味より見ための立派なのを選ぶんだ」

当然知りあいなのだろうと質問すると、ケッとくちびるを歪め、「あんな奴とは口をきいた覚えもない」と言いすてた。青田は飢えたように煙草をふかし、初対面の私に向って臆面もなかった。目録作製の掛かりはどの位だとか、目録掲載品の売り値総額とか立ちいったことを聞き、「そんな甘っちょろい見通しでは、たちまち顎《あご》をだすぜ」とくさした。私の目録をせせら笑い、「こんな醜い手書きは、図書館が相手にしてくれないだろう。奴らは活字でないと信用せんからな」

　青田は灰皿を汚し放題よごして帰っていった。

　その日はもうひとり挨拶にきたが、この人は理工学書専門の回しとかで、私の目録は畑違いゆえ、菓子折をとりだす前にひき返していった。


　私はさきの二人とつきあうようになった。

　若い青田の、妙にねじくれた性格はうとましかったが、商売上できるだけ多くの回しと昵懇《じっこん》の方が、何かと得策ゆえ、さしあたり目をつぶる方針にした。彼は口は乱暴だが案外に親切な男で、くるたび私の目録を批評した。

「文字はもっと細かく書いた方がよい。そうすると客が神経を集中させて熱心に読む」

「判型を必ず記述すること。客は何よりも品物の大きさを気にするものだ」

「値段表示はアラビヤ数字を使え。漢数字だと高価に見えてしまうから」

辛辣だが適確《てつかく》なのである。彼はめったに品物を持参せず、いっとき煙草をふかしてだべっていくだけだった。

　商品はもっぱらめりかり氏が間にあわせてくれた。彼が風呂敷包みで運んでくるくさぐさは、毛色の変ったものが多かった。私はこの人たちとの応対に馴れないので、どうしても無理をしてしまう。

　ある時めりかり氏が見かねて、

「あきないのつきあいは末代までと言いますやろ」そういって、「気ィ使いすぎると火傷《やけど》したとき怨みがでまっせ。あんたは色をつけすぎますわ」商談の腰を折った。

「どやろ、こないにしたら。うちがこの本はいくらいくらやと値をつけますわ。安い思たら買《こ》うてくれたらよろしい。高い思たら、そこは駆け引きや。その方があんたも遠慮せんでええやろ」

　むろん否《いな》やはない。めりかり氏は懇切に、この本はこの値で売れるはずだから卸《おろし》はいくらだ、と一冊ずつ説明した。私がつける値段よりはるかに安かった。おまけに彼の回してくれる品は、ほとんど全部といっていいくらい捌《さば》けた。珍しい上に値が手頃だからだろう。

「ちかごろ目録の内容が豊富で楽しい」「毎号まちどおしい」「掘りだし物が多く目移りする」等という客の賛辞がにわかに増大し、私も鼻が高かった。感謝するとめりかり氏は、「回し冥利《みようり》というもんや」大いに喜んでくれた。

「風邪の塩梅《あんばい》はどんなですか？」

　冷たいものをもてなしても、手に取ろうとしない相手を私はいたわった。相変らずマスクをはめて、顔が発火したように艶やかである。

「ええ、まあ」とめりかり氏は体の話題をいやがっている風だった。私は急いで転換した。

「最近、青田さんが見えないけど噂を聞きませんか？」

「あの人は評判が芳《かんば》しゅうありまへんな」

にべもなかった。仲間とはいえ二人はまるで接触がないらしい。むしろ互いに避けている様子である。

いつだったか青田が、私の目録の一品をさして、安すぎると批難した。その品はめりかり氏が卸してくれたもので、売価も氏の指示に従った。そういうと青田はケッと唾を吐くような真似をし、「きゃつは相場をよく知らねえ」憎さげにこきおろした。

「人の悪口は聞きぐるしい」と私はたしなめた。

「へへん。きゃつとつきあっていると今に骨がらみになるぞ。あの人当りの良さがくせものでね」

青田はめりかり氏に嫉妬しているのかもしれなかった。みたところ商売の上で引けをとっているようだし、なにより礼儀をわきまえぬ悪たれに、お得意ができるとは思えない。どこへ行っても鼻であしらわれ、それで時間つぶしに私の所にいりびたっているのではないか。その彼がこの数日、影を見せない。こないとなると妙に気になる男なのである。

私の目録は暮に五号を数えた。ひき続き好調で、私はめりかり氏からの仕入れを倍増した。半面、商売につきもののひずみもでてきた。売掛金の取りっぱぐれである。通信販売の顧客は地方在住が多い。注文を受けると代金あと払いでまず品物を送るのだが、人によっては清算が遅い。だけなら待てばよいが、催促しても梨のつぶてという場合が往々ある。さあ相手が遠方だけに処置が厄介なのである。

四国のある高校の先生が、一号以来、私の目録をひいきにしてくれた。毎号、四、五千円ずつ注文をくれた。三号めにいっぺんに全集三組数万円を買いあげてくれて、涙がでるほどありがたかったが、肝心の送金がない。何度問いあわせても、らちがあかない。窮余のすえ客の在籍する学校長あて事情を書きおくった。すると程なく当人から封書が届いた。

「校長に呼びだされたが自分は一向悪いことをした覚えがない。金はいま一文も手もとにないゆえ払えない。払わないとはいわぬ。金策なり次第払うつもりでいる。個人的な事柄をおおやけにもちだしてほしくない。事情を察し、商人のなさけというものがあってよいはず。自分はしがない田舎教師だが、埋れた地方文学を発掘し、それを世にあらわそうと、縁の下の力持ち的研究にまじめに取りくんでいる学究である。大義のために些少の犠牲はやむを得ないと考える」

私は思いもよらぬ剣突をくわされて恐れいってしまった。それなら品物を返してほしいとかけあったが、黙殺された。通信販売をしている者が必ず直面する問題に、私ももろにぶつかってしまったわけである。

くわえ煙草でよたってきた青田に、世間話のつもりでぐちると、「なんだ、おめえの所もか」と別に驚きもしなかった。高校教師の名前をあげると、

「軒なみそいつに煮え湯をのまされているんだ。したたからしいぞ」

青田は私の顔に煙草の煙をふきつけた。

「あんたも一丁前に被害者の仲間入りかよ」

「ところでおれは来週、取立《とりたて》にでかけるが、一口、乗るか?」

あっけにとられると、青田はせせら笑いながら、「なに、あんた一人のために四国くんだりするわけじゃねえ」

青田はほまちに取立もうけおっているという。もともと回しという稼業は全国の古書目録業者を相手だから、一カ月に一度は北海道から九州まで出張する。青田がときどき十日間ほど姿を見せないのは、この期間に当る。彼は出入りの東京の目録業者を回っては、地方の未払い客のリストを提出してもらい、首尾よく取り立てた場合、取立金額の二割から三割を、手数料としてもらうしくみを考えついた。このもくろみは図に当った。大手の業者以外、取り立てるべき金額はさほどでない。汽車賃を使って談判に行けば、足がでてしまうような額がおおかたである。従って腹だたしいが泣き寝入りという羽目になる。悪《わる》さをする方は業者のその辺の弱みをみすかしているわけである。三割払ってもそんな不届き者を懲らしたいと誰もが願っている。なまいきな口をきく青田を内心毛

ぎらいしながらも、業者の多くが彼を重宝がってお出入りさせているのは、あんがい青田のこのほまちの手腕によるのかもしれなかった。

「この高校の先生さまは、一体、古本屋からどのくらい巻きあげているんだい？」

「そいつは内証だ。おれの商売はな、口が堅いのが看板なんだ」偉そうに答えた。

青田は私の取立依頼額を手帳に控え、委任状を書いてくれと命じた。

「ずいぶんおおげさなんだな」

「あたりまえだ。ひと筋縄でいかない相手だ、へたすると若造と見くびられ、恐喝罪で逆に訴えられかねねえ。万全の準備が必要だ。それと、その客の注文ハガキを貸してくれ。納品書の写しも借りていくぜ」

「いつ帰る？」

「まあ気の向くままだ、一週間、もっとかかるかもしれん。今度は四国と中国を回るからな」

青田は向うへ行って逆に、地方の目録業者を食い物にしている、東京在住の客のブラックリストを預かってくるのだともらした。

ついでに（それが本職だが）本の注文もうけてくる。以上の他に、さる業者から手を合わされたので、その業者の大お得意に、ご機嫌伺いをしてこなければならない、とつけ加えた。それはどういう工合になすのかと聞くと、なに「山本山」の海苔を持参して業者の番頭になりすまし、挨拶だけすませてくるのだという。なにやかやあって、旅費をかけても相応の実入りがありそうだなと鎌をかけると、青田はへっへと人を小馬鹿にしたような笑い方をした。


いったい彼らはどういう生活をしているのだろう。

あるとき客に探求書を仰せつかり、ごくありふれたものだったが、早急に入用との括弧つきゆえ、私はめりかり氏にすがるべく、連絡しようとして、とまどった。めりかり氏がどこに住んでいるのか、考えてみると全然知らないのだった。電話しようにも、番号を教えてもらっていない。これは青田も同じで、彼らは今どき名刺を持たない人間なのである。それでお互いに不便でなかったのは、一週間に一度、必ず相手が御用聞きに顔をのぞかせていたからで、めりかり氏の場合は、地方回りがなかったからその点、几帳面であった。だがこちらに不意の用事が生れた際は弱る。

私はめりかり氏に訴えた。彼は例のマスクをはめた赤ら顔をほころばせ、

「まずいんや本屋さん」と冗談めかした。

「家人に知られると私の立場がのうなるんや。つまりこれは内職なんや」

私は相手を見た。

「するとめりかりさんの本職はなんなんです？」

なぜこの人はいつもマスクをつけているのだろうと、そのとき急に怪しく思った。

「つまり、その、ま、いじめんといてや。自慢できるこっちゃない。内証や、内証」

めりかり氏の顔がいつ見ても赤いのはなんなのだろう？

　ふと相手がおびえたように私を見た。私が見つめ返すと、急に弱々と視線をおとし、

「わし、実はハイジンなんや」

　聞き直すと、

「スタレた人間や。あんたは気ィつかんかったか。ほれ、わての手のふるえを」

　めりかり氏は右手をさしだし指をひろげた。先がこきざみにゆれている。

「酒や。好きなんや。もう骨がらみ」

「どうして、そんな」

「酒でものまんとおられまへんわ。朝起きたら、もう、ですわ。哀れなもんや。酒臭《くさ》、言うていやな顔されるし、それで口をおおってますねん。今日も、まっかな顔でっしゃろ？」

　めりかり氏が泣くような笑うような表情をした。

「若い時わて、腎臓結石と見立てられましてん。あら痛いもんやで。内臓がこうよじれるように痛い。わしの体質なんか知らんけど、石が五つも六つも次々とできますねん。医者にはビールを飲めのめ言うてすすめられますわ、この病気の特効薬いうのはビールしかないんや言うて。小便といっしょに流すんや、いうこってすわ。おかしなもんで、わたしら酒は一滴もやれんたちやったのに、石をださなあかん、ださなあかん一心で、初めのうちは鼻つまんで飲んでましたがな。ところがや、あんた。そのうち、ほんまの

病みつきになってしもた。〝薬〟に」

「悪いこと聞いてしまいましたね」私は謝った。

「いや、ええんや、ええんや。かまへんのです。どこへ行っても不審がられますさかいに、このマスク。でも大抵は二度めか三度めに、わけ聞かれますけど、あんたには、――」

「半年たってです。長い謎でした」私は笑った。

「異様な恰好やもんな、年中マスクをしてるなんてのは。ま、そういうわけありで家人からも相手にされてまへん……」

「もういいですよめりかりさん、よしましょう」

人の身の上の詮索なんて次元の低い話ではないか。

それより常からふしぎなのは、めりかり氏の仕入れ源であった。私の目からみれば掛け値なし一級品を、いつも無雑作に風呂敷にくるんで持ちこんでくる。よその売れ残りとは到底みえない。そうはいっても仕入れ先は、商売上の機密ゆえあかすわけがなかったが、しかしなぜこうも品物が潤沢なのか、その理由だけでも知りたかった。業界ではいわゆる黒っぽい品（真性の古書）がとみに不足し、たまさか市場に出品されると奪いあいの状態だった。

めりかり氏はどうした風の吹きまわしか、いともあっさり打ちあけてくれた。

意外にも老舗の某古書店が仕入れ先だという。この店では年に三回、アート紙使用の重厚な写真入り型録を発行しているが、売価が適切なので同業者の多くがこの目録を相場のめやすにしている。ために残品を市場で処分できない。「天下の〇〇さんでさえ売りこなせない品」「〇〇書店の値段でも捌けない品」と目《もく》されて業者が手をださないからである。老舗には老舗なりの悩みがあるわけで、それでめりかり氏のような影武者を頼んで、ひそかに整理しているというのである。道理で品物に品《ひん》があるはずだ。品《ひん》というのは手垢にまみれていないという意味で、某書店では上流の華客《かかく》からじかに仕入れるため、ういういしいのである。

「いやこれはここだけの話にしてや」

めりかり氏は急に声をすぼめた。しかし氏が屈指の老舗お出入りの者という事実は、氏がそれだけ信用されている身分の証左にほかならない。

四国に出張していた青田が戻ってきた。なんだか様子が変ったと思ったら、彼の髪の形が違っているのだった。田舎の床屋に勝手に模様替えされたとぼやいたが、リーゼントスタイルでむしろ彼に似あう。しかし今日の青田はご機嫌ななめだった。

「ケッ。さんざんな目にあったぜ」

彼は委任状を返してよこした。

「逃げられたのか?」

「強情な野郎でさ。逃げも隠れもしない。金がないの一点張りだ。気がすまないのなら突きだすがよいと、尻をまくりやがるのよ。縛ったあげくが一文の手柄になるわけじゃねえ。野郎おれの役割を先刻みぬいてやがるのよ。それでそんななめた口をたたきやがるんだ」

「すっかりくわれちまったわけか」

「おれより役者がうわてだ。ありゃあ根っからのワルだぜえ」

「どんな先生さまなんだい？」

「青い顔して、やせた、ちっとも迫力のねえ野郎よ。それがごうつくばりでスミマセンと詫びるでもない。居直りやがってよ。ああ業《ごう》が煮える」

「世の中にはいろいろな人間がいるさ。勉強したと思えば安いものだ。あきらめるよ」

私は負け惜しみを言った。

「目録のお客さまというのは、しかし不思議だなあ」

考えてみれば私も客も、双方、一度も顔をあわさず、親しい言葉をかわしたこともなく、電話もしくは葉書一本で取引しているのである。客がそもさん何者であるか知らないし知ろうとも思わない。客もまた語ろうとしない。この信頼関係は全体なにによっているのだろう？

青田がボストンバッグを開いて、服紗包みを取りだした。

「話の種に珍品を拝ませてやる。唾を飛ばすなよ」

包みの中味は桐箱である。

箱の蓋《ふた》をのぞくと、見るからに古色の巻子本《かんす》が納まっていた。青田は紐（褾帯《ひょうたい》）をほどき、なれた手つきでするすると三十センチばかりひろげた。絹布の褾をもう少しひろげると、ようやく楮紙《こうぞ》の本文が現われた。巻首が焦げている。

「焼経《やけぎょう》かい？」

焼け焦げた経文は、焼失した由緒の古寺から持ちだされたとされ珍重される。

経ではない。万葉仮名の日記である。

「二月十一日　結城《ゆうき》郡刑部奥麻呂風病《おさかべのおきまろかぜのやまい》　発熱波下斯《はげし》　茨城郡上丁丈部首麻呂《たけべのおびとまろ》四支《しし》不動《うごかず》百節皆疼云《いたむという》　行方《なめかた》郡玉造郡犬目杖爾《たまつくりべのいぬめつえに》夜理手《よりて》阿由麻牟斗須留我《あゆまむとするが》足那得多留《あしなえたる》驢能吾刀志《ろばのごとし》

……」

「ほう、読めるなんて偉いじゃねえか。ついでにこの日記が何者のか当ててみな？」

「見当もつかない」正直に言った。

「息長真人国島《おきながのまひとこくしま》日記と普通には称しているが、正確には、常陸国防人部領使《ひたちのくにさきもりことりづかい》大目正七位上息長真人国島《こくしま》の天平勝宝七歳乙未防人引率日帳というんだ」

私は青田の記憶力に感嘆した。

「なにこの桐箱の蓋の裏にちゃんと書いてある。防人ってのは知っているだろう？」

九州防備の兵士である。往古、主として関東の地より強制的に徴募された。彼らはいったん難波《なにわ》の港に集められ、兵部省の点呼と勅使の閲兵をうけ、一夕の祝宴ののち、船で筑紫の国に向った。難波まではるばる彼らを引率してきた国の役人の道中日記だというのである。

「これ、『国書総目録』にでているのかい？」

青田がせせら笑った。

「プロの古本屋のいうセリフじゃないね。あれに漏れている本が相当数あるのは先刻承知だろうが。こいつはむろん原本じゃない。古写本だ。この年に兵部少輔の大伴家持が、各国の防人引率使を通じて防人の歌を上申させた。それが万葉集の有名な防人の歌だ。その際、引率日誌も同時に提出させたらしい。徴兵の参考資料に使うつもりだったのだろう。ごらんのように公用日記だから、内容は防人らの病気やけが等の報告、各駅長の対応の様子が、そっけなく記されているだけだ」

そんな大層なものがどうして目の前にあるのだろう？

「あんたのお客でこれをほしいという奇特なご仁はいないか？　礼ははずむぜ。無理か。おめえの手書き目録じゃあな」

青田は舌をだし首をすくめた。

「古書市場に出品した方がてっとり早いのじゃないか。手続きを代行してやろうか？」

「そうはいかねえから苦労しているんじゃないか。おおやけにされてはこまる事情が売主にはあるんだよ。税金の問題とか、いろいろな」

青田はていねいに巻き戻すと箱に納めた。

「なにあんたの扱っている雑本とちがって、こういう高級品はしかるべき場所に必ず落ちつくものだ。あわてることはねえ」

　めりかり氏に茶飲み話にのぼせると、このマスクの男は一笑に付した。

「古写本いうのがくせもんや。『国書総目録』にも載ってへん文献なんか手ェださん方が賢明や」

　めりかり氏は腹だたしそうに言った。

「回しの風上にも置けん奴や。誰にふきこまれたか知りまへんけど、人間金につまるといかがわしいものでも光って見えてきます。本屋さんも晦《くら》まされんように気ィつけてくれんと」

　しかしそれから一週間ほどたって、めりかり氏から息せききった電話が入った。

「本屋さん、ほら、あの青なんとかいう若い男が持ってはった巻物なあ、あれ、なんと言いましたかいな?」

　私はうろ覚えの名称をおぼつかなく伝えた。

「まちがいおまへん。うん、まちがいおまへん」とめりかり氏が電話の向うでうなずいた。

　私は反問した。

「そっちへ寄らしてもろた時、詳しいに話するけど、奴の、ホンマモンらしいわ」

「本物?」

「どこで手に入れたんやろ。油断のならん奴や」

一体どういうことだろう、と私はめりかり氏の来訪がまちどおしかった。

ところがそのめりかり氏は姿を見せなくて、地元の警察官が私を詰問にきた。話をきいてみると、いつのまにかとんでもない展開になっていた。

警察署に投書があって、私が恐喝を働いたというのである。

投書のぬしはあの四国の高校教師であった。彼は、私の代理人と称する男に本代を清算したのに、まだもらっていない、払え払えと矢の催促をよこす、と訴えていた。あくまでしらばくれるなら然るべき筋に駈けこむ、とあるがこれは悪どい恐喝ではないか。

私は青田にまんまと一杯くわされたのだった。しかし警察官には自分の記憶違いによる督促だった、決して相手を威《おど》すつもりはなかったと弁明して、青田の名前は持ちださなかった。ややこしくなると面倒だったからである。警察官は目録販売のしくみなど事務的に質問したあと、「うちの坊主は漫画も読まない」とこぼしてひきあげていった。

いりかわりに青田がくわえ煙草で入ってきた。

「なんだ今のおまわり、すれちがう時ビッと屁をしやがった」

「冗談じゃないぞ」

私は大喝した。

「いけしゃあしゃあと――」

説明すると、やにわに怒りだした。

「おれはな、はばかりながら、こんな虫みたいな稼業をしているが、人の信用を裏ぎるほど曲がっちゃいねえぞ。ばかやろう。てめえにもその位の道理がわかるだろう？　一度でもそんな汚い真似をすれば、この渡世はお手あげだ。てめえの業界だって同じだろう？」

そういやそうだ。

「その四国のとんちき野郎がおめえに威《おど》しをかけたんだよ。そうに決っている。相当のワルだっておれが保証したろう？　まったくてめえも人がいいったらねえや。なぜおれをひきあいにだして、おまわりにかけあわねえんだ。そんなよこしまな野郎は灸をすえてやらねえと、ますます図に乗るんだぞ」

青田がてっきりと思いこんでいたから――

「てめえもかわいいとこがあらァ。しかしこれで完全に四国入道にしてやられちまったな。もうおめえもにっちもさっちもいかねえ。正直者ばかを見たの巻おわりだ」

私は話題をかえた。

めりかり氏の名前は出さず、防人日誌の買手が、もしかすると見つかるかもしれぬと匂わせた。青田は本気にしなかった。

「おめえ、まさか十万円ですなんて客にヨタ値を告げたんじゃあるめえな？」

「言わない。だけどそういえばあんたに値段を聞いていなかったな」

「おめえが考えているような安値じゃない」

「むろんそうだろう。いくらだ？」

「百万円だ」

案外な値段なので私は拍子ぬけした。

「そうは言うけどたかだか三十センチの断簡だ」

貫禄のある巻物に見えたが。

「堆朱《ついしゅ》の軸が太くてたっぷりと表装してあるのよ。それに軸の両端には琥珀《こはく》がはめこんである。床の間のシミ隠しにぶらさげる安軸じゃあるめいし、表具には贅を尽してあらあ。だけどおめえその客は本当に買う気かね？」

私は何も言わず、ひとり笑いして気をもたせた。


めりかり氏の説明によれば、真人国島日誌は、以前に氏の仕入れ先である老舗にもちこまれたものだという。しかし日記の売り手（所蔵者の代理人）がおおやけに処分してほしくない意向を示したため、老舗側が身を引いたといういきさつである。老舗の取引は、おおむね図書館等の法人相手ゆえ表だたないわけにいかないし、条件つきのいかがわしさを嫌った向きもある。といってこういう特殊なブツは、特殊な顧客をもたぬ普通の古本屋には荷が勝ちすぎ、まして古書市場に出品まかりならぬという札つきでは、手がだせない。青田のような回しに委託されたゆえんだろう、とめりかり氏は推量した。

「しかしあれはまちがいのない品物《しなもん》や。当時わしも主人のお相伴で見せてもろたが、主人もホンマモンやと太鼓判を押してたさかい」

某書店のあるじといえば、日本一の呼び声高い目ききの人である。

「ところでなあ、その青田という人、なんぼやいうて掛け値を言うてました？」

私の答えを聞くと、めりかり氏は目をまるくしてマスクに手をかけた。

「聞きちがいやおまへんか？」

まちがいなかった。

「そうでっか。そんなら売主が見切って値下げをしたんや。売り急いだに違いおまへんわ。これは買い時や。買いや、買いや。買いましょ。それわてが買《こ》うたるわ」

それならさっそく青田に伝える、と私は勇みたった。青田とここで直接に取引したらよいとすすめた。

「そら、あかんわ。わてはあんたから買うんや。青田いう人から、わてがじかにこうたら品物が光らへん」

めりかり氏が妙な理屈を言いだした。

「よろしおますか。あんたがまず相手から品物を買いますわ。それをうちがあんたから買いますねん。もちろん、そらあんたも一割なり二割なり手数料をもうけなあきまへん。まあ聞いとくなはれ。うちがあんたから買うというこれが大事なんや。わてが青田の品物では光らんという意味はここや。わてはそのブツを然るべき古本屋に納めんとあきまへん。出所が肝心や。あんたの店で仕入れさせてもろたという一行がお墨付きになりますねん。こないいうたらなんやけど、わてら回しは所詮回しや。両足と風呂敷一枚が道具の、はかない商売や。信用なんてなんもあらへん。回しから仕入れた品では古本屋が警戒しますねん。わかってくれはりまっしゃろ？　ゆうてみたら、残り物《もん》やもん。わてらが日頃扱わしてもろてます品物《しなもん》は、はっきりゆうてみたら古本屋のクズですわ、ババを警戒するのは当然や」

めりかり氏がこんなにも真剣に、熱をこめて語るのは初めてだった。

「あんたが客から仕入れたウブ荷やと、わては触れこませてもらいましょ。それでこそ売れますねん。わしはこんな仕事してますけど、回しなんかちょっとも信用してませんわ。自分自身さえ信じてへん。自分で自分を裏ぎることまである位や。寂しい話ですわ」

めりかり氏は耳の後ろに手をやってマスクの紐をいじりながら、うす笑いをした。

「わてはまいとし二個から三個の石ころを、小便といっしょにチンポから流しだすんや」とまったく別のことを話しだした。

「あずき大の石やけど、そうは言うても誰にも信用されへん。本物の石やないやろ、いうて皆疑うけど、ホンマの石ころや。コンペイトウみたいな形をしてますねん。だしてもだしても、性懲りのう生れてでてくるんや。この石は一体なんやろ、とときどき思いますわ。わての腹の中のアクかもしれん。アクが固まって石になるんやないか、と思うたりします。腹に石ができるなんて、おかしな話ですやろ？」

近日中に金を持参するゆえ、青田から日誌を買上げておいてほしい、とめりかり氏は話を結んだ。早急に手を打たないとよそに回される恐れがあると釘をさした。それからこれはいわでものことだが、あこぎな値引き交渉はせぬように。回しというなりわいは人が思うほどうまみのあるものでなく、どころか微々たる利鞘《りざや》かせぎである。それを強談《ごうだん》すれば臍《へそ》を曲げてしまう。

私はぬかりはないと答えた。めりかり氏との取引同様、先方のつけ値を信頼する。めりかり氏の本はかつて私を損させなかった。回しだからこそ私は信用するのだ。

「ほな、いつものビジネスに入りましょか」

そう言って風呂敷をほどいて、私の目録用の品々を机に並べだした。

「はい、これが二千円。これが三千七百円。こいつはめったに見れへん本でっせ、五千円」

「あれ？」私はとりあげた。

「これはめりかりさん、この前の目録で私が売った本ですよ」

「藤四郎《とうしろう》みたいなこと言うたらあきまへん。本やもん同じもんはなんぼもありまっせ」

「ちがう。いつだったかめりかりさんから私が仕込んで目録で売った、その時の本なんです」

「古本は生きもんや。あっちゃこっちゃ転々するもんや。ふしぎはないやろ」

なにをつまらぬ事をと笑いもしなかった。

「なんだかこわいなあ」

「こわいのは人間や」

今度はマスクの裏の唇をふるわせた。


私は銀行で借金し、用意して、青田を待った。

「どんな客だ？」青田が目を光らせた。

「あんたからこれを買いとろうとする客は何者だい？」

私は笑ってごまかした。

「まあいい。おれも出所はいえんし、おあいこだ。だがひとつだけ、おれにはわかる。あんたの客は研究の為にこれを買うんじゃねえ。金もうけだ。図星だろう？」

青田は煙草の煙をいきおいよく吐きだした。

「そういう我利我利からはうんとふんだくってやれ。あんたまさか相手に元値を告げちゃいめえな？」

青田はケッと痰を吐くような声をだした。

「そんな根性で商売をやろうというのが、そもそも外れているよ。いいか。こんなこと面と向って教える馬鹿もいねえだろうから、おれがかわりに憎まれ口をたたくが、あんたの近頃の目録はさっぱり面白くねえ。おれが読んでそう思うのだから客もその通りだろう。そりゃ売れているかもしれねえ。だけど売れるのと面白いのとは違うんだ。わかるか。なぜつまらないか。あんたの眼《まなこ》で品物を仕込んでいないからだ。古本屋ってのは集める商品に店主の好みが派手にでてこそ面白いものなんだ」

　青田は急に声を落した。

「この間あんた四国のナニガシにペテンにかけられたろう？　ペテン師は人の隙をぬすむ。あんたの目録を一瞥《いちべつ》するとその隙が奴らには如実にみてとれるんだ。隙というのは、もうけてやろうという魂胆だよ。古本屋がこの根性にかられたら客は離れるのさ。本好きな客は、本であくどくもうけようという人間を許さないからだ。本というものは汚い世俗と無縁だと、彼らは信仰しているからな」

「おれのお節介の内容は矛盾しているようだが、要するに、安易な商売は禁物という教訓さ。ことに本の商売は、心してかからねば、本に手痛いしっぺい返しをくらうぞ」

　青田が帰ったあと、私は彼から求めた国島日記をしみじみとながめた。開くと、かすかに虫除けの蓬《よもぎ》の匂いが湧きたった。それは実に古めかしい紙質であった。裏打ちされていなかったら、手にふれると粉になって散乱してしまいそうである。下方は紙魚《しみ》になめられてすりきれたような状態だった。毛筆で、十三、十四、十五、十六行。

「二月十四日　兵部少輔爾《に》道中録世《ろくせ》志《し》防人《さきもり》羅《ら》乃《の》歌能《うたの》宇《う》知《ち》秀歌選而《えらみて》　進《たてまつ》　良《ら》牟《む》　数十七首

茨城郡若舎人部広足《とねりべのひろたり》三首　信太郡物部道足《もののべのみちたり》三首　茨城郡占部小《うらべのお》龍《たつ》一首　久慈郡丸子部

佐壮《すけお》一首　那賀郡上丁大舎人部千文《ちふみ》二……」

文章はそこで切れていた。これはおそらく日記のおしまいの方の部分にちがいない。『万葉集』巻二十によれば、天平勝宝七年の年、各国の防人部領使《ことりづかい》が大伴宿禰家持に防人歌を進上せし一番最初は、遠江国で二月六日である。推量するにこの日付は、同国の防人らが難波津からの船出を明日に控えて、出征の宴を張った日ではあるまいか。宴席で防人らの秀歌が部領使に披露されたのではあるまいか。（ただし悪天や風待ちもあり、必ずしも予定通り船出が行われたわけではないだろう。）

七日は相模国である。八日に家持は彼らの出帆を送別し、「防人の別を悲しむ心を追ひ痛みて作れる歌一首ならびに短歌」を作った。九日にも彼らの歌を詠んだ。この日は駿河国の祝宴である。しかし書類には七日の日付が入っていたらしい。「実《まこと》に進《たてまつ》れるは九日」とある。当日は上総国も同時に宴が行われたらしくずいぶん混乱した模様である。

このあと十四日に常陸国および下野国が、十六日下総国、二十二日信濃国、二十三日上野国、二十九日武蔵国、そして三月三日に、防人を検校《けんぎょう》する勅使紫微大弼安倍沙美麻呂と、兵部の使人ら共に集《つど》いて、節句の飲宴《うたげ》せし折作れる歌三首を録しているのをみると、二月いっぱいで防人検閲の業務は終了した気配である。二月中に難波津に集合との触れが、各国部領使に通達されていたのであろう。常陸の息長真人《おきながのまひと》国島は（たぶん）二月十五日に同国兵士の出港を目送したのち、公務道中日誌を家持に上呈し、あわただしく帰国の身仕度を整えたにちがいない。

私はふと青田が息長真人コクシマと発音していたのに気がついた。『万葉集』にはこうある。

「二月十四日、常陸国の部領防人使大目正七位上息長真人国島の進れる歌の数十七首。但拙劣《つたな》き歌は取載せず。」

これは素直にクニシマと読むのではなかろうか。古本屋はたとえば国学者の荷田《かだの》春満《あずままろ》をシュンマンという工合に、他意なく、いわば便宜で人名や書名を別称するが、青田の重箱読みもその類だろうか。

それはともかく私はこの国島日記を、なんだか手放すのが惜しくなってきた。これだけ古い稀覯の一巻を掌中にするなんて、商売とはいえ一生にめったにあるまい。運よく入手したからには自分の力で売りさばきたい、お客に喜ばれたいというのが商人の欲であった。ことにも目録販売をしている古本屋の夢は、自家目録に国宝級の絶品を掲載し、末代の語り草にすることだった。

やましい気がしないではなかったが、めりかり氏から電話で問いあわせがあったとき、思いきって正直に相談してみた。

めりかり氏はややあって、

「ええ機会や」私のわがままを笑って許してくれた。

「商人《あきんど》はどこかで跳《と》ばんとあかん。跳んで、身代をふくらますんや。でもな、目録に載せるいうんやったら、手書きのコピーなんちゅうケチくさいこと言わんと、気ばって、いっそカラー写真入りの、豪華ななりをさせたり。一生に二度とない祭りや」

そうしようと私はめりかり氏の寛恕《かんじょ》にむせんだ。

「わて、しばらくお目にはかかれまへんけど、なに例の結石ですわ。どないにしても手術せんと取れん石が一個あるいうんや。見舞いはええ。かえってわずらわしいさかいに。十五日ばかり入院や。それはまアええんやけど、憂鬱なんは入院したら〝薬〟が飲めんことですわ。おかしな話ですけどな」

それからの数カ月ほど充実して輝いていた日々は、あとにも先にも、ない。

めりかり氏は退院はしたが、予後がはかばかしくないよしで顔を見せなかった。私たちはもっぱら電話で用を足しあっていた。週に一度、めりかり氏から御用聞きの電話が入るのである。荷は宅配便で送られてきた。折り返し私は郵便振替で送金した。取引に支障はなく、万事、従来通りである。

私は更に借金を重ねて、目録作製につぎこんだ。某老舗の型録に匹敵するものをと意気ごんだのである。

巻子本を撮影し、その解説を書くべく図書館に日参した。国島の事蹟を知りたく願ったが、恰好の参考書が見つからなかった。やむなく防人部領使の役柄を記し、当時の防人制度を巨細に述べ、ついでに常陸の国の一般民衆の生活にまで筆をすすめた。古書目録というより奈良時代史の小論文である。

掲載品目がたった一点ゆえ冊子の束《つか》をだすために、アート紙のもっとも厚手を使用した。

六月の初めにそれは「目録発行一周年記念特別号」と銘うってついに完成した。ボーナスの時期をはからったのである。

表紙を起すと、お客さまへの「店主敬白」、次ページに桐箱に納まった国島日記のカラー写真が一点、その次のページにはモノクロ写真で日記の最終部分を見せた。計画ではたくさんの写真を並べる手はずだったが、「内容全文を読解されては売れない。ストリップ・ショーの要領で思わせぶりに片鱗を見せるのが貴重文献を売るコツ」との青田の助言で、二枚に限ったのである。

お客さまに発送したあと、私はめりかり氏と青田に、「感謝をこめて」と扉に献詞を添えて速達で拝呈した。

国島日記の売価は思案の末、めりかり氏の意見で百五十万円と決定した。売りきれる値段、というのが氏の商売の持論である。

よく日、客の反応より早く、そのめりかり氏から電話がきた。

めりかり氏は特別目録発行の祝意を述べたあと、「惜しかったんは、あんた、とっかかりにえらいゴショクをしてしもたねえ」と声をひそめた。さなきだにマスクをはめてしゃべっているせいか、めりかり氏の電話の声はくぐもっていてよく聞きとれない。ようやく活字の誤植を指摘しているのだと了解した。

「題や、題。ここは大抵の人が見のがしよる誤植の落し穴みたいなもんや。大《おっ》きい活字やからついうっかりと通りすぎてしまうんやな」

「でも××書店古書目録とまちがいないはずですが？」

「そこやない。百五十万円の表題や。見てみい？」

私は手もとの目録をめくった。わからない。

「国島日記となってるやろ、国島日記と」

なにを言っているのだろう？

「国島の島が誤植やないか。しっかりしてえな、あんた」

誤っているのはめりかり氏ではないのか。私はカラー写真の桐箱の文字を読んでみてほしいと言った。

「なんやこれ？」

頓狂な声をあげた。

「あんた、コクシ日記というたやないか、国司日記と」

私は苦笑しながら説明した。

青田の言ったコクシマ日記を口伝えにそのまま発音してしまったこと。だが正確にはどうやらクニシマ日記と読むらしいこと。めりかり氏が、ふっと黙った。

「聞きちがいですよめりかりさん。電話でお話したものですから、コクシマをコクシ、とまちがえて耳に聞いたんですよ」

私の方もまた「マスク声」の氏の発音を、聞きちがえたのに相違ない。

「ソンなら——」めりかり氏が水をふくんだような声で言った。

「うちの見た品物とこれ、まるっきりちゃうわ」

私にはどういう意味かのみこめなかった。

「とにかくこれからわし駆けつけるわ。快気祝いも届けなあかんし。がっかりせんといてや。覚悟だけは必要やで」電話を切った。

めりかり氏はタクシーを飛ばしてきた。

日記の現品をひと目みるなり、

「やはり別物や」とうなった。

「すると?」私は絶句した。

「うちが主人に拝ませてもろうたのは常陸国国司日記や。これは、まったく違う奴や」

「これはすると——」ようやく声がでたが、かすれていた。

「百五十万円の価値がないものでしょうか?」

「わからん。あるかも知れんし、ないかも知れん。とにかくうちが思うてたのとは全然、別のもんやということや」

私はにわかに両足が萎《しお》れたようになり、その場にしゃがみこんだ。

「どうしよう。ぼくは麗々しく贋物を飾ってしまった」

「偽物とまだ決ったわけやない」めりかり氏が叱咤した。

「今の所はうちとあんたの食い違いだけや。損したいうわけではないやろが」

「でも、きもちはそれと同じです。ぼくは、めりかりさんの目だけを、頼りにしていたんです」

「酷なこと言うようやけど商売は窮極、自分や。古本屋は最後は自分の目玉だけが頼りなんや」

「すみません。軽率でした。青田に交渉してみます」

「交渉いうたかてどないするんや？」

「多少の弁償金を支払って引き取ってもらいます」

「目録の注文がきたらどないするんや？」

めりかり氏がマスクの奥をほころばせた。

「目録の反応を待ってみたらどないや。急ぐことはないわ。売れるかもしれへん。それに、青田いう人に引き取ってもらう、あんたえろう簡単に言うてますけど、勘違い、いう理由だけで、そんなうまいこといきますのんか。先方が納得してくれますか？　素人《しろうと》同士の取引ならまあどうかしらんけど、お互いプロや。プロは自分のミスは金で責任とるもんとちゃいますか？　ま、私には何も言えん。あんたの胸三寸や」

目録の反響はひとつもなかった。せめて問いあわせの数件でもと期待していたが甘かった。客にそっぽうを向かれるくらい応《こた》えるものはない。ただ一通、ずいぶんたって目録受理の礼状が届き、追って書きに、「しかし貴店のいつもの親しみやすい手書き目録をなつかしく思いました。近頃は品物の選定が偏りすぎていませんか？」客は正直だ、国島日記などという骨董は、私が扱うべき分野ではない、と暗に戒めているのである。

青田とは連絡がつかず、私は金繰りに弱って、やむなく日記を古書市場に放出した。業者はみな私の目録を知っており、あんな豪華な型録で広めても捌《は》けませんでしたか？と皮肉る者もいた。案の定、「出きず」だった。二、三枚の空札《からふだ》に混って「五百円」と記された戯《ざ》れ札が入っていたという。ばかにされたのである。

「古いものは折り紙が必要ですよ」

親切な同業者が慰めてくれた。

「結局みな自分の目に自信がなくて警戒しているんです」

そして鑑定家の某教授を紹介してくれたが、私は急におじけついてしまい、行かなかった。

夏がきた。

いたちの道だった青田が、「百五十万円は玉《たま》の輿《こし》」と鼻歌を歌いながらやってきた。

私は顚末を語った。

「なんだおめえ、それじゃ当てもないのに手張りでおれから買ったというのか。あきれかえるのひき蛙だよ全く」

青田はふいに猛烈に怒りだした。

「それで売れないから引き取れという腹か。え、回しだと思って馬鹿にするなよ。おれはようやく売りさばいたんだ。商売は甘くないぞ。おれはてめえにババを押しつけたつもりは毛頭ねえ。買うって色気をだしたのは、そもそもてめえじゃないか」

そこへ突然めりかり氏が現われた。

青田とめりかり氏は顔を見あわせて、一瞬ギョッとしたように口をつぐんだ。

私は双方をひきあわせた。ふたりはぎこちなく挨拶をかわした。そして二人は気まずそうに話が全然はずまないのだった。

「またくらあ」青田が吸いさしの煙草を乱暴にもみ消して中座した。

「あの男でっか例の」めりかり氏が目くわせをした。

「引き取らんとほざいたでっしゃろ?」

「もういいんです、めりかりさん」

私は手をふった。

「ご心配をかけました。私が悪いんです。いい勉強になりました。この日記は一生、座右に置きます。苦しい時にこいつを見ると、ナニクソと力が湧くような気がします」

「なるほどものは考えようや。そうやって成長していくんや」めりかり氏が合点した。

私は冷蔵庫からビールを一本もちだしてきた。自分とめりかり氏の前にコップを置いた。

「暑気払いに一献《いっこん》やりましょう」

「手術のあとぐされで、あかんのや」

「一滴もですか？　隠れ上戸と違いますか？　今日も顔が赤いですよ」

「遠慮やない」めりかり氏はコップを塞《ふさ》いだ。

私は自分のに注《つ》いで、たて続けにあおった。なんだか無性に酔いたかった。

「めりかりさん。まあ愚痴を聞いて下さい。いつか青田がぼくにこう説教しました。本にしっぺ返しをくらうぞって。本とは真剣にとりくまねばならぬと。まさにその通りです。ぼくは本を馬鹿にしてしまったんです。本をくいものにしようとなめてかかったんです。価値もわからぬくせに売価をつけたんです。本を物と見ていたんです」

「いや本は物や。物以外の何もんでもない」

めりかり氏がさえぎった。

「そう割りきらんかったからこそあんたは失敗したんや。本にはなんの世界もない。ただの印刷物やないか。活字読んで幻想いだくのは人間の勝手や。本にはなんの責任もおまへんわ。そない思いまへんか。わて恥ずかしい話やけど、本なんか読んだこと一度もない。子供の時からそうや。活字ゆうのはなんかしらん目にばっかりちらちらして、いやなもんや」

「するとめりかりさんにとって本はなんなんです？」

「こづかいの足し前やな。それだけや。わてな、古本屋いうのんは興味はおましたわな。同《おんな》じ本でも向うの店では五千円の売値や、それがこっちでは百円均一や。本に対する思い入れが皆ちがう。客もおんなじや。この思い入れのズレみたいなもんをうまいこと利用したら、ひょっとしてもうかるかもしれん、そう考えたんや。回し志願の動機ですわ」

私はぐいぐいとあおった。

「めりかりさん気を悪くしないで聞いてほしい。せっかくめりかりさんのお世話になってこの一年がんばってきたけど、今後はぼく一人で切り盛りしてみたいんです。自分で工面して本を集め、自分なりの目録をこしらえたい」

「結構なこっちゃ。それでこそあんたも一人前や。おめでと」

めりかり氏は空のコップをとりあげて、私のにかち合わせた。

「あんたもそろそろ身ィ固めんとあかんがな」

「まあ一杯だけつきあって下さいよ」

注《そそ》いだ。

「ほんまにだめなんや」

私は、ふっと笑った。

「めりかりさん、きつい事いうと思わないで下さいよ。気がついてみたらぼくの目録、なにからなにまで完全にめりかりさんの目録なんですよ。ぼくなんてどこにもいない」

「わしは乗っとられたわけや」

めりかり氏が冗談めかした。

「いいや、ぼくが本に復讐されたんです」

私は急に酔っぱらったようであった。目の前のめりかり氏のマスクがゆらゆらと揺《ゆ》らいで見えて、私は青田の口から切れまなし吐きだされる煙草の煙を連想した。めりかり氏と青田はグルだったのではあるまいか。ふっとそう考えて、私は、酔ったな、と思った。

「めりかりさん、私の再出発をなぜ祝って下さらないんです。乾杯を」

「わて手術してから本当に飲まれへんのや」

なさけなさそうに身をくねらせた。

「信用してへんようやさかいに証拠みせたるわ、これや」

開襟シャツの胸ポケットから、おひねりを取りだした。開くと、直径一センチ弱の飴《あめ》玉《だま》が現われた。

「わての石や。腹の中の石ころや」

机の上をころがしてよこした。

「チンポからでた奴やないから汚いことはないで」

つまむと、それは確かに石ころであった。しかし普通の見なれた石である。

「かつがないで下さいよ。これが腹から生れたなんて――」

「みんながそう口をとがらせますねん。信じられまへんやろ。そやけどホンマや」

「ぼくは信用しない」

「やっぱりこう腹を割って見せたらんことにはあかんのやろな」

「めりかりさんマスクをとって見せてくれませんか？」

「どないしたんや？」

「お顔を、拝ませて下さい」

「あんた酔っぱらったようやな」

「だってぼくは一度もめりかりさんのお顔を全部、拝見したことがないんだ。一年もこうしてつきあいながら。是非おがませて下さい」

「見たからいうて、なんかの足しになる顔やないわ」

「お願いします」

「失望するだけや」

「一向に」

「まあええ。そんなにご執心なら見せたげますわ。汚い顔だっせ。がっかりせんといてや」

　めりかり氏はおかしくてならぬというように含み笑いしながら、白いマスクをはずした。


（『猫の縁談』中央公論社、一九八九年、所収）

紙魚たりし

紙魚《しみ》、というのをご存知だろうか。名前は聞いても、これを実際目にした方は案外少ないのではなかろうか。最も縁の深い古本屋ですら、一度も見たことがないという人がいる。私がそうだった。多分ノミの親玉くらいの図体で、天道虫のように愛らしい格好の虫なのであろうと想像していた。

あんなに長いヒゲがあって、しっぽがあって、足が六本だか八本だかある、グロテスクな姿をしているとは、つゆ思わなかった。すこぶる敏捷で、体長、見積り十五ミリはあろうか。もっとも私が見つけたのは特別だったかもしれない。

なにしろ百年以上も昔の紙魚である。紙魚の寿命は知らないが、ものの本によれば、こいつは幼虫も成虫も同じ大きさで、全く形が変らないとあるから、育つということがないなら老化もないだろうし、してみれば無限に生存するのかもしれぬ。主食の本ある限り、生きつづけるのであろう。

世が世なら一万石の殿さまの上屋敷に、本を買いに伺候《しこう》したことがある。白壁の土蔵に案内されて、よりどりみどり、持っていけという、古本屋にとって絵にかいた初夢みたいな話である。ただし一時間に限ると釘をさされた。一時間以内に値を踏み、運びだしてほしいと案内者のお爺さんがいう。彼は昔だと家令という者であろう。なにゆえ時間を制限したのか、あえて聞かなかった。爺さんはなんだか迷惑そうな顔をしていた。

彼は土蔵の入口の段々に腰かけて煙草をふかしながら、中で息せき切って本をあさっている私に、たえず話しかけてきた。彼は何気なさそうに私を見張っていたのにちがいない。監視の我慢が、ぎりぎり一時間であったのかもしれない。私が息を詰めて本に見入ると、すかさず様子をうかがうように、古本の値段はどのように決めるのかだの、古本屋さんは本を見ると金に見えるのだろうとか、私にとって返事のわずらわしいことばかり問いかけてくる。

さきによりどりみどりと言ったけれど、土蔵いっぱいに本がつまっているわけではなかった。古いガラクタ類が積みこまれていて、それらをいちいちよけて、本が入っていそうな見当の木箱を開けてみる。大抵が当て外れの什器《じゅうき》入れで、定刻は迫ってくる。気が気でない。私は爺さんの気まぐれに適当にあいづちを打ちながら、それでもひと抱えほど選びだした。

昔の家令は欠伸《あくび》をしながら立ちあがり、「こんな昔の汚ない物を、金を出してほしがる酔狂人士の顔が見たいよ」と述懐し、ふいに、「いくらだね?」と聞いた。

私はいきなり短刀をつきつけられたように、息をのんだ。「フン、よかろう」と相手はつまらなそうにうなずいた。

その時いただいた江戸時代の何やらの書きつけをめくっていたら、銀白色に光った虫が和紙の紙面をよぎったのである。こいつは江戸時代の紙魚だ。胸が高鳴った。私は大事に飼いはじめた。飼育といっても要するに逃がさなければよい。なにしろ餌を与える必要がない。

私は店の客に話の種に見せびらかした。生れて初めて見るという客が多かった。「水をのまないで生きているんですねえ」皆いちように感心した。「糞はやはり銀白色だろうか」という客がいた。「糞を見つけたら一粒いただけませんか」「糞なんかより、こいつをふやして一匹さしあげます」というと、虫はいらない、とその人ばかりでなくみんなが尻込みする。「どうもつぶしても赤い血のでない生きものは気味悪くて」と口を揃えていった。

一万石の殿さまが亡くなった。通夜に私はかけつけた。受付にあの時の「家令」が立っていて、私を見かけると「あなたでね、六人めですよ」とささやいた。「古本屋さんというのは実にすばやいですなあ」

私はいたく赤面した。

懇意のAさんは大層な本好きだが、遊びにいく私にいつも決って最初にこういうのである。「どうも古本屋さんに書斎をのぞかれるのはいい気もちがしないねえ。私の価値を金銭ではかられているようだし、それに……私が死ぬと儲けの種にされるのかと、つい考えてしまうんだよねえ」

去年は私の知りあいの、実に多くが亡くなった。ついに香典袋を買い置きした位である。むかし世話になった方の訃を聞いたとき、私は悪性の風邪でふせっていた。熱をおして出向いたが、時間をまちがえた。早すぎて葬儀業者が設営しているまっ最中である。近所の喫茶店でしばらく費していたが、耐えがたくなった。非礼ではあったが挨拶のみで暇乞いすることに決した。

門前に顔見知りがいたので、私は手短かに事情をうちあけた。その人は、「いや大丈夫。折角ですからお焼香なすって下さい」そういって、ざわついている奥に向かって、「すみません、ちょっと通してあげて下さい。いま古本屋さんが弔問にみえましたから」と大声で知らせた。

その時も私は、自分が何か悪いことをしにきたように、身がちぢまる思いがした。自分が場ちがいの人間のような気がするのである。こういう荘厳の中にまかりでてはいけないような気がする。

うす暗い紙の隙間にもぐって、ひっそりと百年も二百年も生き続けていくのが、本来なのだという気がする。

古本屋の私は紙魚なる小昆虫を、あたかもおのれの分身の如く愛しきものに見ているけれど、世間一般のおおかたは、それと口にださねど、身ぶるいすべき生きものに見ているにちがいないのである。

（『古書彷徨』新泉社、一九八七年、所収）

背広

「しんせ」さんはリヤカーを引いてまわる屑屋《くずや》さんの、ほぼ最後の人であった。最盛期には、五百キロもの荷をのせて引っぱっていた。あらゆる物が惜しげもなく屑にされる時代になって、この業も商売としてなりたたなくなった。愛すべき彼らは、一体どこに行ってしまったのだろう。

古本屋の私は商売柄、たくさんの屑屋さんとつきあったが、中で「しんせ」さんとの交遊がもっとも思い出ぶかい。

「しんせ」とは妙な名前だが、彼の仲間はそう呼んでいた。どういう漢字を使うのかわからない（私は勝手に「心瀬」と当て字していた）。屑屋さんたちは、おのれの本名をあかしたがらない。仲間同士、由来不明のあだ名で呼びあっている。本名を名のらぬということは、自分の過去を隠して生きている、ということである。

私が古本屋を開業したてのころ、自転車を走らせていて、道ばたで新聞紙の束を紐《ひも》でゆわえている屑屋さんと出会った。満載のリヤカーが置いてあって、通りすがりに目をやると、古い本の背中が見えた。商売気が出て自転車を止め、相手に挨拶した。古本屋

だと名のったのである。

相手は中腰のまま、私の足もとからてっぺんまで、尺を取るようにゆっくりと見あげた。実にいやな目つきである。唾を吐くような口調で、「おめえ、トウシロウじゃねえのかい。え？　場所をわきまえろよ」とどなった。のっけから喧嘩腰なのである。

「おれは大道の物売りじゃねえんだ。見りゃわかるだろう？　おれは屑屋だよ。だからご覧のように古本ももっているさ。しかしおれは仕事中だよ。お得意に品をだしてもらって、こうしてまとめているんだ。お得意の前で品物を金に換えるようなまねができると思うのか。てめえ若僧だから無理もないが、人の立場ってもの考えて物を言え」

「失礼しました」と私は頭をさげた。別に腹はたたなかった。なるほど理屈である。

「新米な者ですから不勉強で、あやまります。気を悪くなさらないで下さい」

「あんちゃん、どこイ店を張ったんだい？」

私は名刺を渡した。相手は手にとって、しばらくながめていたが、

「ここはあんまりいい場所じゃねえな。苦労するぜ」そう批評して返してよこした。名刺には相手の指の脂汚れが黒々とついている。しかし私はかしこまって受けとった。

そこへもう一人の屑屋さんが通りかかったのである。横山エンタツ、という昔の喜劇役者そっくりの、黒縁の丸メガネをかけた背の高い人で、彼は明らかに私たちを見つけ、

そしらぬふりして行きすぎようとしたのであったが、

「おいおい、おいらは路傍《ろぼう》のお地蔵さまかい？」と口うるさい仲間に呼びとめられた。

「心瀬さん、気がつかなかったんス」とエンタツ氏が恐縮した。私たちのそばにリヤカーを止めた。

「いや本当なんス」と言いわけした。

「このメガネ、まったく度が合わなくて何も見えないんス」

「見えないのに、なぜかけているんだ？」

　エンタツ氏はとたんに口ごもった。

「こっちへつらを突きだしてみせろ」心瀬さんは男を手招きした。エンタツ氏は接吻するように、そうした。すると心瀬さんは邪険にメガネをむしり取ったのである。大和絵の女性そっくりの、引目《ひきめ》があらわれた。心瀬さんは馬鹿笑いをした。エンタツ氏の頭をおさえ、私の方に強引に向けながら、

「本屋さんよ見てやってくれ。これが色男の素顔さ」

「心瀬さん痛いっス」エンタツ氏は悲鳴をあげた。心瀬さんは手を放した。

「稼いだか」

「あぶれっス」

「なさけねえ野郎だ。キンタマちゃんと二つさげてやがるのか手前《てめえ》。ジュースおごってやらあ。三本、買ってこい」

心瀬さんは自分のリヤカーに積んだ週刊誌の表紙を無造作に破り、「ほれ」とエンタツ氏にさしだした。エンタツ氏は泣きだしそうな顔でそれをつかみ、駈けだしていった。

「あの野郎、変な奴でメガネが飯より好きなんだ。前職は葉茶屋《はぢゃや》らしいが建場《たてば》（屑屋さんの問屋）にメガネの出物を捜しにきていて、この稼業にとびこんだ変り種さ。もっとも変人でなくちゃ、つとまらない商売だよ、こいつは」

心瀬さんはポケットから取りだしたしなびた煙草を口にくわえ、一本を私にくれた。別々のポケットから一本ずつ持ちだしたのである。マッチで火をつけてくれたが、すこぶるからい煙草であった。

エンタツ氏がジュース缶を胸にかかえて戻ってきた。心瀬さんが三本を受けとり、改めて一本ずつ私たちに配った。

「お近づきのしるしだ」と私に言った。

ジュース缶は、持つと心瀬さんとエンタツ氏の汗で、古池の青みどろをつかんだようにぬるぬるしている。

「おい、おつりは？」心瀬さんがエンタツ氏に左手をだした。

「え？　なんス？」

「千円札を渡したろうが。千円札を」

エンタツ氏は泣き笑いの顔をした。渋々ポケットから小銭を取りだし、数えて心瀬さんに渡した。私は口をはさもうとしたが、やめた。彼らの関係が、はっきりのみこめなかったからである。また頭ごなしに、どやされかねなかった。心瀬さんは当然のような顔つきで、受けとった小銭をポケットにしまった。そしてエンタツ氏に煙草の煙をふきつけた。


翌日、エンタツ氏が私の店に本を売りにきた。本は心瀬さんのリヤカーに積んであったもの、どうやら使いを命じられたらしい。私が値をつけると、相手は急にむせこんだ。

「大将のおめがね通りだ。いや全く見積りと寸分ちがわないです」

「メガネといえば、昨日と変りましたね」

縁《ふち》なしの、女性用かと見まがう、きゃしゃなやつ。

「仕事で使うのと区別しているんです」

口調も、なんだかちがうのである。服装も、上等とはいえないが背広を着て、「一見サラリーマン風」というあんばい。

「本屋さんもメガネをかけませんか？　いや近眼遠視は関係ない。ほら伊達《だて》メガネ。度のないレンズの。気分が変っていいものですよ。別の自分が生まれますよ」

「変装ですね」

「ぼくはこれから仲間の集まりにでかけるんだが楽しいものですよ」

「変装クラブですか？」

「いやいや。みんなで持ち寄った変り種のメガネを、とっかえひっかえかけてみるんです」

「それで、どうするんですか？」

「どうするって、それを楽しむんですよ」

「つまり、メガネ愛好会？」

「そんな大げさなものじゃないです」

エンタツ氏は照れたように手をふった。

私は話題をかえた。心瀬さんのことを聞いてみたのである。しかしエンタツ氏は同僚の何事も知らなかった。身の上はおろか、年齢も本名も知らなかった。仲間は「しんせさん」と呼ぶ、と教えてくれただけである。

エンタツ氏自身は「ツバ」と名のった。どういう漢字を当てるのか、彼はニヤニヤするだけで答えない。これも仲間うちの愛称らしかった。

私は心瀬さんに気にいられたらしい。私の値ぶみが、彼の思惑と合致したことが信頼されたのだ。心瀬さんは、しばしば私の店を訪れた。それは、仕事にでられない雨の日である。

「こういう日はみな本でも読もうという気になるだろうから、本屋さんは逆に忙しいいんじゃないかい？」

「とんでもない。開店休業の状態です。野天《のてん》の商売じゃないのに、いやになります」

「まるっきり暇かい？」

「まるっきりですねえ」

とは半《なか》ば社交辞令だったのだが、心瀬さんは私を慰めるつもりか、雨天は朝からやってきて、私がだした一杯の空茶《から》を、二時間、三時間をかけてすすり、いっかな神輿《みこし》をあげない。

「今に本屋さんが目を回すような本を運んできてやるぜ。おいらに任せておけ。おいらのお得意は、おめえインテリばっかりだ。玄関からトイレまで本だらけの屋敷ばっかりだ。おいらは絶大の信用があるからな、裏口から面《つら》あ出して、旦那ひとつ払いさげて下さい、と頭をさげりゃ、おめえ、あいよって、万葉集だの愛国百人一首だの、こんな厚くて三キロもあるようなのを二つ返事だわな。おめえ、駅前の……」と私の同業者の名をあげた。

「あそこの店は去年ビルになったが、あれはおいらがセッセと運んでやった本で建ったんだ。いってみりゃ、おいらが建ててやったようなものよ」

心瀬さんの話は、大半が嘘くさい自慢であった。くるたび同じ内容なので、私の相槌もだんだん気が乗らなくなる。すると相手は敏感に察して、「邪魔したな」ムッとした顔で立ちあがる。

心瀬さんの持参する品は、日頃の大言壮語《たいげんそうご》と、およそ似ても似つかぬ物ばかりであった。ビルを建ててもらうような代物ではない。要するに駄本で、せいぜいが煙草銭である。しかしこれは彼一流の駆けひきだったことが、あとでわかった。ひとくちに言って、心瀬さんは食えない男だったのである。

心瀬さんは建場の倉庫の二階に住んでいた。二階には廊下をはさんで三畳間が五部屋ずつ、計十室あり、そのうち半数がふさがっていた。心瀬さんとツバさん、それにヨッちゃんと呼ばれている元タクシー運転手、「ドンマイさん」のあだ名の老人、すこぶる健康そうな「シジン」氏の五人が寝起きしていた。ひとり一室の割りあてである。

ヨッちゃんはアルコール中毒者だった。タクシーを運転していて人身事故を起こし、憂さを酒で晴らしているうちはよかったが、そのうち酒に魅入られてしまったのである。車の運転どころではない。リヤカーをあやつるのも危ないくらいだった。一升ビンを梶《かじ》棒《ぼう》にぶら下げて、十メートル歩いてはラッパ飲みし、二十メートルふらついてはわめくので、客がこわがって寄りつかない。

「シジン」氏は、天性のなまけ者だった。朝おきて風が吹いていれば気にくわぬとツムジをまげ、小鳥がさえずれば胸苦しいと、屁理屈を作って仕事を休んでしまう。愛称のシジンは詩人の皮肉で、死人でもあるらしい。

箸の先でつまむものがなくなって初めて、やおら腰をあげる。懐があたたまると酒だ。あびるほどくらう。するとガラリ人が変って、誰彼なしにつっかかっていく。

心瀬さんは自身酒をたしなまぬせいか、酔漢が大嫌いで、ヨッちゃんやシジン氏がわめきだすと、ものも言わず相手の頰に続けざまの平手打ちをくれるのだった。その時の心瀬さんの剣幕は鬼神もたじろぐほどで、一度、抵抗したシジン氏は階段から突き落されて足をくじいた。カッとなると見境のなくなるのが、心瀬さんの悪い性格だった。

「てめえら、文句があるなら出刃でこい。おいらは一人や二人たたっ殺した男だぞ」と大声でまくしたて、どっちが酔っぱらいだかわからなくなる。

私が初めて心瀬さんの部屋を訪ねた時が、その最中であった。降り続いて仕事にでられず、気がくさくさしていたのだろう。しかし私を見ると、「やあ」とバツが悪そうな顔をして、矛《ほこ》を収めた。私は心瀬さんに常々、遊びにこい、と誘われていたのである。

心瀬さんの部屋には畳がなく、古着が敷かれてある。というより、まき散らしてあった。壁に古びた本棚がすえられ、小説本が七十冊ばかり、整然とおさめられてあった。

この本の買取り値を踏んでみろ、という。

「売るんですか？」

「せっつくんじゃねえ。売る売らないは、おいらの勝手だ。値段を聞いた上での談合だ」

そのころ古本の世界では、現代小説の初版ブームであった。異常な熱気で、なにしろ昨日発売された新刊が、初版というただそれだけの理由で、定価の倍で売れるという有様。心瀬さんはどこで情報を得たか、その初版ばかりを集めたらしい。格別、珍しい品はなかったが、きわものゆえ高く踏まざるをえない。

「十万円でどうです？」

「おいらの算盤《そろばん》とドンピシャリだ」と豪傑笑いをした。ほんのひと呼吸おいた返事だったから怪しいものだった。私としては一割かた気ばったのである。

「売りますか？」

「今はよす。お宝が尽きた時の頼みの綱だ。悪かったな。うめあわせにウドンをおごらあ」

心瀬さんは向いの住人ツバさんをソバ屋に走らせた。ツバさんの分を含めて五人前たのんだのには驚いた。気前の良さでなく、彼らの健啖《けんたん》ぶりに、である。ふたりは二人前ずつ平らげた。「食いだめしておくんだよ。金のあるうちに、な」心瀬さんが笑った。

それから一週間ほど降り続いた。心瀬さんがやってきて、物は相談だが、といつになく殊勝に切りだした。

「実はご覧の通りの悪天で商売にならない。釜の底が干あがった。『頼みの綱』を買ってくれないか」

お安い御用である。ところが相手は妙な条件をもちだした。

いったん彼の蔵書を、古書市場の入札に売りにだしてくれ、というのである。それを私に落札しろ、とこうだ。むろん私の入札値は、さきの値踏み通りの額である。

心瀬さんの腹づもりは読めた。要するに彼は私の付け値を信用していないのだ。いや、こういう回りくどい方法で、私の鑑識眼を確かめようと図ったのだ。内心いまいましくはあったが、自分の値踏みが妥当なことは自信がある。この際わが実力の程を思いしらせて示しをつけてやろう。

私は承諾し、彼の蔵書を市場に運んだ。入札の結果は、思った通りであった。手間をかけたうえ、市場に手数料をとられ、骨折ってくたびれただけがモウケだと、私は相手に金を渡しながら当てこすりを言ったが、彼は、すまねえ、と手を合わせるふりをしただけだった。

けれども以来、私への対応の仕方が一変した。今までが嘘のように続々と良い本をもちこんできた。察するにこれまでは、金めの品はよその店へ回していたのだろう。私が喜ぶと、彼一流の自慢がとびだす。そのうち口調の柄が悪くなり、威丈高《いたけだか》で恩きせがましい物言いになるのがおかしかった。特別にお前に譲ってやるのだ、という虚勢をあからさまにみせるのである。「十万円」入札一件の思惑を見ぬかれたので、なおさら強がってみせるのであろう。


心瀬さんの日常が、にわかに慌ただしくなった。一九七三年の石油ショックである。故紙の値が暴騰し、わが世の春の到来であった。リヤカー一台の稼ぎが万円に近い。心瀬さんは向う鉢巻で、朝から晩まで愛車を引きまくった。雨も風も休みなし。人間はモウケごととなれば、親の死に目さえ無視する。のんだくれのヨッちゃんも屁理屈屋のシジンさんも、人が変ったように毎日出勤した。

夜も遅くなって心瀬さんは、自転車にしこたまチリ紙を積んで遊びにきた。たった今、仕事をあがったという。チリ紙は私への手みやげであったが、パニックで払底《ふってい》の折、これはありがたかった。「なくなったら耳打ちしろ。いくらでも運んでやる」心瀬さんは鼻息が荒かった。スシをおごると言いはって、出前を頼んだ。四人前も頼んだ。しかも「特上」である。

「金は腐るほどある。心配するない。ところで物は相談だが」急に改まった。

「いつぞやの、おいらの蔵書はまだ残っているかい？」

「一括売りだからすぐには買い手がつかないですよ」

「おいらが引き取るとしたら、いくらで譲ってくれるかね？」

「心瀬さんが？」

なにしろ先日までの旧蔵者である。しかも元値をご存じの膝詰談判である。ふっかけるわけにいくまい、こちらの立場を見越しての計算ずくだ。

「心瀬さんなら一割だけもうけさせてくれれば結構ですよ」

「買った。十一万だな。即金で払う。品物はあとでもらいにくるよ」

腹巻からむきだしの一万円札を取りだした。数えるまでもなく十一枚ぴったりあった。言いかえれば十一枚しか持参しなかったのだ。心瀬さんの腹づもりと私の売価が一致したわけであった。

「スシ代は私のモウケで払わせていただきますよ」

「悪いね」拝む手つきをした。

「本屋さんは、せせら笑うかもしれないが、おいら、働いて働きまくって、家を買うつもりだ。書斎つきのな。そしたらこの本を黒檀《こくたん》の書棚に飾るんだ」

スシが届いた。心瀬さんが思いだしたように聞いた。

「本屋さん、おれの買った本の正規の売り値は、いくらだい？」

「十五万円です」

「もうけるじゃねえか」

「右から左にさばける品じゃないから、五割の粗利《あらり》は不当じゃないですよ」

「だけどすぐに売れたじゃねえか、よかったじゃねえか」

「そうですね」と私は答えた。

「しかしさ、物は考えようでよ、十五万だって安い、と言う客もいるだろう、な？」

「古本の値うちというのは、結局は客がきめるんですよ」

「そうだろう。おいらにとっちゃ、この初版本は二十五万円の値うちだぜ」

心瀬さんはしきりにうなずき、スシをほぼ三人前つまんで帰った。


心瀬さんの羽《は》ぶりの良さは、しかし長くは続かなかった。石油事情の好転とともに故紙がだぶつき、すごい勢いで下落しはじめたのである。石油ショック前よりも更に悪く、しかも底値のまま動かない。心瀬さんは自宅の獲得どころでなく、蓄えは減る一方。

「一体どうなってやがるんだ。本屋さんよ教えてくれよ。お上《かみ》はおいらたちを、どう料《りよう》ろうってんだ。太らせておいて絞める気か」

当然の話だが、値がさがって故紙も出なくなった。まして余禄《よろく》の出物もさっぱり。心瀬さんは私の店にきては溜息ばかりつき、いっそ売っ払っちまおうか、と鎌をかける。例の十一万円の初版本である。あのまま預かっているのだ。「しかし手放しちまうと、今のおいらの力じゃ二度と買い戻せないしなあ」

私が相手の謎かけに鈍感な風を装っていると、ついに業を煮《に》やして、「なあ物は相談だがよ」と声をひそめた。

「この本を担保に、ちと回しちゃくれまいか」

「よろしいですよ。ただし今は手持ちが頼りないので、本当にちと、だけですよ」

千円でよい、と言うので拍子ぬけした。十万円たかられるものと覚悟していたのである。

心瀬さんは二、三日後に返済してくれた。

「なに、お宅だって物もちじゃなさそうだし、長くは甘えられないよ。おいらだって心得ているさ」

けれどもそれがきっかけで、千円二千円と小金を無心する。あまりに頻繁ゆえ、私は貸借帳を作った。一回ごと借り手と確認しあいながら記帳する。帳簿を用いるのも良しあしだった。お互いがなんだか安心してしまって、たとえば心瀬さんはそのうち細かく借りてはまとめて返す、横着な法を取るようになった。そして次第に、返済が間遠《まどお》になってきた。

「逃げやしねえよ。万が一こげついたら、預けてあるおいらのお宝を、市場で処分すりゃいいじゃねえか。どっちみち損はしねえだろ」

こんな調子で心瀬さんとの腐れ縁が続いた。


それでもやましく思ったのだろう、利息がわりだ、と出物の背広を何着かくれた。クリーニング屋の袋に入ったままの品である。

「盗んできたんじゃねえよ。こういうのが屑として惜しげもなく払いだされるんだ。世も末だよ」

「どこも傷んでいないのに」

「古着なんて金にならなくなったからな」

「バチ当りの時代ですね」

「古着どころじゃねえ、何もかも使い捨ての時代がくるぜ。そうなりゃ、おいらたちもゴミ捨て場に、ポイ、かもしれねえ」

心瀬さんの冗談は、のち本当になる。

「普段着に着なよ。たくさん出たんだ。仲間にも配ってやったよ。お中元に」

なるほどツバさんが早速一着に及んでやってきた。

「似あいますよ」とひやかすと、

「ここだけの話ですけど、迷惑なお仕着せでありますよ。これを着て仕事にでろと強要するんでありますから」

「心瀬さんが？」

「恩に着せるといいますが全くでありますよ。汚いなりをしていると世間からバカにされると演説をぶったんです。だけどこれ冬物でしょ？　暑くて」

いつもの口調と違うので、見るとやはりメガネの型が変っている。

「なんだかこの背広、やたらと重たいんでありますよ。大将には内緒ですが、ひどい安物じゃありませんかね？」

「肘《ひじ》に何かついてますね？」

「あれ？　気がつかなかったでありますよ。なんだろ、これ？」

墨汁をこぼしたようなシミである。

「やっぱり持ちぬしは傷ものだから処分したんでありますよ」

ツバさんのもらった品は、着古して汚れたままのものらしい。心瀬さんは私にだけ洗濯ずみのを選《よ》ってくれたのだ。

「ところで用件でありますが」ツバさんが急におびえたように見回した。

「こいつは値うち物でしょうかね？」

折り畳まれたものを内ポケットから取りだした。広げると木版刷りの古地図である。

しかし裏返してみたが木版刷り特有の、にじみや凹凸《おうとつ》がない。精巧な複製である。

「すると一銭の価値もありませんか？」

「壁飾りにして楽しんだらどうです」

ツバさんはあわてたように手をふった。

「心瀬さんに相談すればよかったんだけど、一度あの大将の鼻をあかしてみたかったんであります。あの人、大変な物知りでしょう？　古本屋に負けないと自慢していますから。これ内緒ですよ。だけど本屋さんの眼力はさすがだなあ」と私をもちあげた。

地図をしまいながら背広の裏をめくってみせて、「どうも気になるんですが、この名前はなんと読むんです？」

縫い取りのネームである。珍しい姓だった。私がおぼつかなく読むと、

「この人は着るものにケチだったらしいでありますよ。安物だから重い重い」

ツバさんはあたかも何かを背負っているかのように、背中をゆすりあげた。

「心瀬さんには内緒でありますよ。大将は短気だから重い、いやこわいから」


私は結婚することになった。新所帯は店の二階の八畳ひと間である。ふたりの身の置き場には、いかんせん狭いので、不必要な家具は処分することにした。心瀬さんからの預かり物が厄介になった。

彼の「お中元」を着こんで、ひきとり方を願いにあがった。相手がへそを曲げる恐れがあったので、おべんちゃらに、下され物を喜んでいるふりを見せたのである。

心瀬さんの部屋には二人の先客がいた。私は何気なく戸を開けてしまったが、あるじはどうやら客人に難詰されていた。青い顔してあやまっている。私が初めて見る別人のような姿だった。二人の客は私に一瞥《いちべつ》くれるや、にわかに席を立った。「またくる」と一方が言い、「悪かったな。おめかしして出かける寸前を足止めして」と別のが気の毒がった。

「からかっちゃいけません」心瀬さんが額の汗をぬぐった。「この背広は商売柄、出物でして」

「おれの一張羅より上等だよ」男が愛想を言い、するどいまなざしで私を見た。

「どうしたんです？」客が去ってからたずねた。窓から見おろすと二人の男が私の乗ってきた自転車を点検している。

「刑事におどされる覚えはねえ」心瀬さんが吐き捨てるようにつぶやいた。

「おいら好きこのんでこんな生業《なりわい》をしているが、泥棒や人殺しなんて毛ほども考えたことはねえ。なんのかのお為ごかしをまくしたてながら、腹の中じゃおいらをバカにしてやがるんだ。どいつもこいつもよ」

ものを頼みにくい雰囲気だが、しようがない。案の定、心瀬さんは怒りだした。

「金を返せと言うのかよ。何もいきなり証文を突きつけなくともいいじゃねえかよ」

「違います。本をひきとってほしいだけで、お金はいつでも結構なんです」

「聞く方にとっては遠回しに催促されているわけだよ。肩身が狭いじゃねえか」

「そんなつもりは毛頭ありませんよ」

「てめえ、相手の立場を考えてものを言え。なにさまだと思ってやがるんだ」

「気にさわったら、あやまります」

「まあいい。わかりゃいい。踏み倒す気はねえや」

心瀬さんは機嫌を直した。

「結婚おめでとよ。手詰りでお祝いを贈れねえ。少し待ってくれ。金がないというのは、なさけないもんで、口先だけで実意を見せられねえ。こうしよう。二十五万円の本をひきとろう。これがお祝いの手付けだ。な？　これでかんにんしろ」

心瀬さんは自分の思いつきに気をよくした。

「なに、お前さんがおいらの贈り物を快く着てくれているから嬉しいのよ。みんな上《うわ》っ面《つら》ではありがたがっていても、本心は迷惑がっているからな。今の刑事も横柄な態度をとりやがって。こちらが屑屋だとみくびりやがってよ。しかし」心瀬さんは声をひそめた。「刑事の件は仲間に内緒だぜ」

「むろん。しかし何があったんです？」

「ほら、先月、隣の町内で人殺しがあったろう？」

「どういうのでしたっけ？」

「不動産屋の社長が何者かに自宅で刺されたという」

「そういえば、そんな事件がありましたっけね」

「おいらが仕事で回る地域なんだよ。刑事たちは目撃者捜しの聞きこみだとぬかしたが、おいらを疑っているに違いねえ。冗談じゃねえや、とケツをまくってやったがね」

さきほどの情景は、そうは見えなかった。

「けたくそ悪いや。どうだい新郎さんよ。持ちあわせがあるなら少し喜捨してくれないか。例の担保で貸してくれ。ゲン直しに皆を集めてパアッとやろうや。本屋さんの結婚祝いもついでに、さ」

私は自分の祝賀のために身銭を切ることになった。ツバさんが呼ばれ、彼は仲間に触れを回すよう命じられた。そのあと「一杯」誂《あつら》えに走り使いを課せられた。二階の住人が集まってきた。実入りが悪いので皆さぼっているのである。

ツバさんが戻ってき、心瀬さんの三畳間に、六人が膝つきあわせるようにして車座を作った。心瀬さんは全員が彼の支給の背広姿なので、いたく感動したようであった。

「よびたてですまねえ。皆もご存じの本屋さんが所帯を構えることになった。日頃おめえらも世話になっている古本屋さんだ。どこよりも高く買いあげてもらっている」

心瀬さんが持ちこむ本は、どうやら自分のばかりでなかったようだ。皆のを預かって運んでくるらしい。

「そこで一同でお祝いしたいと考えた次第。ささやかな宴会だが、なに貧者の一灯だ。おわり。おめでとう」

「おめでとうございます」皆がいっせいに頭を下げた。

「遠慮なくやってくれ。おいらのおごりだ」

心瀬さんが座のまん中に大きな包みを置いた。ツバさんが紐をほどいた。肉饅頭が三十個ばかりあらわれた。ヒャー、とヨッちゃんとシジン氏が奇声を発した。

「本屋さんからひとつやっておくんない。皆が手をだしづらいから」心瀬さんがすすめた。

私のあとに彼が、続いてツバさん、ドンマイさん、間をおいてヨッちゃんとシジン氏が、ありがた迷惑の手つきでつまんだ。

「うまいや」心瀬さんが舌鼓をうち、「おいしいスねえ」とツバさんが唱和した。他の者は何も言わなかった。

「ドンマイ爺さんよ。おまえ、いくつになった?」と心瀬さんが聞いた。

「まだひとつだ」

「食った饅頭の数じゃねえ。てめえの年だ」

「おら、わがんね」

「自分の年を忘れるくらいだもの、思いがけねえ数じゃねえのか」

無口のシジン氏が珍しく軽口をたたいた。

「そういや、ほら」ツバさんがドンマイさんをつついた。

「おととしだったか、さきおととしだったか、区の民生委員が、百歳になるとすごい物が贈られますよ、とお愛想を言っていたじゃないスか?」

「そうけえ」とドンマイさんが饅頭を頬ばった。

「すると、今年あたり百かい？」心瀬さんが目を丸くした。「そうは見えないがなあ」

「百歳になると百万円もらえるんだぞ」

ヨッちゃんがわめくように言った。

「てめえ、ヨタ飛ばすんじゃねえ」心瀬さんがどやした。

「ヨタじゃねえ。額は百万だったかどうか怪しいけど、都だか区だかから金が出るんだ。よく長生きしたっていうほうびだ」

「だれが、そう言った？」

「だれって、新聞にでてた」

「酒ばかりくらっていて、てめえに新聞よむひまあるのかよ」

「商売だもの、新聞は看貫《かんかん》にのせる程ある」ヨッちゃんがふくれた。

「百年前の古新聞だろう。おいらは、はばかりながら毎日できたての新聞に目を通しているが、そんな記事を見た覚えはねえ。長生きしたからってお上が褒賞なぞくれるもんか。冗談も休み休み言え」

「何かくれることはまちがいねえ」ヨッちゃんもまけていない。

「紅白の饅頭が関の山だろう」

「すごい物が贈られる、と民生委員はほのめかしたッスがね」ツバさんが口をはさんだ。

「百万円だど」ドンマイさんがボソリと言った。

皆ギョッとして、ドンマイさんを注視した。

「確かか？」心瀬さんが念をおした。

ドンマイさんは重々しくうなずいた。

「だれが、そう言った？」

「ミ、ン、セ、イ、ン。もう一個いいべか？」

「いい。いくらでも食え。長生きしてもらって、今度はおいらたちに大盤ぶるまいを頼む」

するとドンマイさんが饅頭を包みごと胸にかかえこんだ。そして、「この西洋服は窮屈だど」と全く別の感想を述べた。

「それだけ欲の皮がつっぱっていりゃ、すぐには死ぬめえ。ところで話は変る。こうして皆が雁首そろえるのもめったにないことだし、まして全員がシラフだから丁度よい。物は相談だが」

心瀬さんが声を低めた。ヨッちゃんとシジンさんが同時にオクビをもらし、心瀬さんににらまれて小さくなった。心瀬さんが一席ぶった。他ならぬ商売不振の打開策である。

屑の仕切り値が安くて生活できない。建場の親方に、少くとも三度の飯代は保証してくれるよう交渉する。五人が一丸とならねば足もとを見られる。親方が渋るなら皆でストをうつのだ。我々が働かねば親方も巻き添えでアゴが干あがる。相手が旗《はた》をまくまで、何日だってテコでも動かない。

「しかしストの間はどうやって食うんスか?」

　ツバさんが至極当然の疑問を呈した。

「そこだ。闘争資金というものがいる。おいらたちはオケラだ。ない袖《そで》をふる方法を考えねばならん。そこでおいらは考えた。こうだ」

　心瀬さんが首をつきだすと、私をのぞいた四人がつられて上体をかがめ、顔を寄せあった。心瀬さんが上目遣いに私を睨《にら》んだ。

「この計画には本屋さんにも一枚かんでもらわなくちゃ仕上がらねえ。しかもひと肌ぬいでもらいたい。なに大それたこっちゃねえ。皆ではりきって古本を集め、本屋さんに買いあげていただく。それだけだ。ただし本屋さんには相場より二割、色をつけてもらう。どう?」

「結構です。ご協力します」私は答えた。

「本屋さんさえ承知なら、あとは皆の腹しだいだ」

「私は異存ないっス」ツバさんがまっ先に賛同した。しかしあとの者はおのれの膝《ひざ》を見つめて何も言わない。

「なに全額を資金に拠出しろというんじゃねえ。売った額の半分だけだ。損か得かの次元じゃねえ。自分たちの為じゃねえか。いいか、ここん所をよおく思案してみつくれ。この闘争は仲間が一人でも欠けたら成り立ちゃしねえ。全員一致が必要なんだ。シジン、てめえは不服か」

「ひとつだけ聞きてえ」シジン氏が顔をあげた。「これは、そのなんだ、共産党とか主義とかとはちがうのかい」

「トンチンカンをぬかすない。そんなものとは関係ねえ。自分のおまんまの問題じゃねえか。すると何か、てめえはいやだと楯《たて》つくんだな？」

「いやだとは言ってねえ」シジン氏が目をそらした。

「大体てめえみてえに、自分の事しか関心をもたねえから、いいようにこき使われ、世間からはバカ扱いされるんだ。いいか。多少の不平もあるだろうが、みんな黙っておいらについてこい」

心瀬さんが声をはりあげた。

「おいらが面倒みてやる。悪いようにはしねえや。おいらを信用しろ。いいか。あすからいい本を買いだしてこい。おいらがそいつを金にかえる。半分は天引きしておいらが預かる。二カ月これを続けよう。二カ月後に親方とじか談判だ。決裂したら悠々とストライキだ。いいな」

「おら、よぐわがんね」とドンマイさんがつぶやいた。

「爺さんはわからなくともいい。おめえは、ひたすら長生きだけすりゃいい」

心瀬さんは私に目くばせをひとつくれて、自信ありげに結んだ。

「なあに皆に負担はかけやしねえ。いざとなりゃ、おいらのお宝を切札にする」

　優柔不断の三人も、どうやら心瀬さんの鼻息に当てられて、なびいたらしかった。ツバさんが連日のように、リヤカーに五人分の買い出し品を積んで、私の店に運んできた。きめ通り相場の二割増しの額を渡した。大将、はりきってまっせ、とはツバさんの報告だったが、私は最後までいい顔を見せなかった人たちの動向が心配だった。何かが起こらねばよいが、という私の悪い予感は敵中した。

　一カ月もたつとツバさんの持ちこむ量が急に減少した。リヤカーでなく自転車を使うようになり、やがて片手の紙袋でまにあう程になった。

「そうなんス。ヨッちゃんと心瀬さんが大げんかしたんス」ツバさんが黒縁の丸メガネに手をやりながら苦笑した。

「つまらない原因なんス。ヨッちゃんがランニングシャツで仕事からあがったのを見とがめられたんス。例のお仕着せなんスが、ヨッちゃん酒手ほしさに古着屋に曲げちゃったんスよ。大将が猛烈に怒りだしましてね、ヨッちゃんが素直に頭さげればすむものを、あの背広は窮屈で動きづらい、第一、暑苦しいと口答えしたものだから——」

　どうなったかは目に見えるようであった。

「そこへもってきてシジンさんのいつもの悪い癖がでて、口実を構えて仕事をしないんス。皆が働いているのに不公平だ、と心瀬さんがなじったら、一足先にストライクをやっているんだ、とひと言多かったもんスから」

「二人は脱落したわけか。心瀬さんの親心も、子知らずの結果に終ったか」

「しかし大将は初心を貫くといきまいているッス」

「足並そろえてこそ成功する作戦だろう。先が見えたじゃないか」

「大将、意地のようス」

しかしツバさんもそのうち姿を見せなくなった。心瀬さんの計画は、あえなくつぶれたようであった。


私の背広をクリーニングに出しにいった妻が、血相かえて戻ってきた。

「恥かいたわ」とぷりぷりしながらの訴えは、心瀬さんから利息がわりにちょうだいした、例の背広である。クリーニング屋に持ちこむと、ご主人はもしや先日不幸があった不動産業社長の身内では？　とつかぬことを問われたというのである。驚いて妻が聞き返すと、その社長と背広のネームが同じなばかりか、妻が持参した品は社長の普段着にまぎれもない、と断言した。商売柄、客の着類《きるい》は覚えているし、不動産屋の姓が珍しいものだし、第一その家は昔からのお得意で、週に一度、御用聞きにうかがっているという。妻は顔から火がでる思いで帰ってきた。無理もない。面と向って咎《とが》められたようなものであった。

私は正直にうちあけるのが憚《はばか》られた。独身時代に古着屋で求めたていにし、偶然を一笑に付した。それにしても心瀬さんに一言《いちごん》、文句を呈さねば気がすまなかった。よりによって殺された仏の衣類を贈り物に用いるなんて。承知で知らぬふりを装ったのなら、人を食っているのを通り越して、あくどすぎる。

雨の一日、私は強談《ごうだん》に及んだ。ところが、留守である。パチンコにでも出かけたか、と向いのツバさんの部屋をのぞくと、ツバさんは膝もとに種々のメガネを並べて悦に入っていた。悪天なので休日なのである。

ツバさんは何やらうろたえながら私の問いに答えた。

「デート？」

「大将のめりこんでしまったのでありますよ。ストライク、、、、どころか、稼業もうわの空」

「相手はどなたです？」

「それがでありますよ」

ツバさんが扉の向うに耳をすませた。ツバさんの癖で、どんな話でも秘密めかしくしゃべるのである。

意外や、ドンマイさんの孫娘である。

「あの年ですから孫といっても四十にはなるでしょう。突然たずねてきたんでありますよ。もっともドンマイさんが手紙で呼んだんですがね。いや心瀬さんが代筆したんです。最初、私が頼まれたんですが、私は字が苦手でありますから」

「なんと書いたんです？」

「なに元気でやっている。たまには顔を見せろ、とありきたりの内容です。ドンマイさんは娘と言っていたんですがね、やってきた女性は孫でした。もっとも本当の孫かどうか怪しいものでありますよ」

　なんだか、よくわからない。

「だってですね、おかしいんです」

　ツバさんは一段と声を低めた。

「孫とドンマイさんが顔をあわせたとたん、いきなり猛烈におっぱじめたんです。口論を。お前はだれだ、お前なんて知らない。孫の顔を忘れるなんてあんまりだ。ボケている。そらまあ百歳の記憶のにぶいとしよりですからね。ところが女はここに居ついちゃった。ドンマイさんの隣があいているもんで。それでね大将とレコがこうなった、というう段どりです」指と指をくっつけて見せた。

「驚いたな」

「いやなに露骨な意味じゃありませんですよ。なんと言ったらよいか、まあ仲がよいんです。ただ……」

「なんです?」

「いやいや。やめましょう。私の思いすごしであります」

「気をもたせないで教えて下さいよ。だれにももらしませんから」

「ここだけの話ですよ」

「合点《がってん》承知の助です」

「ひやかしちゃいやだなあ。やはり、よしましょう。大将の耳に入ったらおおごとです」

「ツバさんもお人が悪い。ぼくを頭から疑うんだもの」

「そんなつもりじゃありませんよ。よろしい、金打《きんちょう》、男同士の約束でありますよ。だけどこれ、私のひとり合点かもしれませんですよ。ドンマイさんの身内というのは、女は自分で孫と称していますが、実はちがうんじゃないかと思うわけです」

「一体だれなの?」

「まったくの他人じゃないでしょうか」

「しかし手紙で知らせたから飛んできたわけでしょ?」

「手紙を書いたのはドンマイさん本人じゃありませんもの」

「それじゃ……まさか?」

「そのまさかじゃないか、とにらんだんでありますよ」

「心瀬さんの娘?」

「ふたりが仲よしという意味は、親子の雰囲気ということでありますよ」

「似ているの?」

「それがまるっきり」

「おかしいな。心瀬さんは独身なわけでしょう?　年だって……」

「ここに居る人たちのあげるオダを、頭から信じちゃいけませんよ。本当の話なんざ爪の先ほどもしやしない。嘘っぱちで塗り固めた人生です。心瀬さんの前身なんて誰もわかりません。年ごろもたぶん五十七、八。娘の一人や二人いたって不思議じゃないでありますよ」

「だけど自分の娘を、どうしてドンマイさんの孫というわるんです?」

「たぶん、金でありますよ」

「金?」

「百万円でありますよ。ほら」ツバさんが右手を挙げて宙に泳がせた。

百歳の褒賞金?

「まさか」私は息をのんだ。心瀬さんの魂胆に寒気を催したのでなく、ツバさんの背広の袖に目が釘づけになったのだ。肘のどす黒いシミ。私は急に気分が悪くなり、いとまをつげた。ツバさんはしつこく私に口止めした。私はうけあった。

「心瀬さんに御用だったんでありますか?」

「いや」私は首をふった。背広の一件は、しばらく自分だけの胸に預かっておこう、と考えたのである。


ところが思いがけぬことから露頭《ろけん》した。

ヨッちゃんが警察にひっぱられ、続いて心瀬さんが出頭を命ぜられた、というのである。

ヨッちゃんが戻されて、事の次第が明らかになった。彼が古着屋に売り払った背広である。背広のネームである。警察ががぜん色めきたった。被害者の持ち物を入手した心瀬さんが、星に疑われたのも無理はない。

しかしご本人はじき釈放された。殺人と関係なかったのである。心瀬さんがやってきて、一切を語った。背広の回収が目的だったようだが、私はいなかの父に贈り物にしてしまった、と嘘をついた。気味悪いので捨てた、とは言いにくかった。

背広は事件後、被害者の家族が、ダンボール箱につめて、たまたま路傍に止めてあった心瀬さんのリヤカーに、勝手にうっちゃらかしたのであった。何も知らないで心瀬さんは運んできた。いわくを知っていたなら誰が手をだすものか。「げんが悪いから回収して焼却するんだ」心瀬さんは話の途中で、むかっ腹をたてはじめた。

古本の値崩れが始まった。若者の活字離れが主因であった。文学書がことにもひどく、ブームの終息もあって、初版本などは二束三文に等しい値である。古本の相場は常に変動しているが、こんなにもいちじるしい高下をみるのは私にも初めてであった。

なにがさて心瀬さんに注進に及んだ。ところが部屋に大将はいなくて、オカッパの中年女性が腹ばってカップ酒をあおりながら、テレビの活劇をながめていた。

「あたいも捜しているのよ」と首だけふり向いて答えた。

「娘さんですか？」ととぼけてたずねると、何を勘違いしたのか、「あんた、因縁つける気かい？」とまなじりを決した。

私が店に戻って二時間もたったころ、ツバさんがメガネを片手でおさえながら飛んできた。けんかの仲裁をしてくれ、と息せき切った。心瀬さんとシジン氏たちが酒のことでやりあっているそうで、かかわりあいたくない話である。しかしさし当って逃げる理由もないので、やむなくツバさんに同道した。みちみち、ツバさんはそもそもからを説明した。

心瀬さんが出先から戻ると、例の「娘」がひとりで酒を飲んでわめいていた。そこへシジン氏が帰ってきて、うるさい、と声高にたしなめたので口論になった。シジン氏は心瀬さんに食ってかかった。酔っ払いが嫌いだ、と日ごろ大口たたきながら、女なら構わないのか。シジン氏は自分が飲みたくても飲めない懐加減だったので、相当に気がたっていた。

やりあっている所へ、ヨッちゃんとドンマイさんがつれだって帰ってきた。これもながいこと酒の気が切れておかしくなっていたヨッちゃんが、「娘」の酒臭さに血迷って、「娘」をなぐりつけた。なにがなんだか、にわかに修羅場である。自室に入りかけたドンマイさんが叫んだ。
「敬老の日の祝い金を取りにこいという役所の通知がきてるど。ストライク資金ができたど」

一同は、ハタ、と静まった。「そうだ、積み立てだ」ヨッちゃんが叫んだ。そのすきにツバさんが抜けだして、私の店にかけこんだというわけである。

ツバさんがふいに立ちどまった。何事か思い当った様子で、言いだそうとして、しかし何も言わない。「なんでもないス」苦笑いして歩きだした。

「心瀬さんの娘だけど」私の方から話しかけた。「さっき会ったよ。ぼくの勘では彼女と大将は赤の他人だね」

「本屋さんには黙ってましたが」ツバさんがふり返った。

「あの女は私らと同業でしてね、流れ者スが」

ツバさんが立ちどまって、実に複雑な表情をした。

「大将、彼女と結婚するつもりだったようスよ」

「本気で？」

「いやあ。形の上だけかも知れませんスがね」

「好きでもないのに？」

「金のためスよ」

「百万円？」

「いや、ストライクです。ほら、大将の計画。建場の親方に私らの生活費の保証をかけあうってアレ。すると結婚した方が有利でしょうが。つまり生活費を二人分せしめられるわけスよ」

「なるほど。歩きながら話そう。百万円がめあてじゃなかったんだ。まさかねえ」

「百万円は私の早合点ス」

「それにしてもトッピな思いつきをしたもんだねえ」

「本当は本屋さんの結婚にあおられたのかもしれませんスねえ」

「どうして?」

「大将、本屋さんを信頼して、もう崇拝してますもん。本屋さんの言うこと、すること、絶対でありますよ」

「よく言うよ。ところで積み立ててた闘争資金は結局皆に返されたのかしら?」

ツバさんがかぶりを振った。

「心瀬さんが預かったままなの?」

「どうも胸騒ぎがするんスよ、今日の騒動」

「一体どうしたの?」

「使いこんじゃったんス、大将」

「そりゃ大ごとだ。稼ぎのないこの節、知れたらみんなが黙っちゃいないだろう」

「あれもこれも女のせいス。わからないのは大将がどこであの女を見つけたか、ス」

「心瀬さん急に変ったね」

「本屋さんにやきもち焼いているんスよ」

「なぜ?」

「本屋さんが奥さんもらったからスよ。本屋さんの敷居が高くなったので、大将クサクサしているんス。寂しいんスよ。邪険にされたとでも思っているんじゃないスか。それとも」

急に声を低めた。

「背広じゃないスかね」

「背広？」

「あのせいじゃないスか。たたり。重たかったスもの、アレ、やけに」

何を思いだしたか怒気を含んだ声をあららげた。

「大将はね本屋さんに二割も高く買いあげてもらいながら、めぼしい本はよその古本屋へこっそり運んだんスよ。私、見ぬふりしてたんス」

大将はあなたを信頼している、とたった今、太鼓判を押した口で言った。

「いいですよ、そんなこと」

「よくないス。大将のもっともいやな部分ス。私ははっきり言います。どうせ近々この商売をやめるつもりスから」

「鞍替えというと、以前の？」

「いえ。メガネの仲間に誘われまして」

「何屋さん？」

「メガネ屋ス」

「うってつけじゃないですか。おめでとう」

　私たちはようやく着いた。

　騒ぎはおさまっていて、心瀬さんの部屋に一同が寄り集まっていた。ところが様子がおかしいのである。オカッパの女性はいなくて、ヨッちゃんとシジン氏ドンマイさんが奥に、この家《や》のあるじはというと、入口に座っている。三人は同じような色あいのジャンパーをはおって昂然《こうぜん》と胸を張り、心瀬さんは背広姿でちぢこまってうなだれている。

　私たちが顔をだすと心瀬さんが生きかえったように満面に喜色をみなぎらせた。「早く入ってくんねえ」とおのが身をわっとずらした。

「そういうわけでよ、本屋さんの口から証明してもらいてえんだ」と唐突に言った。どういうわけだかわからないのに、当然のように続きをしゃべるのである。

「本だよ本。おいらの蔵書、お宝だよ。なんだ、てめえ、よく気がつくと感心していたら、事情も説明しねえで本屋さんを呼んできたのか」とツバさんに矛先をむけた。

　ツバさんは、「へえ」と頭を下げた。

「まあいい。本屋さん聞いてくれ。おいらに闘争積み立て金を返せ、とこいつら迫るんだ。返さねえ、返したくねえと逃げてやしねえ。一時しのぎに使っちまったから、あとにしてくれ、と頼んでいるんだが、聞きわけがねえ。今ここで耳を揃えて並べろ、とわめかれても無理だ。おいらには財産がある。これを処分すれば、みんなに支払ってもおつりがくる、と唾をとばして説明しているんだが、信用しやがらねえ」

を」

「心瀬さん」私は口をはさんだ。しかし相手はせっかちに続けた。

「なあ本屋さん。みんなにうまく講釈してくれよ。おいらの、そこにあるお宝の価値を」

「その価値だけど、実はさきほど知らせにあがったんだけど」

「二十五万だろう？　売り値はよ」

「心瀬さん、ちょっと……」

「ほら、おいらは嘘はつかねえ。おめえらはこんな他愛《たわい》のねえ本が、と信じねえだろうが、そこが古本のマカ不思議だ。本屋さんの口からカラクリを教えてやってくれよ」

「ちがうんだ、心瀬さん。いいにくい話だけど仕方ない」

私は初版本ブームの無惨な凋落《ちょうらく》を、しどろもどろに告げた。

「するとなにか、ここにある本は二束三文、コッパの値だ、とこう言うのか。てめえ、この間、二十五万だとぬかしたじゃねえか」

「いえ、うちの売り値が十五万円とは確かに申したけど」

「いいや二十五万だ。申したもねえもんだ。それが、パア、だと？　ふざけるない。一体だれがきめたんだ」

「だれが、といっても相場というのは」

「相場の能書はどうでもいい」唾を飛ばした。「ひでえ話じゃねえか。ええ？　おれたち貧乏人はいつでも踏み付けにされる役かよ。おめえも商売人だけあって、アコギなもんじゃねえか。自分は売り逃げして、情報にうとい客には、平気でヤケドをおわせる。責任は相場だとよ。人をバカにした口上じゃねえか。ええ？　てめえ、なにさまだと思ってやがるんだ、この野郎」心瀬さんが立ちあがった。「言いわけは聞かねえ。おいらがこんな生業《なりわい》をしているからコケにするんだろう。店の正規の客には、まさかこうはしめえ。図星だろう、ええ？」

もう何を言ってもムダであった。心瀬さんはあれくるった。

「めざわりだ。てめえら、とっとと出てうせろ」

私たちはいっせいに立ちあがった。入口の心瀬さんが向って左の壁ぞいに奥に行き、奥の三人が押しだされるように、右側の壁ぞいに、四人は時計回りに動いて、位置を換えたのである。

「おや」と上座に移った心瀬さんが声をあげた。

「本棚に隙間があるが、三、四冊くすねた奴がいるな。だれだ」

私たちはふりかえった。

「女だど」ドンマイさんが答えた。

「だれだと？」

「抱えて逃げたのを見たど。オカッパの女だど」

心瀬さんがのどをふるわせて泣きだした。と思ったら笑いだしたのだった。

「あいつ」せきこむように笑いながら、だれにともなく言い捨てた。

がいねえ」

「おいらと同じ大タワケだ。二十五万をまにうけやがって。前からねらっていたのにち

翌朝、ツバさんが血相かえて飛んできた。心瀬さんが昨夜のうちに部屋をひき払った
とのことだった。

なるほど実にきれいさっぱりと片づけられてあった。畳がわりの古着もなく、むきだ
しの板の間が寒々しくのぞいていた。そこに心瀬さんの「お宝」がきちんと三列に積ん
であり、私あての書き置きがのせてあった。

この本で皆に清算してほしい。たぶん本屋さんが出血することになるだろうが、おい
らも大枚二十五万円のつもりで抱えていたのだから、おあいこだ。悪く思わないでくれ。

やりかたが、いかにも心瀬さんらしかった。

初めての出あいの時、心瀬さんは無造作に週刊誌の表紙を破いて、ツバさんに千円札
がわりに渡した。あの折のツバさんが、今の私であった。しかし恨む気もちはない。

心瀬さんは昨日のおのれの土下座姿が、よほどショックだったのだろう、と私は考え
ていた。もしかしたら、この本の置きみやげは、私への復讐かもしれなかった。刑事に
平伏している場面を、ゆくりなくも私にのぞかれた。これまでの一連のドタバタは、か
いま見た私の失敬に対しての、当てつけかもしれなかった。心瀬さんを見る私の目のど
こかに、うらぶれた者へのさげすみが、なくはなかったろう、と思うのである。

置き手紙は、次のように結ばれていた。

「みんなに顔向けならない悪事を働いたつもりはない。だって金は返した。夜逃げではない。この土地にあきたから、新世界にむかっての旅立ちである。あばよ」

「大丈夫スかねえ、大将、あの重たい背広を着ていきましたけど」

ツバさんが耳うちするように話しかけてきた。

（『あったとさ』文藝春秋、一九九三年、所収）

セドリ

せどり〔羅取・競取〕同業者の中間に立ち、注文品などを尋ね出し、売買の取次をして口銭をとること。また、その人。(『広辞苑』)

古本屋の場合、書棚に並んだ本背(書名)を見ただけで、買い取るので、背取りと称する説があるが、これはこじつけである。セドリは古本屋に限らない。

しかし、背を見ただけで買う人、という解釈は、いかにも古本屋らしくて、言い得て妙である。よほど本の知識がないと、書名だけで価値判断をするのは、むずかしい。昔は、セドリだけで飯を食っている古本屋が、たくさんいた。セドリ師といい、相場にも通じていた。年中、地方をまわっていた。気楽な生活だったらしい。

Aの店でたとえば千円の本を買い、Bの店で千五百円に売る。ただそれだけの商売である。一律に定められた売価のない古本だからこそ出来ることだ。

若いころ、同業者と組んで、この「セドリ師」のまねごとをしたことがある。二泊三日の、北陸旅行に出た。ところが一泊目に、二人とも羽目をはずしてしまい、すっかり所持金を遣い果たしてしまった。二泊目の、宿賃が一人分しかない。

そこで、セドリで稼ぐことにした。古本屋をさがした。軍資金は、わずかである。掘り出し物を、見つけなければならない。

何軒目かで、平凡社の『大人名辞典』の揃いを見つけた。二十年前は、古書価の高い辞典であった。確か、その店では一万円で売っていた。東京では十万円近くの売り値である。

情報の発達した現代では、もはやこのようなギャップはないが、当時は需要と供給の関係から、東京と地方で、本によってはかくも大きく隔っていた。セドリ師が活躍できたわけで、今はセドリだけで糊口している業者は一人もいない。

さて私の相棒は、『大人名辞典』を予約するや、近所の公衆電話を使って、東京の同業者に連絡した。辞典を買ってくれそうな業者に、当ったわけである。八万円なら買う、という業者を見つけた。商談成立、相棒は古本屋に一万円と送料を払い、買い手の業者あて宅配便で送ってくれるよう頼んだ。相手は、ふたつ返事で承諾した。一万円の本を値切りもせず買い上げてくれた客である、悪い気はしまい。

相棒は荷物の宛名を業者名でなく、個人名で告げた。相手が古本屋とわかると、そこは同業、にわかに警戒して、せっかくまとまった商談がこわれることがある。同業者に利ざやを稼がれるのを、極度に嫌う者がいるのである。むろん、こちらも古本屋だと名乗らない。あくまで客のふりして、セドリをするのが、セドリ師の仁義でもある。

「もうかったぜ。まず祝杯といきたいところだが、その前に今夜の旅館を決めよう」と相棒がほくそえんだ。

旅館から再び東京の買い手に電話した。代金を郵便為替で旅館あて送ってくれるよう、頼んだのである。金は電信為替で、ただちに送られてきた。これで二人とも気が大きくなり、この夜は前日にも増して、飲みまくった。思いがけぬ稼ぎで、楽しい旅行になった。

この話には、後日談がある。

東京に戻ると、『大人名辞典』を買ってくれた業者が、更に一万円の色をつけてくれたのである。どういうことかといぶかると、地方の古本屋から送られてきた辞典入りダンボール箱の詰め物に、ボロボロの和本が数冊入っていた。その詰め物が、一万円になる、と言うのである。

「なんだ、すると君たちが、一緒にセドリした本じゃないのか」と買いぬしが、あきれた。

それにしても、おいしい話だった。私たちはこの旅に味を占めて、数カ月後、再び今度は信州に出かけた。最初からセドリを目的の旅行である。しかし柳の下のドジョウのたとえ通り、二匹目は皆目、だった。二匹目どころか、大赤字、せっかく捕まえた一匹目も逃すような結果になった。セドリは、必ずしももうかるわけではないのである。

（「花も嵐も」一九九六年十月号、『大増補　古本綺譚』平凡社、所収）

えっぽどのこと

いわゆる文学書に、生まれて初めて接したのは小学四、五年生のとき、岩波書店刊、漱石全集全二十八巻である。戦後まもない頃に刊行されたもので、月に一度、村に巡回してくる移動図書館で読んだ。総ルビなので、小学生にも十分読めた。私は漱石の歯切れのよい語り口に魅せられた。黙読したあと、必ず声に出して読んだ。文章のリズムが、なんとも心地よかったのである。

中学を終えて東京の古本屋に就職した。店の上方に、漱石全集の揃いが燦然と輝いていた。一組でなく、戦前戦後の版別に四組も飾ってあった。漱石全集は古本屋の基本図書だったのである。漱石全集を置いてない古本屋はモグリ、といわれていた。

おいおいにわかったのだが、古本屋は漱石が大好きなのである。古本屋の大方の夢は、漱石の肉筆原稿、あるいは書簡を入手することであった。入手して、客に売ることであった。それが生涯の自慢なのだった。漱石の原稿や手紙は、つまりそれだけ稀覯《きこう》で、めったに市場に現れない。たまに出ても、引く手あまたで、目の玉が飛びでるほどの値段である。

私もまた古本屋の端くれとして、一度でいい、漱石の肉筆をこの手で扱ってみたい、と心中ひそかに思いをあたためていた。

十数年前の事である。ある人から、漱石の手紙を買わないか、ともちかけられた。その人の知りあいが、買い手を捜しているとの話で、あとさき考えず飛びついた。

ところが本当の売りぬしは、紹介者の知人の更に知人であって、私よりも若い方である。喫茶店で実に無造作に、菓子折りから取りだしたのには驚いた。卓上の水ぬれに注意しながら、うやうやしく拝見した。

内容は大したことではない。到来物へのお礼である。巻紙に二十行、薄墨で達筆に記してある。封筒もついており、署名は、夏目金之助。売りぬしは、本翰が収録されている全集のコピーを、別に見せてくれた。さて、肝腎の、譲渡値段である。売り手の方から、かくかくの値で、と切りだした。安い額ではない。さりとて、べらぼうに高いというものでもない。ほどほどに高い値である。二、三日熟考させていただくことにした。金策もせねばならぬ。

カミさんと相談のすえ、清水寺の舞台からとぶことに決めた。生涯の、最後のチャンスかも知れない。この機を逃すと、二度と訪れないかも知れぬ。私は売りぬしに連絡をとった。金とひきかえに菓子折りを受け取った。

一週間ほどは嬉しくて胸に抱きしめていた。そのうち、ふいと、これは間違いなく本物だろうか、という疑いがもたげた。物が物だから保証書はない。第一、私はクロウトなのだから、自分の眼力で鑑定すべきで、売り手も商売人と見込んでの商談なのである。今更、真物かと確かめるのも間が抜けているし、仮にまがいものであっても、相手が正直に吐露するわけがない。

私は真剣に手紙を研究しはじめた。あげく、まず本物に間違いない、という結論を得た。

文中に、「えっぽど」という言葉が遣われている。「よっぽど」の、これは江戸弁であろうか。漱石独特の用法である。

私は上京したばかりの頃、「ちょっくらちょっと」を言うに、「ちょくらちょいと」と発音して、どこの方言か、と皆に笑われた。漱石の小説では、そう表記されていたので、私は東京では普段に用いるものと思っていたのである。「あとびさり」「えがらっぽい」等もそうで、私はいっぱし東京語に習熟しているつもりで、得々と遣っていた。「えっぽど」はともかく、漱石が頻々と用いている「しばや」（芝居）は、老人たちが実際に口にしていた。私が就職した古本屋は、東京下町の月島である。「追っつ、返っつ」「めっかる」「つらまる」「からっきし」「かみい」等、日常会話に遣われていた。「めっかる」を漱石は「目附かる」と表記している。「つらまる」は「捕まえられる」の意。「かみい」は「髪結」で、現在の理髪店である。

ニセ物造りが全集収載の書簡を参照してこしらえたとしても、「えっぽど」と原文通り記すかどうか。ついうっかり「よっぽど」と読んで、そう書くのではないか。あるいは、「よっぽど」の誤植である、と早合点して訂正するのではないか。

以上の一点だけで真贋を鑑識するのは無謀で早計だけれども、少年時代から漱石特有の言い回しになじんだ私には、恐らく人が気づかないだろう鍵を発見したことで、大いに自信があった。私は得意であり満足であった。

さて、大枚で入手した漱石書簡を、私はおのが宝物とし虎の子にしていたが、商人の宿命で、金回りのひどく悪い時がある。惜しい品物こそ、商人には換金性の高い商品であって、背に腹はかえられぬ。

私は通信販売用の自店在庫目録に、くだんの虎の子を掲載した。泣く泣く売りに出したのである。ひきあいがなければよいが、という気持ちと、さばけなければこまる、という現実的な打算がせめぎあって、すこぶる複雑な心境であった。そして、ちょっぴり、自慢の気分もあったのである。漱石の肉筆を商品に扱う古本屋としての誇りであった。自分が古本屋の一流を極めたような錯覚である。

買いたい、という客が現れた。四国在住のお客さまである。昔から当店の目録を見て注文を下さる方だった。ただし一回の取り引き高は、さほど多くない。漱石の手紙は、一通で、ン百万円である。決して相手を疑ったわけではないが、物が物だけに郵便による取り引きでなく、直接、代価と引き換えにしたい、と私は返事した。むろん相手も否やはない。私たちは日時を決めて落ち合うことにした。漱石の書簡をカバンに入れて、私は飛行機で四国に向った。これ位の経費はやむを得ない。

指定の場所で待ったが、相手はいっかな現れない。約束の刻限は、とうに過ぎた。私は客の自宅に電話をした。ところが出ない。予期せぬ事故でも突発したのだろうか。私は今度は、わが家に電話を入れた。別になんの連絡も入ってない、とカミさんが答えた。待ちあわせ場所は寂しいところじゃないでしょうね、と低い声で聞く。よけいな心配をかけたようである。

あきらめて帰り仕度を始めたころ、客が息せききって駆けこんできた。汗をふきふき恐縮して語ることには、今回の買物を奥さまに咎められた、というのであった。数冊の本を求めるような額ではない。私のような商売人ならともかく、一般人が気軽にやりとりする買物ではない。奥さまの非難は当然といえば当然であった。

「私の漱石好きを日頃理解してくれるので、大丈夫と、つい甘くみていたのです。本屋さんに申しわけない」客は何度も頭をさげた。せめてものお詫び、と客が料理屋に案内しご馳走してくれた。私たちは酒をくみながら、漱石の話に興じた。客は五十代、私同様、十代からの愛読者であった。

「中学生のとき、いけぞんざいに、という語を、いけ存在に、と筆記して、教師に笑われました。派手な装いを、派出と書いたり、皆んな漱石先生の影響です。つい先ごろまで、冗談、は正しくは雑談と書くものと思っていました。漱石先生がそう書いていましたから」

私と同じだ、と大笑いした。そこで思いだして、私はカバンから例の書簡を取りだし、話の種にと客の前にひろげた。折角の商談をこちらの都合でご破算にして申しわけない、と客が恐縮した。そのうえタダで見せていただいて、とくり返し、すまながった。しかし当方は、相手が考えるほど落胆したわけではなかった。内心ホッとしたところが、なきにしもあらず、で、客にひろげて見せたのも自慢に他ならぬ。私は「えっぽど」の説明をした。それとなく自分の眼力を誇ったのである。

「なるほどねえ」と客は感にたえたように何度もうなずいた。

「よしんばニセ物造りが、これを漱石独自の用語と見抜いて記したなら、その者は、われわれ以上の漱石先生ファンですな」

「正直正銘のファンです」私もうなずいた。

「正直正銘？　正真正銘ではないですか？」

「漱石先生が『坑夫』でそう遣っているんですよ」

「なるほど。正真正銘、直と真は似ていてまぎらわしいですな。もしかして、これは漱石先生の造語というより、出版の際の誤植じゃないですかね？」

「ははあ。そういわれると、そんな気がしないでもありませんね」

「本屋さん、怒らないで下さいよ。こんなこと申して気を悪くされるとこまるのですが」と客が、そこで一拍おいて、こう言った。

「この手紙の、えっぽど、ですが、全集の方がついうっかり誤ったのじゃありませんかね。手紙を書き写す際に、その、もしかして。私たちにも、覚えがありますよね」
「すると?」私は、絶句した。

注「えっぽど」は、四国、松山ほかの方言であるむね、たくさんの方からご示教いただいた。やはり「よっぽど」の意だそうである。

（『思い出そっくり』文藝春秋、一九九四年、所収）

思い出のページ

本の家

子供のころの何よりの楽しみは、祭の露店であった。露店の古本屋で、マンガ雑誌をあさるときめきを、今に忘れない。

表紙と中身がまるで違う雑誌で、落丁の雑誌を適当に組み合わせて合本したもの。それだけに安く、少ない小遣いで何冊も買えた。

私は他の露店は見向きもしないで、朝から晩まで古本屋につきっきり。いわゆる立ち読みであるが、まとめ買いするので、主人は文句を言わない。むしろ私が本を読んでいる方が客が寄る、と喜んだ。よその商売にくらべて、閑散としていたのである。

主人は冴えない顔をした中年男で、貧乏ゆすりしつつ、やたら煙草をふかしていた。

「おじさん、この本はどこから運んでくるの？」と私は聞いた。

「本の家があってね。そこから持ってくるのさ」と、あくびまじりに答えた。

「世界中の本がその家にはあるよ」

「お客は入れないの？」と私は聞いた。

「本を売る者だけしか入れないのさ」

私は大きくなったら本屋になろう、と決めた。

夕暮れ、冴えない古本屋は店をたたんだ。見切りをつけたのである。本の家に帰るのだろうか。そうたずねると、声を出さないで笑った。

「山の向うの普通の家だよ。お金の家だったら、どんなによかったろうね」

「来年も来るよね?」

年に一度の祭なのである。

「たぶん、ね」

しかし翌年、その古本屋だけ現れなかった。


この間、当店に初めて訪れた客が、店内をひとわたりながめたあと、「思い出そっくりの古本屋さんです」と感激の面持ちで述べた。

雰囲気が似ているという。思い出の内容は聞かなかった。しかし私たちはなんとなく顔見合わせて照れ笑いした。


(『思い出そっくり』文藝春秋、一九九四年、所収「あとがき」改題)

焼き芋のぬくもり

同級生の正一の家は小学校の裏門前にあり、夏はかき氷を、冬は焼き芋をあきなっていた。

場所柄、子供たちの溜《た》まり場《ば》である。冬休みに入ると、温かい芋の壺《つぼ》を囲んで、一日中談笑している。正一の父親は出稼ぎで留守、足の不自由な母親は目くじらをたてる人ではない。そのかわり子供たちは店番をおしつけられている。小学四年生の私も正一宅にたむろする常連であった。

私の場合、雑誌を読むのが目的である。

正一宅には古い雑誌が山とあった。焼き芋の包装用に、廃品回収の人から仕入れているのである。表紙が取れたり本文が破れている傷物で、一枚ずつにバラしては、三方をノリづけして袋を作る。袋を作るのも子供たちの仕事で、五十枚仕上げると焼き芋が一本もらえた。

私は三時間かかってやっと一本にありつけた。袋を貼《は》りながら活字を読むので、人より手が遅いのである。もっとも私は芋より読む方に魅力を感じていた。大判の雑誌の「平凡」や「明星」が、皆のひっぱり凧《だこ》であった。グラビア写真が多くて楽しめたし、紙質が良くて貼りやすく能率が抜群にあがるからだ。

そこに客がきた。私より一級上の女生徒で、栞《しおり》といった。つい最近、東京から転校してきた美少女で、襟巻を、そのころ大流行の真知子巻きにしていた。田舎では見られぬハイカラなファッションである。やはり真知子巻きの、五歳ほどの妹をつれていた。妹は毛糸の帽子に入れた黒い子猫を抱いている。

栞が布袋から雑誌を数冊とりだした。芋と交換してくれ、というのである。

戦争が終わって八年、紙がまだ貴重な時代だった。正一の店は繁盛していたので私たち手製の袋は見るまに底をついた。故紙も高くて供給量も少ない。そこで正一の母親は窮余の一策、物々交換を考えた。古雑誌数冊と焼き芋の交換である。何しろ焼き芋は熱くて、しかし熱いのが取り柄の品であるから、客の素手に渡すわけにいかない。背に腹はかえられぬ。

店頭にそのむね掲示した。けれども新聞でさえ購読している家庭がまれな辺陬《へんすう》だったから、全然ひきあいがない。

栞は物々交換の第一号であった。私たちは彼女に注目した。正一が応対した。

彼は栞から雑誌を受けとると、大きめの芋をひとつ袋に入れようとして、考え直して中くらいのに替えた。あとで仲間にひやかされるのを懸念したのだろうと思う。正一が栞に無言で手渡すと、傍らの妹が「この子のエサなのよ」と本を読みあげるような口調で突然言った。この子、とは彼女が抱いている黒猫のことだった。栞は何も言わずに妹をうながし、二人は帰っていった。彼女たちが見えなくなると、正一が「バッチイや」と奇声を発して、栞から受けとった雑誌を表にほうりだした。栞の父親は肺結核で寝たきりだと言うのである。その当時もっとも恐れられた病気であった。

私は正一が捨てた雑誌をひろい集めた。

「うつるぞ。よせ」と誰《だれ》かがとめた。しかし私は雑誌の美しい表紙絵に魅《み》せられていた。

「これ、もらっていい？」と正一にねだった。

「お前ももの好きだなあ。あの子に岡《おか》ボレか。だけど芋には触れるなよ」正一が釘《くぎ》をさした。

私は雑誌を家に持ち帰った。

ある日わが家に廃品回収のおじさんがまわってきた。正一の店に古雑誌を卸している隣町のおじさんである。彼は私がながめている雑誌に目をとめ、譲れとせがんだ。私はもう見あきていたので承諾した。おじさんは私に小遣いをくれ、えびす顔で帰っていった。

数日後、また顔をだした。坊や、あの雑誌はまだないか、と聞く。あるけど売らない、と私は嘘《うそ》をついた。かけひきをしたのである。

おじさんが身をのりだして、坊や五百円あげよう、と言った。食パン一斤《きん》三十円の頃《ころ》の五百円である。この次くるまでにだしておいてくれ、とおじさんが熱心に頼んだ。後年、私が古本屋になってわかったのだが、雑誌は大正期の「婦人グラフ」で、竹久夢二《たけひさゆめじ》の表紙や木版口絵で人気の画報であった。おじさんはたぶん古本屋に持ちこんで大もうけし、味をしめたのである。

私は栞の家へでかけた。彼女たちは農家の離れを借りて住んでいた。栞が庭先で何かを燃やしていた。私は不時の収入で買った焼き芋を彼女にさしだした。口ごもりながら訳を話した。金額だけは内輪に告げた。この芋は当然彼女の物である、と説明し、てれくさいので「猫のおやつにでも」と加えた。

「お父さんが欲しがったのよ」栞が初めて口をきいた。

「とっても食べたがったの」

「それじゃお父さんにあげて」

「死んだの、けさ」そう言ってわっと泣きだした。

私は意外な展開に途方にくれた。栞の燃やしている物を見れば、古い雑誌であった。バイキンだらけだから焼却しろ、と親類が命じた。栞が泣きじゃくりながら、そう語った。

「汚いものか」私はなんだか無性に腹が立ってきて、炎を踏みつけて消した。焼けこげた一冊を取りあげて、ページを広げてペロリとなめてみせた。栞が目を丸くした。燃やす本は座敷にたくさんある、と言った。私は栞に因果を含め、焚《た》き火《び》を中止させた。正一に頼んで例のおじさんに連絡してもらった。おじさんが本の山に腰を抜かし、手におえないから、と懇意の古本屋に通報した。町の古本屋がオート三輪車を運転してきた。

父親の葬式を立派に出すことができた、と栞が後日私にそっと報告した。父の蔵書が思いがけない程の金額に化けたのである。

「あの日の焼き芋おいしかったわ」とてれくさそうにつぶやいた。「猫のエサにあげたのに」と言うと、栞がニヤッと笑った。私は初めて栞の笑顔を見た。

まもなく彼女たちは東京にひきあげていった。引っ越しの前日、彼女が妹と訪ねてきた。記念にと言って、夢二装丁のセノオ楽譜を数冊くれた。父の形見に違いない。私が礼を述べると、「本にキッスした人ってこの人でしょう？」と妹が、文章を読みあげるような口調で言った。栞が見る見るまっ赤に顔を染めた。とたんに私もユデダコのようになった。

（『思い出そっくり』文藝春秋、一九九四年、所収）

金次郎の愛読書

小学校五年のとき、新しい校長が赴任してきた。

朝礼で新任の挨拶をした。壇上でいきなりふりかえり、「これはだれであるか」と背後の石像を指さした。玄関前に立っているチョンマゲ姿の少年像である。一荷の薪を背負い、本を読みながら歩んでいる像である。

校長は私の前のKという生徒を当てた。私もKも極端に背が低いので列の先頭である。なにかにつけ工合が悪い。

「君、答えたまえ」と新しい校長は、やや横柄なものの言い方をする人であった。

「タヌキです」口ごもりながらKが答えた。

「なに？　もっと大声で」

「カチカチ山のタヌキです」Kが張りあげた。

校庭がどよもした。

「これは人間です」静まるのを待って、校長がゆっくりとさとした。「タヌキが化けたのではない」

さっきよりも一段と高い笑声があがった。なみいる先生方も笑いを殺している。校長もつられて苦笑し、「だれか知っている人はいないか?」と全校生を見渡した。皆の頭が風にざわめく芋の葉のようにゆらいだ。

「いないか?」と念を押した。

昭和三十年の出来事である。知らなくて当り前であったろう。だいたい校長に指摘されて、初めて石像の存在に気づいたという者もいた。毎日朝礼のたびに目に入っていたのだが、好奇心を起こさせるほどの代物ではなかったのである。本を読んでいるポーズが厭味で押しつけがましく、嫌いだと広言する級友もいた。彼の場合は意識して目をそらしていたわけである。

校長はこの少年は二宮金次郎である、とあかした。そして金次郎の少年時代を語った。貧しいため親類に預けられた金次郎は、日のうちは寄宿先の家業を助け、夜は勉強に励んだ。灯油の費《つい》えに主人はいい顔をしなかった。金次郎は荒地を開墾し、油菜の苗を植えて収穫し、それを油にかえて自家用に使った。そういう話である。

「のちに尊徳先生と呼ばれ、篤農家として敬愛された。皆も見習っておさおさ勉学を怠るべからず」

校長は教訓をもってしめくくった。

ソントク先生というのを私は、損得先生と字解し、下品な名前だな、と奇妙に思った。

Kは級友たちから早速「タヌキ先生」とはやされた。「二宮金次郎と知っていたさ。わざと知らぬふりして皆を笑わせてやったんだ」とKがこっそり私にうちあけた。

まけおしみではなかったようだ。Kは頭がよかったし、クラス一番の読書家であったから。「サザエさん」の先祖が磯野《いその》藻屑《もくず》源《みなもとの》須太皆《すたみな》といい、秋の彼岸におはぎ三十八個を食べて、評判になった人物であることを教えてくれたのもKだし、彼は「鞍馬天狗」の本名さえ知っていた。

「今度の校長、虫が好かねえや」Kがほきだすように言った。

「ソントク先生って呼ぼうや」私は慰めた。

「ソントクでいい」Kが言い捨てた。

新しい校長は一週間に一回、朝礼で訓話を行なった。きまって二宮尊徳の逸事である。よほどの信奉者らしい。私たちのたてまつったあだ名は、まさにうってつけであった。

金次郎像のそばに金魚池がある。もっとも金魚はいない。墨汁のような水が淀んでいる。雑巾をゆすいだバケツの汚水捨て場なのである。戦時中に防火用水に使うため、かなり掘られたそうで、底なし池のうわさがあった。防護柵がめぐらされている。

この池をかい掘りしようと私とKが発企したのは、「赤胴鈴之助」メダルのせいである。

当時この漫画メダルの人気はすさまじかった。原作が連載されていた少年雑誌の懸賞賞品であって、市販されていない。だから所持者は、さながら英雄である。クラスにこの英雄がひとりいて、彼はすこぶる得意であったが、級友とふざけていて、自慢の種をつい金魚池にほおりこんでしまった。彼はくやしさの余勢で、拾いあげた者に進呈すると宣言した。

私とKは放課後いのこって池の清掃を担任に届けでた。ボウフラの温床であり、玄関先の景観としても、誠にはしたない等々の理由をあげた。担任はクラス全員の作業にしたらと提案したが、とんでもない、メダルは一個なのである。それならなぜ二人でくわだてたかというと、むろん裏がある。本当の狙いは、池に沈んでいるにちがいない金であった。メダルが落ちる位なら金も投げこまれてある、と私たちは単純に推理したのである。担任は十分気をつけてやるように、とだけ注意した。作業の様子は職員室から目と鼻の先に窺えるので、それで許可したのだろう。

初夏の時分であった。私たちはパンツ一丁になってはりきった。かい掘りの楽しさは、やった者でないとわかるまい。底が見えてくると、それはきわみに達する。

この池は、厳密には池ではなかった。コンクリート製の大きな天水桶であった。それを穴に埋めて、景観上、池の体裁に整えたのである。底の沼は、どういうわけか茄子《なす》色《いろ》をしていた。ガラスの破片が多く、私たちは用意の長靴をはいた。バケツで泥をさらった。穴が深いので、運びだすのがひと苦労であった。

いろいろなガラクタがでてきた。しかし目当ての日当はから振りである。どういうことかメダルも見つからない。麻紐でくくられた新聞包みがでてきた。開いてみるとヌード雑誌が二十冊ばかり。むろん水びたしであったが、ごく最近なに者かが投げこんだらしい。

銅ののべ板が出てきた。文字が彫ってあり、洗ってみると、「二宮尊徳像」と刻まれてあったのでびっくりした。

担任に連絡すると、担任でなく校長がすっとんできた。彼は裸の私たちに露骨に眉をひそめ、鼻をつまんだ。夢中で気がつかなかったのだが、私もKもひどくドブ臭かったのである。

校長は用務員を呼びつけた。用務員は国民服を着た年よりで、小学校の「ぬし」である。「むかし盗まれて、迷宮入りとなった物です。こんな所にありましたか。灯台、もと暗しでありました」老人はこんな風にひと息に説明した。

「供出前のことかね」と校長が下問した。

「銅像出陣式が終った段階で一同、気がついたのであります。垂幕を外してみてわかったのです。盗まれたのはずっと以前と思われます。もちろん私はうかつでありました」

「台座が破壊されているのに誰も気づかないなんて」校長は嘆息した。

「泥棒はこの貯水槽にいったん隠しておいて、あとで取りだす魂胆だったのでしょうか」

「罰あたりめが」校長はこわい顔をした。

「池が思ったより深いので、当てが外れたのではないでしょうか。しかし、この子らはなぜこんな真似をしているのですか？」

「君たち誰に頼まれた？」校長が私たちに向き直った。

「二宮金次郎です」Ｋが答えた。

「尊徳先生？　どういう意味だ？」

「ぼくたち、この像をながめていて、金次郎は池の臭気に耐えかねた表情をしていると思いました。学校の恥です。清掃しようときめたんです」

「うん」校長は像を仰いだ。

「臭がっている表情か。見る角度によっては、なるほどそうも見える」とうなずいた。

「わたくしも日頃から気にかかっていたのであります。夏休みに入ったらドブをさらうつもりでおりました」と用務員が手をもんだ。

「暑くなればもっとにおうだろう。仕事を先にのばすのは横着者の癖だ」

校長は用務員をつき放した。

老人が横着者だったおかげで、私たちは校長にほめられてしまったのである。あげく、金次郎像の「お身ぬぐい」をせねばならぬはめになった。仕事をふやされて、私はＫの機転を恨んだ。校長と用務員は銅の銘板を職員室に運んで行った。

「ぼやくなよ」Ｋがウインクした。「あぶなかったんだぜ。こいつを見つけられたら、妙にかんぐられるだろうが」Ｋは足もとのヌード雑誌の束をとりあげた。

「目をそらせるための方便さ」

「やったぜ」私は手を打った。

私たちは金次郎像を清掃した。洗っていて気がついたのは、これが石像でなく、コンクリートをぬり固めたような、チャチな像だったことである。白っぽい金次郎は水を浴びて黒ずみ、一段と立派に見えた。

Kが例の雑誌のグラビアを一枚破ってぬらし、像の「本」に貼りつけた。金次郎がまじめな顔をして、おとなの本を読んでいる？　私たちは声をださないで大笑いし、音をたてないで拍手した。

翌日の朝礼で、校長は私たちの行為をそやした。鑑《かがみ》である、と持ちあげた。「けさの尊徳先生を見るがよい。実に晴々とうれしそうな表情をなさって本を読んでおられる」と校長は声をはずませた。

Kが右手を後ろに伸ばしてきて、私の股間をくすぐった。Kの言わんとしている意味は、すぐわかった。私はKの掌をつねって返事した。

話の糸口に筆を費しすぎた。

私が語ろうとしたのは、実は金次郎の本なのである。

金次郎は一体なんの本を読んでいるのだろうか、とある日の朝礼でふと頭に浮んだのである。「ヌード雑誌」はむろん私たちのいたずらだけれども、薪を背負って道を歩みながら、あんなにも夢中に読みふけっている（読みふけられる）書物はなんなのだろう。

当時の疑問を、三十年もたって思い起こした。

そこは商売、本の調べはお手のもの、じきに判明した。

二宮尊徳文献のまず第一番にあげられる『報徳記』にでていた。本書は尊徳の高弟であり、女婿でもある富田高慶が、「先生一世の言論功業」を筆記したものである。ただし、「先生幼年の艱難困苦其の長ずるに至り、出群の英才を以て行ふ所の事業、一も自ら之を発言せず。故に往々邑民の口碑且伝聞に由りて其の概略を記す」「将《はた》誤聞なきを保する能はず」（振りがな筆者）とあるから、巻の一、ご幼少のみぎり貧苦の状況は、編者の思い入れ濃厚なる筆使い、と見た方がよさそうだ。

父死してのち母子四人残さる。尊徳、時に十四歳。「是より鶏鳴に起きて遠山に至り、或は柴を刈り薪を伐り之を鬻《ひさ》ぎ、夜は縄を索《な》ひ草鞋《わらじ》を作り、寸陰を惜み身を労し心を尽し、母の心を安んじ二弟を養ふことにのみ労苦せり。而して採薪の往返にも大学の書を懐にして途中歩みながら之を誦《しよう》し少しも怠らず。是先生聖賢の学の初なり」

読んでいたのは『大学』という書物だったのである。黙読していたのではない。「追路高音にこれを誦読するが故に人々怪み狂児を以て之を目するものあり」犬もほえたにちがいない。

『報徳記』が成ったのは安政三年（一八五六）十一月である。その前月に尊徳が逝去している。年六十九。明治十三年、本書は宮内省にのぼり乙夜《いつや》の覧の光栄を得た。

七年後、尊徳五十九歳時の弟子、福住正兄（大沢政吉）が、「折にふれ、事にふれ」聞いた「翁の論説教訓を文章化した」『二宮翁夜話』が、同じく天覧をたまわった。二書の叡覧《えいらん》は重要である。のちに金次郎が小学校修身教科書に採用されるのは、たぶんにこれが為であったと忖度《そんたく》されるからである。

明治二十三年十月、教育ニ関スル勅語、いわゆる教育勅語が「下タシタマワレタ」。国民教育の根本理念が明示されたのである。いわく、「父母ニ孝ニ兄弟ニ友ニ夫婦相和シ朋友相信シ恭検己レヲ持シ博愛衆ニ及ホシ学ヲ修メ業ヲ習ヒ」そうして、「公益ヲ広メ世務ヲ開キ」、常に国法に従い、いざ鎌倉の際は義勇公に奉じて、以て皇運を助くるべし、こういう人こそ朕《ちん》の忠良なる臣民である、拳々服膺《ふくよう》せよ。

時の文部大臣、芳川顕正は早速、勅語の謄本を作り全国の学校に頒布した。そして学校の式日、また便宜日時を定め、生徒を集めてこれを奉読し訓話する義務を命令した。修身教科書の編集が勅語の精神に添って行われたのは当然で、趣旨に全くうってつけの日本人として、尊徳二宮金次郎が選出されたのも、『報徳記』の内容を読めばむべなるかな。

この年、勅令第二百十五号を以て「小学校令」が公布され、翌年「小学校教則大綱」が発表されたが、この第二条で修身科の目的を、教育勅語にもとづき「児童ノ良心ヲ啓発シテ其徳性ヲ涵養シ、人道実践ノ方法ヲ授クル」ためとしている。

以下の推測はことごとく筆者の独断である。笑ってお聞き流し願いたい。

金次郎が修身教科書に選ばれたきっかけは、少年時の彼の愛読書が『大学』だったからである。

『大学』は四書のひとつ、儒教の経書で、著者は確定しない。一千八百字たらずの短篇である。こういう言葉がでてくる。

「身修まりて后《のち》家斉《ととの》ふ。家斉ひて后国治まる。国治まりて后天下平《たひら》かなり。」（赤塚忠・訳）すなわち「修身斉家治国平天下」であるが、ほら、このくだりだけでも修身読本にふさわしい。

金次郎が『大学』の愛読者である事実を、どなたか文部省の役人に教えたのである。むろん典拠に『報徳記』を示したであろう。その方は偉い方なので、いやも応もなかった。金次郎は教科書に採用された。

明治二十七年十一月発行『尋常小学読書教本巻六』（今泉定介編）「第七課」に、二宮尊徳が登場するが、ここにとりあげられている挿話は、例の灯油を使われていい顔をしない親類の一件である。もっとも高学年向きのせいかもしれない。

明治三十三年株式会社普及舎発行『新編修身教典』尋常小学校用巻二には、「だい六、にのみやせんせいは、まいばん、よなべをしまつたあとで、ほんをよまれました」とある。背負子《しょいこ》を負って野道を歩む金次郎の挿絵が出ているが、手中に本はない。鎌を持っている。

翌年八月訂正再版発行の小山左文二編『修身教本　高等小学校用巻一』の「第五課二

宮尊徳先生（忍耐）」に『大学』が登場する。「先生は幼き時より、はなはだ、学問を好まれき。されど、家貧しくて、心にまかせざりければ、常に、大学といへる書をふところにし、道を歩む間も、これを読まれけり。」

以下ここでも灯油をめぐるエピソードが語られている。

一般書でも明治三十年代に入ると、金次郎の伝記がけっこう出回り始めたが、いずれも材は『報徳記』『二宮翁夜話』から得ている。従って手中の書が『大学』なのは言うまでもない。

『徳川三百年史』下巻（裳華房・明治三十六年）収録の村上濁流筆では、「我人間と生れて貧なるが為め、学を成し得ぬ事残念の至りなりと、大学の書一冊を何れよりか購ひ来り、そを懐ろにして、山野往復の途、之を読むを楽みとせり」とある。『報徳記』には唐突に『大学』がでてくるが、村上氏は苦労人らしく「どこからか買ってきて」と断わったのである。

尊徳が唱歌に歌われたのは、桑田春風作詞、田村虎義作曲「二宮尊徳」が最初であろうか。明治三十五年の「幼年唱歌」四の下に発表された。

「あしたに起きて、山に柴刈り、草鞋つくりて、夜は更くるまで、路《みち》ゆくひまも、書《ふみ》を放たず、あわれ、いじらし、この子、誰《た》が子ぞ。」（堀内敬三・井上武士編『日本唱歌集』岩波文庫より）というのが第一節の歌詞である。私はこの歌は知らない。知っているのは明治四十四年の『尋常小学唱歌二』に発表されたという、文部省唱歌の「二宮金次郎」である。

「柴刈り縄ない草鞋をつくり、親の手を助《す》け弟《おとと》を世話し、兄弟仲よく孝行つくす、手本は二宮金次郎」（第一節、引用書同前）

ルビは岩波文庫本の表記に従ったが、韻を整えるためとはいえ、「おとと」は古風である。第二節は「骨身を惜まず仕事をはげみ、夜なべ済まして手習読書」と始まるが、私は冒頭の「仕事を励み」を「仕事に励み」と覚えていた。学校で習った歌ではない。私が小学校にあがったのは昭和二十五年だが、教科書に文部省唱歌は「春が来た」「日の丸の旗」「鳩」等、明治期の作品がずいぶん載せられていたけれど、「二宮金次郎」はなかった。だから校長の訓辞に皆びっくりしたのである。

私がこの歌を聞いたのは、昭和二十八、九年ごろ、月刊誌『少年クラブ』の付録によってであった。まいつき組立て付録なるものがついてきて、幻灯機だの日光写真機だの、ボール紙製の部品が袋にどっさり入っていて、私は不器用だったから、どれひとつ満足に仕上げることができなかったが、あるとき「画期的一大組立付録最新蓄音機」というのがついてきた。作り方が簡単なせいもあって、これは私にしては上々の完成をみた。そのころ珍しかった赤くて薄いプラスチック製の音盤（ソノシート）が一枚入っている。私は一刻も早く成果を試してみたく、説明書の「操作の仕方」を読んだのだが、とたんに、がっかりしてしまった。

電気が必要だったのである。

私の家は山の上の一軒家で、その当時、電気が引かれていず、石油ランプの生活をしていた。学校から下がるとランプのホヤ磨きが私の日課だったのである。明治時代の生活さながらであったが、別に苦にもならなかった。けれども「電気蓄音機」にはまいった。幻灯機や映写機の付録の時も落胆したが、最初からあきらめていたぶん工作に不熱心であったのだけれど、今度のは最後まで電気が必要と考えていなかったので期待が大きかったのである。

私は仕方なく机にソノシートを置き、針を溝に当て、片手でシートをぶん回した。すると歌が流れてきたのだ。かん高い少女の歌声が、たどたどしく流れてきた。ソノシートを思いきって速く回転させると、歌詞が明瞭に聞きとれた。それが「二宮金次郎」であった。ソノシートの表が（といって厳密に表裏の別がなかったようだが）確か「牛若丸」で、裏面が金次郎である。

私は愉快になって何度も何度も「即席蓄音機」を回したのだが、そのうち不覚にも涙があふれてきた。歌の文句が人ごとと思えなかったのである。

私の父は日夜わらぞうりを編み、私の母がそれを背負い籠に詰め、農家を訪ね売りさばいていた。小さな印刷屋だった父は、戦争で機械と鉛活字一切を供出させられたため失職し、見よう見まねで始めたのである。しろうと細工の悲しさ、締めがゆるいため、二三日履くともう、いわゆるナギナタぞうり、当然売れ行きは芳しくない。それゆえ母は帰りに山に入って枯枝をひろい、一束《そく》にまとめたそれを、町の木賃宿に焚きつけ用におろして米塩にかえていた。私には弟こそいなかったが、家庭の環境は金次郎にそっくりだったのである。むろん私は金次郎に似ても似つかぬぐうたら少年であった。

けれども金次郎の唱歌を聞いて以来、わが心に一大変化が起こった。

小学校の石像がにわかに身近なものに仰がれるようになった。校長の訓話がいちいち身にしみたのである。

ある日の放課後、人気のないのをはからって私は石像に攀《よ》じ、金次郎の手の中をのぞきこんだ。ヌード写真を剝がそうと発意したのだが、風に飛ばされたらしく影も形もない。かわりに白のクレヨンで、「わっはは赤胴鈴之助だ」といたずら書きしてある。私は舌うちし、唾をつけて袖でこすった。

金次郎の像は、いつごろ全国の小学校に普及したのであろう？　誰が原型を考案し彫塑したのか？　あのポーズのモデルは誰だろう？

昭和十六年、政府は十月某日を「戦争物資動員の日」と称し、全国の家庭に金属類の供出を呼びかけた。

積極的に供出すべきもの、として、塀、門、柱、門扉、広告板、広告塔などの鉄銅を、自発的に供出すべきもの、として、屑入れ、郵便受け口、火鉢、菓子器、置物、物干し、他を具体的に羅列した。翌年の五月には寺院の仏具、梵鐘《ぼんしょう》などに強制供出を命じた。小学校の金次郎像もこのころ供出させられたようだ。『小国民の友』昭和十七年四月号に、足尾小瀧国民学校初等科三年生伊藤志子さんが、「二宮先生の銅ざう」という綴方を寄せている。「二宮先生は、だれでもしつてゐるりつぱな人であります。小瀧学校にも銅ざうが立ててありました。私らは毎朝学校の門を入ると、先づ二宮先生にれいをしてから教室に入ります。かへる時も同じくれいをしてかへります。今度戦争が始つたので二宮先生の銅ざうも、鉄砲の弾になる事になりました。いよいよこはされた時は何だか、さびしいやうなかなしいやうな気がしました。ちやうど下田先生がなくなられた時と、同じ気持でした。けれども私は心の中で、『二宮先生どうぞ弾になつて、敵の一番大きな軍艦を沈めて下さい。』とおねがひしました。石の二宮先生が立てられたので、がいせんして又小瀧学校へおかへりになつたと思つて、毎朝れいをします。今頃はもう弾になつたでしようか。」(全文)

選者は作家の福田清人。この作品は三等に入選した。選評にいわく、「砲丸になる銅像に対する心持をすなほに書いてゐる。銅像も喜んで敵の軍艦をこの筆者の願ひ通りうち沈めてくれるでせう。」

私が仰いだ母校の金次郎像も、供出後の代替像である。

昭和九年四月二十一日、東京渋谷駅前で、いわゆる忠犬ハチ公像の除幕式が行われた。式典は市民でごったがえした、と新聞が報じている。

亡くなった主人を十数年も駅で待ち続けた秋田犬ハチは、この時まだ生きていた。死んだのは翌年三月八日である。ハチ公像は寿像だったのである。

私はごく最近まで、死後に像が建てられたものとばかり思いこんでいた。人々が偶像にたっぷり思い入れを寄せるのは、この頃からかもしれない。上海事変ではなばなしく戦死した「肉弾三勇士」像も、確かこの頃作られているはずだ。小学校の金次郎像も、この時分の誕生ではあるまいか。ただし、時代が民衆に偶像を欲せしめた、と早合点してはならない。深作光貞氏によれば、さきのハチ公像は、シェパードに対抗して秋田犬を売りだそうという、商魂から建立された、というのである。


過日、Kと二十数年ぶりに会った。

小さな出版社の社長になっていた。「立志伝中の人だな」私はひやかした。Kも私同様、貧乏人のせがれであった。ふたりとも矮小《わいしょう》だったのも、満足に食物を口にしていなかったせいである。

「勤倹力行《りっこう》の二宮金次郎みたいじゃないか」

たまたま調べている最中だったので、ふいと口をついてでた名前だったが、

「力行はともかく勤倹はどうかなあ」Kは笑殺した。

金次郎は長じて小田原藩家老の下僕から藩士に登用されたのち、各地の農政改革を成功させ（おどろくなかれその数およそ六百村という）、ついに神に祭られた人である。絵にかいたような立志伝の人である。

話はそこで金次郎像清拭の思い出になった。続いて金次郎像普及の謎に移った。私たちは音頭をとった人物の正体を、あれこれ推理しあった。

「講談社創立者の野間清治氏じゃないかね」とKが言いだしたので、

「え？」と私は相手を見返した。

「実は自分が出版社を起こす前、図書館にこもって先人の伝記をずいぶん読みあさった」

「野間氏の伝記にでているのか？　金次郎像のことが？」私は身をのりだした。

「いや、明らさまにはでていない」

「なんだ」失望した。

「そうじゃないかと推測できるのは、あんたも書物を売買する人間として先刻ご存じだろうが、野間氏は師範学校を出て小学校の教師をしているし、のちには県視にまで出世している。小学校教師時代は大変に人望のあった人だ。東西の偉人の伝を好んで生徒に語り、その話術は講釈師はだしのたくみさだったらしい。自宅の床の間に、偉人の頭字を二十も三十も掲示し、毎日ながめて自らを鼓舞した人だ。むろん二宮尊徳の頭字も含まれていただろう」

「それが金次郎像の発想になったと？」

「野間氏は確か小学校で生まれている。両親がいっとき住み込みの代用教員だった。生まれてから青年までの時代を、ずっと小学校の現場ですごした人だから、小学校教育というものに特別の指針や意見をもっていたとして不思議はない。これが根拠のひとつ。それと――」

Kは空咳をした。

「野間氏の道徳家としての性格。出版社主になってからの仕事を一覧すれば納得できるだろう?」

「忠臣孝子、英雄偉人、勇将烈士の物語満載の『少年倶楽部』。『講談社の絵本』。『幼年倶楽部』。ん、まてよ、有名な講談社の絵本と幼倶は、昭和初年の出版じゃなかったか?」

あとで調べたら前者は昭和十一年、後者は大正十五年である。

「もしかしたら、――」私は意気ごんだ。「忠犬ハチ公の伝で、このふたつの出版の宣伝活動じゃなかったのか?」

「それで金次郎読書の図かい。まさか?」Kが一笑に付した。

「だって野間氏だったら、たくみかねんし実行しかねんぞ。雑誌『キング』発刊の折の猛烈な宣伝は、いまだに語り草じゃないか」

新聞の読者すら二、三軒という辺陬《へんすう》の地にも、『キング』の誌名が知れわたった、という伝説がある。チンドン屋、紙芝居、駅頭のビラ貼り、ダイレクト・メール、……ありとある手を用いてひろめてまわった。

「新雑誌発刊のための宣伝じゃないよ」Kが再度否定した。「おれは野間氏の事業だと思う」

事業？

「例の『私の半生』という自叙伝にでてくる計画だが、朝鮮に鉱業部を設けて採金の仕事をする、とある」

「鉱業部？　本当か？」

『増補私の半生』（大日本雄弁会講談社・昭和十四年）の六一一頁にこうある。

「一方私の事業的方面に於ては（略）小石川音羽に屋敷を求めたり、之に新社屋を建築するとか、或は又報知新聞の経営に当るとか（略）代理部を充実して数多くの商品を加へるとか、更に商事部を新設して各種薬品化粧品等を研究し、その販売をするとか、武道振興のため多少の計画を実行するとか、朝鮮方面に野間事業部を設け、百名程の技師少年と、千名程の従業員によつて採金の仕事に着手するとか、更に満洲方面に於て僅かながら農業に関係するとか（略）これらに依つても幾分なり世の為に尽したいと、社内一同と、引き続いて怠りなくやつております。」（原文は旧字体旧仮名遣い、総ルビ）

また、こうも言っている。

「その他学校とか大道場とか、教化力を有するあらゆるものに着手して、この世を去る時までには、少しでも多く少しでも広く、至誠報国の実績を挙げて見たい」

実際に、着手したのだろうか。

「紅白社」なるものを社に設けて、海外から室内装飾用の織物を輸入したり、家具什器を扱ったり、化粧品、売薬にも手を染めたり、社外においてはブリキや屑鉄を集めて鉄を再製する事業をもくろんだ。結果は、しかしうまくいかなかったと率直に告白し、けれども世のため人の為の理想が基となって、講談社商事部が誕生したと述べている。

「キングレコードも講談社の事業じゃなかったかな」とKが言った。

「野間清治氏と二宮金次郎像ねえ」私は考えこんだ。

「いや、あくまでおれ個人の推測さ。誤解するなよ。確信はない」Kがあわてて手をふった。

「もっと大胆な臆測を言おうか」Kが声をひそめた。

「野間氏にひとり息子がいた。次男が生まれたけれども夭折し、その後はできなかったから、ひと粒種にはちがいない。恒という」

「知っている。剣の達人だな。惜しくも若くして亡くなった――」

　昭和九年の皇太子誕生奉祝天覧試合で、日本一に輝いた青年剣士である。もともと野間家は剣家の血筋であった。清治氏の母堂は、千葉周作の四天王の一人とうたわれた森要蔵の長女である。要蔵は麻布永坂に道場を構え、門弟一千余を数える人気者であった。会津戦争に倅と参加、官軍相手に獅子奮迅し、父子ともどもすさまじい斬り死をとげた。清治氏の両親も若い頃は撃剣興行で糊口していた。当然、清治氏自身も自他ともに認める使い手であった。

「将来を嘱望された恒氏は、眉目秀麗、頭脳明晳、非の打ちどころのない、明るい青年だったといわれる。ところが父親の急死後、一カ月とすぎないうちに病で父の後を追った」

Kが続けた。

「清治氏が目の中に入れても痛くないというほどかわいがった子息だった。彼は小学校しか行かず、あとは父清治氏が自宅で教育した。小学校時代の成績は抜群だったそうだ。清治氏には独特の教育理念があったのだろう」

「大胆な推理ってなんだい？」

「金次郎像のモデルは、野間恒じゃないだろうか？」

「どういう意味？　あの少年の顔のか？」

「そう」

「まさか？」

「おれ思うんだけど、清治氏はひとり息子の薄幸を予感していたのじゃないだろうか。小学校にだけ通わせて、あとは手もとで育てたというのも、短い生涯を察知したからではないか、という気がする」

「わが子の顔を像に刻んだというのか？」

「祈りと、一種の供養をこめてね」

私とKは顔を見あわせて、暫時、口をつぐんだ。

「大胆だろう？」

ややあってKが照れたように同意を求めた。

「すぎるよ」私はうなった。

「なあんてね」Kが笑った。

「深刻な顔をするなよ。いや笑ったのはほかでもないんだ。金次郎の読書だがね。だって小学校に建てられた金次郎像が読んでいたのは、『大学』だというんだろう？　――こいつはなんだかおかしいよ。そう思わないかい？　だってさ――」Kが笑いながら言った。

「『小学』ならぴったりだろうに、なぜ『大学』なんだ。こっちの方が大きな謎だよ」

「なるほど」

Kの指摘するように『小学』という題の、これまた中国の儒学書があるのである。宋の劉子澄《りゅうしちょう》が編纂した本で、内容は言ってみれば小学生用道徳教科書である。小学校の金次郎には、まさにこちらの方がうってつけな筈だった。だんだん頭が痛くなってきた。


（『古書法楽』新泉社、一九九〇年、所収）

江戸っ子

私の生まれ故郷は茨城県南部の小さな村だが、辺陬《へんすう》の地というほどではない。生家は山上の一軒家で、電気が引かれてなかった。昭和三十年代にランプの生活は、田舎といえども私の家だけだった。私は学校から帰ると、毎日ランプのホヤ磨きをした。ある日、学校で山本有三原作の「路傍の石」という古い映画を鑑賞させられた。主人公の吾一少年がランプのホヤを掃除する場面がある。同級生が、「出久根だ、出久根だ」といっせいに囃した。田舎でもランプは、よほど珍しかったのである。

電気が引かれてないのだから、むろん電話もない。中学を卒業し集団就職で東京に出てきて、電話というものを初めて見た。同級生が時代遅れの灯火に驚いたように、私は私でこの文明の利器に肝をつぶした。

就職先が中央区月島の古本屋で、商家であるから電話はある。住み込み店員になって二日めの朝、店の電話が鳴った。近くには誰もいない。私はどうしたものか、おろおろした。ベルは鳴りやまない。意を決して受話器を取った。取ったが、何と言ってよいか、わからない。「あの、あの」と、くり返した。「だめだ。まず、はい、なになに書店です、と自分を名乗りなさい」

受話器から流れてきた声は、店の番頭さんだった。早速、小僧教育が実地に始まったのである。電話の受け応えの作法をたたきこまれた。私のしゃべり方が横柄である、と指摘された。これは意外だった。私にはそんなつもりが毛頭なかった。何度くり返しても、失礼な言い方に聞こえる、と番頭さんに叱られた。

やがて、わかった。田舎の訛である。茨城の方言は、電話で聞くと、ぶっきら棒で、怒っているように取れるらしい。商人には不向きのアクセントである。

私は番頭さんの命令で、一日も早く東京弁を遣わねばならなくなった。

月島は魚河岸や木場を近所に控えているから、言葉遣いは老若男女とも威勢がよい。しかも流暢である。下町特有の芸事好きだから、会話にごく自然に歌舞伎や落語、長唄清元などのセリフが入る。江戸っ子の江戸弁とはかくの如きか、と私は感心して耳をそばだてた。しかし、なかなか真似ることはできなかった。

一年ほどたって、私は恋をした。銀行の窓口の女性である。私は三日おきに百円ずつ貯金した。彼女はいつも笑顔で、ていねいに礼を言った。のぼせあがった私の目には、それが営業用の表情とは見えなかった。私にだけ特別に見せてくれる笑顔だと、馬鹿な話、そう思いこんでいた。話しかけたかったが、機会がない。我慢できなくなって電話をかけた。名前を名乗ると、ああ、とうなずいた。三日おきに百円、は先方にも印象が強かったのだろう。

「あの、よろしかったら今度、お茶を、あのつきあって下さいませんか？」私はようやくこれだけしゃべった。「え？」と相手が一拍おき、「オジヤ？　やだあ」そう言ってゲラゲラと笑った。彼女の周囲の者が、いっせいに爆笑した。そんな風に感じられた。私はいきなり膝が折れたようにガックリした。

　更に一年たって、銀座四丁目の交差点で、私は中学の同級生に肩を叩かれた。集団就職の仲間で、彼は新橋の自転車店につとめていた。私たちはなつかしく、立ち話をした。

「田舎さ帰ったが？」と相手が聞いた。「帰らない」私は答えた。

「おめえ、東京弁ば遣ってんのが？　恥ずかしくねえが？　ふるさとに申しわげねえべ。おらよ、頑固に茨城弁だど。誰が何といっても茨城弁が一番安心してしゃべれるど。おめえと話していると、なんだか東京の人間と話しているようで、落ち着かねえな」

「そう？　本当はぼくは東京生まれなんだ。月島だよ」と私は嘘をついた。「江戸っ子けえ？」友人が目を丸くした。「江戸っ子さ」と私は胸をそらした。


（『思い出そっくり』文藝春秋、一九九四年、所収）

住吉さま

昭和三十四年に、私は当時全盛であった集団就職で上京した。三月三十日のこと、翌日が満十五歳の誕生日であった。

就職先は中央区月島の古書店である。住み込みの店員生活が始まった。

店を開けるとハタキかけ、商品の補充、本の落丁乱丁調べ、そして店番と、大体これで一日終る。毎日がこれのくり返しである。

一カ月ほどたつと、次第にあきてきた。いねむりをするようになった。本をひろげ、うつむいて熱心に調べているふりをしながら、惰眠をむさぼった。古本屋は実にひまな商売で、眠いといったらなかった。

他の者に示しがつかないから先輩が私を外交係にした。自転車の荷台に漫画を積み、理髪店や喫茶店に卸して回るのである。翌月、回収に行き、新規の品物を改めて置かせてもらう。出張貸本である。

私はこの新しい仕事に、生き生きと励んだ。

なに、大っぴらにサボれるから喜んだのである。私はだだっ広い晴海《はるみ》の草原や冷凍会社の倉庫のかげで、こっそり煙草をくゆらしたりした。

新しいお得意を開拓すべく自転車を走らせていて、未知の一画に迷いこんだ。妙に人通りのない町であった。かわりに野良猫がやたら目についた。ここは、「猫町」かもしれぬ、と私はわくわくした。

佃煮の匂いが、きつくただようていた。

わがふるさとと同じ匂いである。私は茨城県の霞ヶ浦と北浦にはさまれた半農半漁の村で生まれたが、ワカサギや川海老などの佃煮を製造する家が何軒かあった。そういえば私の村も猫が多い。佃煮材料の小魚が豊富なせいかも知れなかった。魚のにおいに誘われて集まるのであろう。

私が踏みこんだ映画のセットのような町は、月島と短い橋ひとつで結ばれた佃島、佃煮発生の地である。ものの五分で一周できる、佃煮の小魚のような島である。

私はひと目でこの土地が気にいった。サボリの場所として、ひそかに白羽の矢をたてた。

佃島の住吉神社境内は、閑散として人の気配がなく、恰好の隠れ場所であった。夏は藤棚の下のベンチが、昼寝に最適であった。

ある日、午睡からさめると、ベンチの端で紙芝居屋さんが、一心不乱に小銭を勘定していた。そのころは珍しくなかった商売である。

紙芝居屋さんはネタ箱を開いて、マクワ瓜を取りだした。肥後守で二つに切って、片方を私にくれた。なまあたたかい味だった。私が種ごとのみこんでしまうと、君は田舎の生まれだな、と笑った。マクワ瓜は種の密集したハラワタのような黄色い部分が甘くてうまく、田舎では果肉よりむしろここを喜んで食べる。私は礼を述べ、紙芝居屋さんのお名前を伺った。毎日この近辺を回っているに違いない、とにらんだのである。

「おれかい。おれは住吉さまだよ」と顔をほころばせた。

「本当ですか?」

「冗談だよ。この神社が住吉さまというんだ」と手ぬぐいで口のはたを拭った。

「まあ君も勉強して偉くならなくちゃいけないよ。おれも昔はこう見えてもドイツ語を学んでいたんだが、こいつが好きで身をもちくずした」と盃を傾けるしぐさをした。

「大事な時間だ。人生、さぼっちゃいけないよ」と教訓めいたことを言い、じゃあね、と自転車にまたがって去った。

ふしぎにその後、二度と、その紙芝居屋さんに出会わなかった。私は相変らず毎日のように佃島にサボリにきたが、ついに行き会わなかった。住吉さまの権化《ごんげ》でなかったか、と思うのである。

だとすれば、私は住吉さまの忠告を守って勤勉に生きるべきであった。なのに、サボリ癖はますます高じて、飲んだくれるようにもなり、ついには物書きにまでなってしまった。夢みたいな物語を書いて、なりわいとする始末、住吉さまに相すまぬ。

(『思い出そっくり』文藝春秋、一九九四年、所収)

親父たち

私には、たくさんの親父がいた。

まず、実の、戸籍上の親父がいる。修といい、母と結婚した頃は郵便局につとめていたらしい。電信業務にたずさわっていたというが、よくわからない。大体、母は父の若い時分を詳しく知らない。そんな母親の無関心ぶりは、そっくり私も受け継いでいて、私もまた知ろうとも思わないのである。親の事蹟は自分が見たことだけで十分、というのが私の考えである。私はおのれの目で見たこと、鼻できいたこと、耳で確かめたこと、皮膚で感知したこと以外は、一切信用しない。

私がもの心ついた時分の父は、物書きであった。一日中、机に向って、こわい顔をして唸《うな》っていた。私は机を隔てて父のま向いに座り、そこらの反故紙《ほご》をひろげ、父が文字を記すと、いちいちそれを真似た。私もまた一日中、父の筆跡を真似てあきなかった。

ある日、父が私の書写した反故紙を見て、目を丸くした。私の文字は全部さかさまに書かれていたからである。

それで父は私を自分の隣に並ばせた。父が文章をつづると、私もすかさずその通りに書いた。もとより文章の意味までは理解できない。父が句点を打つのが嬉しくて、早く打たないかと待ち望んでいた。丸を描くのが楽しかったからである。私は文字よりも大きな句点を書いた。父がわざわざ小さく書くのが歯がゆくてならなかった。

私は文字を書く喜びと楽しみを知った。やがて文章を読む悦楽と、作る愉快を覚えた。小学校の半ばすぎまで、私は父を偉い小説家であると信じていた。事実は一介の投稿マニアにすぎなかったのである。

あらゆる新聞雑誌の「読者作品募集」の応募要項が掲載された新聞が発刊されていて、父はそれを定期購読し、せっせと投稿していた。小説、論文、俳句、短歌、詩、標語、一口ばなし、とんち問答に至るまで毎日応募していた。漫画や社章、ポスター等にも手を出していた。

根が器用だったのだろう。しかし器用者の細工は、そつなく形は整っているが、深みも面白みもない。入賞の確率は案外なものだった。それが証拠に、わが家の貧窮ぶりはお話にならなかった。到底「賞金稼ぎ」で、一家が養えるはずがない。しろうとの作品だから入選しても薄謝であり、現金はまだよい方で、十回も使うとペン先が割れてしまう万年筆や、薄手《うすで》の手拭いや、聖徳太子の横顔のメダルだったりした。

母の話では、郵便局を退職した父は、祖父から印刷機械一式を譲りうけ、名刺や葉書の小物印刷屋を開いたそうだ。戦争で鉛活字を供出させられ失職し、以後、文筆一本の浮き草稼業である。何が父をしてこんなヤクザな生活に駆りたてたのか。

祖父は村役場の一吏員であったが、僻村の人には珍しく文学趣味があり、手動印刷機を購入して詩歌雑誌を発行した。明治二十七年に日本詩文集なるものを発刊した、と伯父の手記にある。

私の手元に数年前入手した『風流餘墨　第二集』という活版刷りの同人句集がある。大正四年七月に出版され無料頒布されたもので、菊判三十二頁の小冊子だが、和装二色刷りの贅沢《ぜいたく》品で、発行所が天真堂、印刷所が同活版部、すなわち祖父の自宅である。

祖父の作品も収録されているが、見るべきものはない。時代というものである。

祖父には二人の息子がいて、一方が私には伯父ということになる。

伯父も文学趣味をうけついで、小学校しか出ていなかったが独学し、のち金子薫園の歌門に入り、薫水の号をもらっている。

昭和四十二年の宮中歌会始に詠進歌を寄せ、佳作に入った。御題は「魚」である。次のような歌だった。

「暁《あかとき》の湖風《うみかぜ》きびしばりばりと凍《い》てつく網に公魚《わかさぎ》光る」

伯父は名を市弥、一也とも号した。

わが故郷は、茨城県南部、霞ヶ浦と北浦のはざまにある。伯父の歌の季は厳冬だが、公魚漁は夏のもので、漁の帆かけ船が、夕暮れになると、一杯二杯三杯と次々湖上に現れて、一直線に並んで走る。風が出るのをみはからい白い帆を上げるので、忍術使いのように突然、湖に出現したように見える。銀色の公魚が網に躍るさまは、霜柱を陽光にばらまいたようである。大体が寒い感じのする魚であった。

伯父は佳作の賞品に煙草をちょうだいした。いわゆる恩賜《おんし》の煙草である。菊花御紋の箱で、中身は「ピース」であった。

夏に帰省した折、挨拶に伺うと、伯父は私にも大事そうに一服お裾分けしてくれた。別に変った風味はなく、むしろ湿気《しけ》た味がした。大事がって湿気らせたのである。どうだ、と聞くから、私は、うん、とだけうなずいた。嗜好品とはいえ記念の品、批評すべき物ではあるまい。

あからさまに表現しないが、伯父は私を子供の時から、どことなくなつかしそうな目で見ることがあった。自分と似た成分を、私の中に見出していたのかも知れない。伯父もまた私には親父の一人であった。生前ついに行き会うことのなかった祖父も、親父といってよい。

親父といえば、恩賜の煙草をうやうやしく味わっていた私を、傍らでいらだたしげに眺めていた父を思いだす。父は伯父に対抗して、こっそり御題に応募していたのだ。しかし兄貴に負けたのである。父は、「煙草一箱で悦に入っているんだから哀れなものだ」と毒づいた。賞品の優劣では大きな口をきけまい。父だって、シャープペンシルが金色であるというだけで、ありがたがっているのだから。そのペンシルたるや、じきに芯が折れてしまったり、芯を出そうと頭部をひねると、トコロテンのように、芯が丸々押しだされてしまう粗悪品なのである。

父と伯父はこと文芸に関しては、互いに意地っぱりであった。共にすでに幽明道別《みちわか》れたが、私には最後まで二人が仲のよい兄弟だったのか、いがみあっていたのか、それとも全く冷淡であったのか、よくわからない。どちらも無口で照れ性で、はにかみ屋であった。

安物のシャープペンシルや手拭いでは飯が食えない。中学を卒業すると、私は自ら就職を決めた。

当時は「集団就職」全盛期で、私の学校にもたくさんの求人がきた。大半が商店員か中小企業の工員である。書店員という職種に飛びついた。住所は東京都中央区月島。

就職組の級友が、これを「東京都中央　区月島」と読み「くがつじま」ってどんな島だい？　とま顔で尋ねた。

島には違いなかった。ムーン・アイランドとは、なんと美しい地名だろう。

けれども現実の月島は、こまごまとした家が建てこむ下町であった。赤茶けて、鉄粉のにおいがする土地であった。

私が訪ねる文雅堂書店は、西仲通りと呼ばれる商店街のまん中辺にあった。一歩踏み入れた時、湿気たにおいと店内の薄暗さに、とまどった。田舎者ゆえ古本屋という商売を知らなかった。書店といえば、きらびやかで、香水のような甘い印刷インクの香り漂う新刊書店以外、考えられなかった。ポット出の少年は、一瞬、まちがった店に飛びこんだか、と不安になった。

まちがいではなかったのである。古本屋でよかった。思いこみ通り新刊書店だったら、忙しくて、読書三昧《ざんまい》の段ではなかったろう。私は本が読みたくて書店員を志したのであったから。

主人は、高橋太一氏といった。当時、三十代のなかばであった。古本屋のご多分にもれず、もと文学青年で、自分の膨大な蔵書を種にこの商売を見真似で始めた。

商家の生まれではなく、学校も理工系の電気科で、商いはズブの素人であった。全くの独習で、たちまち有数の古本屋にのしあがった。のち古書組合の理事を、二期つとめている。複雑きわまる業態であり、駆け引きのむずかしい古本商売を、身を以て会得した人間だから、人の導き方はうまい。

丁稚《でっち》入りした翌日、私は主人に呼ばれた。『偉人全集』だか『歴史偉人肖像録』だったか、大判のぶ厚な写真集を一頁ずつめくりながら、主人がこれは誰か、と質問した。教養試験である。名は知っていても、肖像を見たことがない人物が多かった。

無理もない。田舎の私の家には、父の作品が掲載されている低俗な講談雑誌か、カストリ雑誌の類しかなかった。私はガキの癖して、「小股の切れあがった女」うんぬん、などという文章を隠れて読んでいて、その方面は抜群に明るかったが、歴史上の偉人は覚える気がしなかった。

主人は次に岩波書店刊の『日本古典文学大系』を読め、と命じた。

第一巻『古事記　祝詞《のりと》』。ページを開いて、うんざりした。神々の名前の羅列である。主人は、本質を理解する必要はない、ひとわたり目を通して如何なる内容かだけ頭に入れておけ、と言った。客に『古事記』を注文されたとき、対応にまごつかぬ程度に勉強せよ、と言った。

私は店番しながら早速とりかかったが、果して一人前の古本屋になれるものかどうか、先が思いやられた。私が読みたい本は、学問の書でなく小説だった。上の学校へ進めなくとも、本屋なら独学できるだろうと当てこんだが、私の考える勉強とは、高校でおそわる程度の学科であった。漢字だけが並ぶ『古事記』や『祝詞』を、高校生がよみ下すとは、いや訓《よ》み下し文の読解さえするとは思えない。十五歳の少年は古本屋の修業の高度に、どぎもを抜かれた。

しかし『古事記』は意外なことに面白かった。冒頭に、イザナギ、イザナミ二神の結婚問答がでてくる。例の「成り成りて成り余れる所を、成り成りて成り合わざる所に刺しふたごうではないか」と相談し、「みとのまぐわい」をする場面である。成り余れる所は、頭注に「男根」とあり、他方は「女陰」、刺しふたぐ、とは「交接すること」とあった。

二神が感極まって、「あなにやし、えおとこを」「あなにやし、えおとめを」と叫ぶ。注記によれば、「ほんにまあ、よい男よ」「ほんにまあ、よい女よ」だが、「小股の切れあがった女」なるものを知っている早熟少年は、この部分はもっと情感あふれる表現であろう、と想像した。

日本の古典が、こんなに取りつきやすいものとは、つゆ思わなかった。教科書でかじった限りでは、古典文学は訓詁《くんこ》学の分野であり、よほどの教養人士でもなければ歯が立たない、知の遺産のはずであった。

そうではないのである。何百年前の文章と構えるから、おじけるのである。人間が登場する作品なら年代は関係ない。人間の息遣いは、八世紀初頭も二十一世紀も同じなのだ。言葉だけが、やや異風であって、成り合わざる個所に刺しふたぐ行為そのものは、一向に変らない。人間が活動する限り、言ってみればどれも軟派本である。源氏物語しかり。伊勢物語また。とはずがたり、言うもさらなり。

最古の小説と称えられる平安前期成立の『竹取物語』にも、男が壁に穴をあけて夜中に姫の寝姿を覗《のぞ》き見るシーンがあるではないか。夜這《よば》い、などという語も、確か使われていたはずである。

ところで私は古典の魅力を知り、『古典文学大系』の第一巻から巻を追って読んだ、と思っていたが、実は記憶違いで、このころ本書は二十二、三冊しか刊行されていず、配本も巻数順でなく、たとえば第一巻は十四回目である。私は結局全巻（一、二期合計百二冊。内二冊は索引）を四苦八苦、通覧したが、もちろん字義通りただ頁をめくって眺めただけであって、しかも短期間にこなしたわけでなく、文雅堂時代の十四年間を費してである。

主人は私が忠実に本に没頭していると喜んだ。古本屋の店番は、読書姿を客に見せつけることが、まず第一のつとめであった。鰻屋さんが往来に向って渋うちわをあおいでいるのと同じである。古本屋がテレビやラジオに耳目を集めていたなら、客は気もそぞろになり書棚を眺めようとしない。読書に熱中のポーズは本屋の看板であり、人の読む気をそそるのである。

しかし私は古典だけを読んでいたのではない。『古典文学大系』をひろげてはいたが、頁の間に文庫本を挟んで、実は現代小説に夢中だったのである。

井伏鱒二に熱をあげていた。井伏氏の寡黙な文章に、私は親父を見つけた。店が終ると、原稿用紙に井伏氏の作品を書写した。井伏氏の息遣いを写しているうちに、それだけでは飽き足らず、筆跡まで似せたくなった。文学全集の口絵や雑誌グラビアで見つけた氏の原稿写真を、ルーペでのぞきながら写した。インクをポトッと落したような、独特の書体である。子供の時分、父親の文字を真似た癖が相変らずだった。次第に井伏氏が身近な人のように思えてきた。それこそ自分の親父のように思えてきた。何をせがんでも許してくれそうな気がしてきた。

私は熱々《あつあつ》のファンレターを送った。すると、ご返事をちょうだいした。私は感激のあまり錯乱してしまい、拝眉の栄を是非たまわりたい、とおんぶにだっこのおねだりをした。

多分井伏氏は、十七歳の勤労少年という私の境遇を、哀れんでくれたのだろう。一時間だけ会おう、とお許し下さり、奥さまが電話で私の定休日をお尋ねの上、ていねいに道順を教えて下さった。

昭和三十六年六月某日のことである。

私は恋人に面会するかのように、めかしこんで、いそいそと出かけた。

林忠彦氏撮影の写真ですでに見知っている、何ひとつ調度のない書斎に通された。先生は和服姿で、これまたすっきりとした座り机を前に、写真そっくりのポーズで煙草をふかしておられた。

先客があった。雑誌「群像」の編集者のかたで、創刊百何十号だかの記念号に先生の短編を所望されていた（昨年ひょんなきっかけで私はこの方と再会した。現在、講談社文芸文庫出版部長の橋中雄二氏であった）。

先客はしばらく雑談ののち辞去された。原稿依頼の件は首尾がはっきりしない。先生は承諾されたようでもあり、婉曲《えんきょく》に断られたようでもある。作家と編集者の取引は、常にこのように禅問答で間に合うのだろう、と私は傍らで感心しながら聞いていた。

先生は私の方に上半身をひねられた。膝は机に向っており、左手を軽く卓上について おられた。私は主として丁稚の日常生活を聞かれ、古本屋商売のあれこれを問われた。私は喜々として語った。

先生は声を出さずに笑われ、また、しばしば眼鏡の奥の目をしばたたかれた。先生の文章がそうであるように、相当の照れ屋なのであろう、と推量された。

奥さまが茶菓をすすめられた。魚の鮎に象《かたど》られた練《ねり》菓子である。ところが田舎者の私は、これを本物の鮎と勘違いした。釣りの好きな先生が、昨日甲州の川で物された一匹であろう、と早合点した。私はどちらかというと魚ぎらいであり、生《なま》の鮎は口にしたことがなかったので、万が一、気分でも悪くなって粗相をしては申しわけない、と緑茶だけを喫した。

話に我を忘れるあまり約束の時間を超過し、大変な長居をした。あわてて、いとま乞いをした。

先生は小さな目をしばたたきながら、「早く一人前におなりなさい」と、やさしく励まして下さった。私は丁重に礼を述べた。

尊敬する方の謦咳《けいがい》に接して、私は有頂天になり、発奮するどころか堕落した。井伏氏の文学の真髄を探求するのでなく、文豪の伝説に酩酊し、性根を失った。井伏氏が大酒家なのを知ると、自分も大酒飲みであらねばならぬ、とむきになって飲んだ。

井伏氏が将棋に強いという噂を聞けば、必死に将棋の本を読んだ。井伏氏が若年の折、画家を志したと読めば、負けじと絵筆を取った。古着屋に飛びこんで着物をあつらえ、三尺帯を締めた。煙草を覚えた。人と対話しながら、まばたきした。つまりは軽薄者が、いわゆる、ひそみに倣《なら》ったにすぎない。

くさぐさの物真似が堂にのぼり室に入ったころ、井伏氏が親父として、はるかに遠くなっているのを知って衝撃をうけた。

坊主頭で、チビで、女の子のような顔をして、女の子のような声でしゃべっていた十八歳の少年は、ある日、鏡の自分をのぞいてギョッとした。鼻下にうっすらとヒゲが生え、のど仏が出来ていた。声がしゃがれてきて、ひたいに、チューリップの芽のようなものが吹きだした、と思ったら、ニキビであった。

私は自分が早熟な子供だ、と得意になって気どっていたが、実際は大変なオクテだったのである。男女の機微など事こまかに理解しているつもりだったが、すべて観念であって、それも見当違いの馬鹿げた屁理屈にすぎなかった。「小股の切れあがった」女性など、私は大まじめに、とんでもなく、たわけたイメージを描いていたようだ。

うぶな集団就職少年は、都会という親父にきたえられ、悪く大人になった。私が自分の五感しか信用しなくなったのは、もっとのちのことで、大人の社会で大人の試練を受けて、他人の言動に物おじするようになってからである。

昭和四十八年八月、私は文雅堂を退店し、独立開業した。

主家の屋号を一字もらって、「芳雅堂」と名づけ、高円寺に古本屋を開いた。

二十九歳。ようやくのこと、自分自身が「親父」になったのである。古本屋の親父の誕生であった。

しかし商売の方は順風満帆《まんぱん》というわけにはいかなかった。だいたい私は主人に、君は商人の素質がない、と言われていた。もうけようという欲が欠けている、と指摘された。度を過ぎた私の読書や書写を、見て見ぬ振りで咎《とが》めなかったのも、一人前の商人に養成することを断念したからだろう。

案の定、独立して三年もたたずに、屋台骨がぐらつき始めた。私は店売りをあきらめ、在庫目録による通信販売に活路を求めた。商売一点張りの目録内容は露骨なようで疎ましく、頁の余白に毎号「店番日記」風の文章をのせた。客との対話のつもりであった。目録の顧客に編集者の高沢皓司さんがいて、面白いから本にしましょう、とそのかした。お世辞と聞き流していたら、本当に、あれよという間に一冊にして下さった。一九八五年晩秋に、新泉社から出版された『古本綺譚』である。

高沢さんは、「古本屋の親父の身辺雑記、と人には言いふらして下さいよ。小説集、と絶対に口をすべらせてはいけませんよ。無名の人間の小説集は売れませんからね」と釘をさした。私は口外しないと約束した。高沢さんが、「しかし本当はこの本は直木賞ものですよ」といたずらっぽく笑った。

私は高沢さんの冗談を真《ま》に受けた。もしかしたら小説家になれるかも知れない、と馬鹿げた野心を抱いた。暇な店番を続けながら、せっせと「身辺雑記」風の「小説」をつづった。

ふと我にかえっておのが原稿を眺めると、私の文字は父親そっくりであった。文筆一本のヤクザ生活を夢見る、実の親父そのものに、私はいつのまにか、なりきっていた。

(『思い出そっくり』文藝春秋、一九九四年、所収)

本の劇場

そつじながら

第一信（往）

粛啓。新緑の候いよいよ御清適賀し奉ります。その後は存じながら無音にうちすぎ何とぞ御海恕《かいじょ》下さい。

さて過日は『煩悶記』に格段のお骨折りをたまわり幾重にも厚く御礼申しあげます。年来の恋が、それも片思いが無上のご尽力で思いがけなく成就し、感、夢のようです。恥も外聞もなく「恋人」を抱き愛撫し、ひとり悦に入るたわけの毎日に、ご憫笑下さい。それにつけても聞きしにまさる珍本怪著、いったい何者の筆述でありましょう。

実は今日こうしてお手紙申しあげましたのは、またまた無理難題のお頼みを聞いていただきたく、老朽の厚かましさはおんぶに抱っこで痛み入ります。

昭和十八年の秋でありました。ご案内のようにこの年の十月に神宮外苑競技場において出陣学徒壮行式が行われました。小生は大学の国文科二年生で、理工系以外の学生の徴兵猶予が撤廃されましたので、学徒兵として入隊を待つ身でした。鬱屈の一日、思いたって東京中央線沿線の古本屋めぐりをいたしました。戦場に携行すべき一冊を探してみようと考えたのです。向うからまっすぐに自分の胸に飛びこんでくる本があれば、それが自分のお守りになるのではないかという他力本願のきもちでした。

この時分は古本屋とは名ばかりで、どこの店の棚も満足に商品が並んでいず、おまけに交換販売とかで、欲しい本に見合う代替本を持参せねば譲ってもらえぬ、という情けない有様でした。もとより昼日中、古本屋歩きをするような有閑者は見当らず、小生も何やら後ろめたく周りを気にしながらの探索でしたが、そうして中野（東中野？）の、とある古本屋に足を踏み入れた時でした。不思議にも、やあ、ここだ、ここだ、ようやく到達した、と小生に呼びかける声を耳に聞いたのです。それは自分の声でした。なぜともなく我知らず小生はそうつぶやいていたのです。

くだんの古本屋は間口一間半、奥行二間ばかりのすこぶる天井の低い、洞窟のようなおもむきの構えでした。店内は暗く電燈もともっていず、午後の光のしぶきを浴びてきた小生の眼が、その薄暗がりに馴れるまで五、六拍かかりました。まばたきをして見開いた眼の前の棚に、その本があったのです。

火野葦平《ひのあしへい》の『天文台の小父さん』という童話集でした。小生はとっさにその菊判の本をつまんでいました。つかんで奥の帳場に向って歩んでいました。年の頃三十に届いたばかりの女の人がひそと座っておりました。女の人は黙って本を受け取り、裏表紙をめくって公定価格の書きこまれた値札をいちべつしました。

「あしたですか？」と女の人が不意に顔をあげてたずねました。「はい」と反射的に返事をしてしまいました。「さようなら」と女の人がうつむいて言いました。

小生はなんだか恥ずかしく、どぎまぎして、女の人の背後を見やると、奥の座敷に二十二、三の、帳場の人とそっくりな顔だちの女性が、コトコトとミシンを踏んでいるのがかいま見えました。銘仙絣《めいせんがすり》のモンペが律動して、小生はすっかり上気してしまい、包んでもらった本を小脇に、蒟蒻《こんにゃく》の表面を踏んでいるような足取りで表にでました。

しばらくは走るように歩きました。一刻も早く今しがたの古本屋から離れたかったのです。まっすぐ帰宅しました。自分の部屋に入って、とたんに疲労が固まりになって襲ってまいりました。あおむけに倒れてしばし寝入ってしまいました。眠りからさめたとき子供のお目ざのように、まっさきに火野葦平の童話集に手が伸びました。新聞紙の包み紙を剝《は》ぎながら、ふと帳場の女の人を思いだしました。けれどもそれも一瞬のことで、小生は急いで童話集をめくっていました。

――古本屋さんのあなたに、このような話は誠に以《もっ》てのほかであります。老醜の若き日の懺悔と、何とぞお許し願います。

小生が『天文台の小父さん』という本を棚に見つけたとき、その本に貼りついたように隣に袖珍《しゅうちん》の冊子があるのを、同時に眼にしたのでした。童話集を取る際それも一緒に手にし、何気なく童話集の頁に挟みました。帳場の女性は本の間の本に気づきませんでした。しかしいきなり「あしたですか？」と問いかけられたとき、小生がかっとのぼせたのは、以上の悪事を見破られた、と受けとったからです。帳場の奥を瞥見《べっけん》したのも、つまりは、やましさからでありましたろう。小生は全くのでき心で一冊の本代で二冊をせしめたのでした。本代に詰っていたわけではないのです。金は十分ありました。今になって考えると、あの時なぜとっさにあのような矯激《きょうげき》な真似をしたのか、よくわからないのです。

　ひとつに、くだんの小冊子を帳場に出したところが、これは売らぬ、と引っこめられるかもしれぬと懸念したことです。同時にこういうものを求める自分の素姓をさぐられやしまいかと危惧したのです。いやそれよりも、こういう本はまともに金をだして買うものではないときめこんだのでした。合法的でない本は非合法の手段で読まれて然るべきと常日頃思いこんでいたのです。若気の考えというものでしょう。

　その小冊子は国禁の書でありました。『宗一は語る』という表題の本でした。いや『宗一が語る』という書名であったかもしれません。記憶がもうひとつはっきりしません。（むろんあなたはご存じでしょう）小生は何かの本で、そういう日陰の書があるのを知りました。入手したいとは思いませんでしたが、現実にそのものがおのが眼前に出現したとき、なんとしても欲しいとまわりが見えなくなりました。恥ずべき行為であります。

　さて『天文台の小父さん』の間から出てきた冊子は、お笑いめされよ、『宗一は語る』に非ずして、『金は語る』という、昭和五年に実施された金解禁の解説書なのでした。なんという滑稽な錯覚でしょう。表紙の「金」というデザイン文字が変に凝《こ》ったものでしたから、にわかには「宗一」と読めてしまったのでした。あまりの馬鹿馬鹿しさに小生は涙を流して大笑いしてしまいました。

　ところでおのれの万引がそういう間の抜けた成果であったことで、罪の意識がたちどころに吹き飛んでしまい、（身勝手なものです）かわりにあの古本屋の二人の女性をなまなましく思いだしました。互いによく似た容姿でありましたから姉妹だったろうと類推されます。ふたりに対する思いは日に日に色濃くなりました。これは要するに万引の後ろめたさを正当化しようという感情でなかったかと考えます。小生の心のしこりを泥棒でなく、いわば恋の方向に転換させようとしていたのだと思います。恋のやましさの方がまだしも救いがありますから。

　中野（あるいは東中野）の「美人姉妹」の古本屋には、しかしそれきり訪れることはありませんでした。やはり敷居が高かったのです。小生は『天文台の小父さん』を奉公袋に忍ばせ出征しました。書物の検閲はありましたけれど、これはなんのお咎《とが》めもうけませんでした。火野葦平の名前がものを言ったものと推測されます。彼は『土と兵隊』『麦と兵隊』等の兵隊小説で軍人のお覚えめでたい作家でしたから。二十一年に復員しました。火野の童話集は虎の子にしていたのですが、ある日気がついてみたら無くなっていました。しかし我が身は無傷で内地に帰還できたのですから、小生の身代りをつとめてくれたものとありがたく、万謝の気持ちです。

『煩悶記』をひもときながら以上のよしなしごとを思い起しました。遠い話です。あなたにお願いしたい用件というのは他でもありません。前述の古本屋がいまだ健在であるかどうかということ。もしも転業または廃業していたなら、せめてなんという屋号のお店であったのか調べていただきたいのです。身の上までは求めません。

どういうわけか近頃めっきり気にかかってなりません。帳場の女性が小生に話しかけた「あしたですか?」という一言はなんの意味だったのでしょう。「さようなら」という挨拶はみずしらずの学生に向ってのものだったのでしょうか。もしかあのとき小生は誰かにまちがわれていたのではないでしょうか。としたら、その誰かとは一体なに者でしょう。思いだしてみると次つぎ不思議な古本屋でした。

これはごく最近知ったのですが、小生が求めた『天文台の小父さん』という童話集は、火野葦平の自筆年譜にでていないのです。(小生が参照したのは昭和三十四年創元社刊の八巻選集です)童話集は昭和十七年刊行のものでした。(理由は省きますがこの記憶はまちがいないと断言できます)

火野の出征中に上梓《じょうし》されたため失念したのでしょうか。雑誌に発表した短文原稿ならともかく立派な単行本です。そのようなうかつ、まずありえないのではないでしょうか。

かといって火野の著作であったことはまちがいない。装幀などすっかり忘れてしまいましたが、およそ二百五十頁ばかりの菊判の本でした。でもこの本、今に至るまで（寡聞のせいでしょうが）見たことがないのです。そんな幻（？）の本を、あの古本屋はどこから仕入れたのでしょう？

こんな些細な事柄が近頃やみくもに気になって、老境のせいもありましょう、尻きれとんぼでほうりだした物事を、ひとつひとつ結着をつけて束ねねばならぬ先のない年になりましたゆえ。しかし本音をもらせば、むくいられなかった若き日の恋を蒸しかえして、ひとり慰む狒狒《ひひ》じじいの図、が正解かもしれませんね。呵呵。恐惶謹言

南部兵衛

芳雅堂御主人様

第一信（復）

復啓。芳書謹んで拝誦いたしました。ご壮健にてお過ごしのご様子、心よりお喜び申しあげます。日頃は格別のご愛顧をたまわりまして厚く御礼申しあげます。

さてお申しつけ下さいました件、早速、中野の同業K書店主に電話にて問いあわせましたところ、K書店主は昭和十二年の春より当地にて営業している老舗でありますが、

美人姉妹（？）の店は一向心当りなしと。念のため姉妹でなく、かくかくの女性が番していた店という想定でもって聞いてみましたが、また地域を東中野、高円寺にまで拡大して思いだしてもらいましたが、同様の返事でありました。戦時から戦後まもなくにかけて、古書組合に加盟しないにわか本屋が、生活苦防衛のため陸続と暖簾《のれん》をあげたそうでして、しかし一方しろうと商法ゆえに畳むのも早く、そんな一軒であろうかとのK書店主人の推測です。もっともKさんは戦時中は兵隊に狩りだされ、店の留守居を奥さんに任せきりだった由で、この時分の様子だけは皆目不案内だとの注釈つきです。奥さんは世話焼きでその頃なり手のない隣組の防空防火訓練の群長をつとめていたそうですから、有力な情報を聞きだせたと思いますが、惜しむらくは二年前におなくなりになったそうです。昭和十五年に開業したZ書店、二十年九月に巣鴨から中野駅前に移住してきたS書店主にも当ってみましたけれど、要領を得ませんでした。

ただ今のところ南部様のご依頼に、はかばかしくお答えできませんが、なに、たかだか四十数年前の話、しかも私の隣の町会のできごとですし、少々お時間をちょうだいできれば、ご満足のいく調査をつとめます。折しも私このたび古書組合の、中央線支部機関誌部長という役職を任命されまして、自慢するような肩書ではありませんが、事業計画のひとつに、組合支部報臨時号として、「戦時『古本報国』の記録」（仮題）を特集し発行する旨企画いたしました。一冊を業者の聞き書きで構成しようという腹案でありま す。この聞き書き作業の過程において、南部様ご希望の「幻の美人古本屋」があぶりだされてくるものと信じます。何とぞご期待下さい。

そこでお願いですが、おめあての店舗は中野もしくは東中野の、どの辺にありましたでしょうか。駅を中心におおよその地理をお示しいただけますと好都合です。『全国主要都市古本店分布図集成』によれば、これは昭和十四年当時の作製でありますが、中野及び東中野には、駅の北側に洸林堂、ソヒヤ書院、片山、千貫堂、漁文堂、言史堂、邦山堂、足立、飛鳥書房が、南口に、比斗志、フジタ書房、杉浦、川名、吉川、白紙堂と合計十五軒あります。この中にもしやご指摘の店がと思い、略図を添えてみました。ただし古本屋の消長は（意外でしょうが）結構めまぐるしく、（事実、上記の店で現在も続いて盛業中は漁文堂一軒にすぎません）該当する所がありますかどうか。（店の所在地は同じでも経営者が替っていることは十分考えられます）

さてもう一件の火野葦平著『天文台の小父さん』でありますが、思い当って図書館にて、小田切秀雄、福岡井吉編、明治文献刊『昭和書籍雑誌新聞発禁年表』を閲《けみ》してみましたところ、ありました、ありました。昭和十七年七月単行本の項目に、まさしく記録されておりました。それによりますと発行が「六月二十日」。発行所は「大阪大衆文芸社」。菊判、二四二頁、本書は七月十三日に出版法第十九条安寧秩序紊乱禁止の処分をうけております。その事由は、「八一、一三九頁児童への影響上面白からざる箇所多きにより絶版警告」とあります。

南部様ご入手の一冊は、幻も道理、発禁書であったわけです。しかしまた何故そのような性質の本が堂々と販売されていたのでしょう。私は南部様が『金は語る』を『宗一は語る』と見まちがえた事実に、非常に興味を覚えました。あながち表紙のレタリングがまぎらわしかったためではないような気がいたします。まちがうべくして誤ったのかもしれぬ、と私は考えました。錯覚せざるを得ないような雰囲気がその店に漂うていたのではないかと勘ぐりました。洞窟のようなたたずまいの店。暗い店内。若い女性が、若い女性だけがひそと番している店。何かがたなびいているような気がいたします。つまり南部様もこの「何かがあるような気」にまどわされたのではないでしょうか。国禁の書があからさまに棚にささっていても、なんら不思議でない店。まさか現実にそんな店屋はないでしょうが（見回したらその手の本ばかりが並んでいたのではないか、と妄想がとめどなく拡がります）ついそういう気になってしまうような、あやかしの店だったのではないでしょうか。その意味で私は南部様とは別の興趣を「妙齢の古本屋」に抱いてしまいました。

　さて『宗一は語る』ですが、私はこの本の噂はかねがね聞いておりますが、現物は未見であります。当書も過日南部様にお買上げいただいた『煩悶記』同様、実在の人物名を用いた一種の怪文書ですね。

『煩悶記』の著者「藤村操」の伝で、『宗一は語る』の「宗一」は関東大震災のおり甘粕正彦に虐殺された大杉栄の甥で、彼が実は「生きのびて」長じて事件を回顧したていの内容だそうですね。大杉事件の張本人、甘粕大尉を弁護した珍書だそうですが、一体なに者が筆を執ったのでしょう。読んでみたいものです。

これはあるいはご存じかもしれませんが、たまたま松本克平著『私の古本大学』を読んでおりましたら、挟みこみの月報紙上で谷沢永一氏と対談しており、『煩悶記』に言及しております。それによりますと大阪の浪速書林の販売目録にこれがでて、松本氏が勇躍申しこんだところすでに先客が唾をつけており、その客が谷沢氏であったと。

松本氏の著書の発行人の堀健二郎氏が次の注釈を添えております。

「明治四十年六月一日、也奈義書房刊、藤村操著、『煩悶記』という、知る人ぞ知る珍品の怪書である。知られているように藤村操は、明治三十六年五月二十二日華厳の滝に身を投じた。その藤村操が実は生きながらえ、その後の哲学思考と社会批判を展開したという建て前の恐らくは偽書、斎藤栄の『日本のハムレットの秘密』の恐らくはヒントとなった書物である。」

恐らくは偽書、という言い方も考えてみれば変ですが、それはさておき『宗一は語る』もまた、ひょんな拍子に現前するかもしれません。念じていれば必ずや姿を見せる、これが古本の摩訶不思議であり、また醍醐味でもあるわけです。

ご自愛願います。拝具

出久根達郎

南部兵衛様
侍史

第二信（往）

恭啓。秋冷ひとしおの候、南部様にはご堅固にてご活躍のことと拝察し御祝詞申しあげます。ご無沙汰重ねてしまいましたが何とぞご寛恕願います。

早速ですがくだんの調査はその後とんとはかが参らず、ご報告すべき成果が一丁もございません。安うけあいのうっちゃらかしで恐縮の至りであります。

同封いたしました草稿は先般お耳に入れました組合機関誌の聞き書き（阿佐ケ谷の部分）でありますが、これは南部様ご依頼の一件とはなんら関連なく、戦時下の古本屋生活の一端が如実ゆえ、往時回想のよすがともなればと、差し出がましく、またご無沙汰の弁解がわりにご覧に供する次第でございます。録音テープより私が自己流儀で文章に起したものですので、読みづらい点をお詫び申しあげます。（以下省略）

――別紙

……あたしはね、もと男なんだよ。笑っているけど本当だよ。小さい頃はね笹川の繁蔵だの佐原の喜三郎だの侠客にあこがれてね、本気でなるつもりだった。利根川べりの、生れ在所がやくざの本場だ、無理もないけど、惜しいことに股ぐらに錘《おもり》をぶら下げるのを忘れて生れちまった。自分が女だと知ってくやしかったね。

芋の煮えたもご存じないじゃ嫁のもらい手がないと、親が取り越し苦労して、六義園《りくぎえん》の近所の親戚の食堂に住み込まされたんだけど、上《うわ》の空だったね。そのうち客にご飯を供しちゃいけない、時間がどうの、お上がやいのやいの騒ぐので親戚がいや気がさして商売替えした。あたしは伯父のつてで軍需工場につとめた。事務員という身分だったが、根がほれ、男だものだから、現場仕事の方が面白くって、いつのまにか旋盤まわすようになった。野郎ばかりの中じゃこれでも女に見られて、おかしいんだよ、そのせいかあたしの組が毎月いっとう能率があがる。野郎たちが眼の色かえてはりきるんだよ。あたしはもちあげられて組長になった。戦争に入ったらあたしは戦う産業兵士の鑑《かがみ》にされてね、唐草紋様の、こんな大きな表彰状をもらった。

その頃すすめられて見合いをした。相手は無口で子供子供した男でね、薄羽かげろうみたいで頼りないから断わったら、どこでどうまちがったのか、二つ返事で承諾したことになってしまって、話が運んじゃった。相手は古本屋なんだよ。あたしはとてもこんな辛気くさい仕事お歯に合わない。悪いけどあたしは外で働くよって、亭主に引導わたして古巣の軍需工場によりを戻しちゃった。なにしろ給金が抜群なものでね、亭主もいやと言えない。正直いって亭主の稼ぎじゃ、ふたり口養うのは綱渡りでね。

あたしは日の丸に神風と染めぬいた必勝はち巻きを額にしめて、勇んで通勤した。今だったら町内のいい笑い者だけど当時は逆だね。古本屋さんは良い奥さんをもらったって、なにしろ戦争ってのは勇ましいのを徳とするからね。

結婚してものの一年かね、亭主に赤紙がきた。入隊の前夜、あんたも敷島の大和《やまと》おのこなんだから性根をすえて潔く戦っておいで、って含めたら、たったひとつ心残りがあるって。おれに万が一の大変が起こったら古本屋の業をついでくれないかって、ボソボソと言うの。あいよお安い御用だって、あたしは励ましたつもりだったんだがね、本当に死んじゃったんだよ。死なれてみると哀れでね。小さい時分に男親を亡くして、雑炊《ぞうすい》すすりながら尋常小学校を出て、神保町の古本屋にでっちにあがって、タクアンと麦めしの修業をして、ようやっと兎小屋のような自分の城を構えられたと思ったら、ろくすっぽいい目も見ないで、しこの御楯《みたて》で死んじゃった。しゅうとめがこの世に神も仏もないって、三日三晩泣いていた。

あたしはね、そんとき決心した。よし、せめてあの人の心にかなった生き方をしてやろう。それが生きている者の義務というものだ。あたしはねその日から亭主に生れかわったんだよ。頭をさ、こう男のように刈り上げて、亭主の洋服着て店に坐った。店に坐ると今まで知らなかった亭主の、さまざまの面がわかってきてね。へえ、あの人はこんな本が好みだったのかって感心したり、お客さまに意外な亭主の横顔を教わったり。いじってみると古本屋って商売も結構おもしろいんだよ。あたしはチャンバラで育ったようなハミダシだからね、本なんてからきし読んだことないし、だいいち亭主の天職をみくにのいくさの爪ほどの役にもたたぬと批判していた位でね。それがコロッと変ったのはね、見知らぬ人から手紙がきた。

自分は学生時代あなたの店に連日のようにお邪魔をした。内田百閒の、ほしくてたまらなかった『無絃琴』の極美本を買わせていただいた。函なしだったけれど朔太郎の『氷島』もまわしてもらった。今、自分は戦地にいる。いつもなつかしくあなたの店の、本のたたずまいを思いだす。帳場のかたわらの文学書の棚には、現在どのような本が並んでいるでしょうか。誠にお手数ですが、一段一列だけで結構ですから書名を列記して送っていただけないでしょうか。所詮ひやかしになるでしょうが、今生のお願いです。

ええ、あたしは早速かき送りましたよ。果して部隊に着いて読んだかしらね。それきり音沙汰なかったけど。店をつぶさないでくれって亭主が頼んだのは、こういう人たちの支えでありたかったわけだ。あたしは感動して発奮したね。よしってんで風呂敷もって市場に仕入れにも出かけた。相場なんて皆目わからなかったけど、向うみずだったからね。もっともその頃は公定価格というのがあって、勝手な値段はつけられない。文庫本は昭和十五年以前発行のものは定価の二十割、昭和十六年からこっちの発行は十五割という工合にきめられていた。この割合が面倒くさくて、一覧表を帳場に貼っておいてたえず参照していた。あたしのようなしろとは逆に大助かりさ。表の通り定価を換算して値をつければよいんだもの。

淀橋倶楽部って市によくでかけたね。戦争がはげしくなって古本飢饉でね、珍しいものがでるとセリでなく皆で抽選だった。

時世《ときよ》時節で殺気だっていたね。そのころのセリは中座（振り手）がえらい権力をもっていてね、しろとが声だしてもいじわるして品物を落してくれない。一度あたしゃカッとして、てめえあたしの声が聞えないのかよと尻まくったら、鈴ころがしたようで聞えないってシャアシャアとぬかしやがるの。それじゃ聞えるようにしてやろうってんで、中座のとこまで走っていって、野郎のあぐらの前にドスンと出刃をつきたてたら、野郎キャッてんできんたまちぢみあがらせた。ぶるぶるふるえて、こう両手をあわせて拝みやがるの。あたしは若い時から腹にさらし巻いてね、もっともその頃はそんなぜいたくできなくて雑巾つないだような手製のを巻いていたけど、いざって時は女だって相手をぶっ殺さなくちゃならないからって、そこはそれ、侠客気どりだ、新品の庖丁を奉書紙に包んでいつも差していた。

　さああたしは男頭でさ、男物着ているだろう、女親分だってうわさになって、それからは皆んなが一目おいてくれて、そのうちあたしの度胸なら中座にうってつけだって乗せられて、女だてらに振るようになった。振り手というのはセリの花形でね、次第におのずと市の中心になっていく。

　その頃だったね、立花って二十二、三の娘が倶楽部に出入りしはじめた。なんでも父親が応召したので、あとをついで頑張っている、よろしくご指導をってんであたしんとこへ挨拶にきた。未婚の眼もと涼しい娘でね。あたしはその気《け》はないけど面倒みてやっていた。

　ある日、お姉さん、日記というものはどこへ行けば入手できるんでしょうと相談もってきた。お客さんに古い日記を集めてくれと頼まれたらしいんだ。お得意さんなもので、どうかして間に合わせたいのだが、市場にそういう類は出品されるのでしょうかって聞くんだ。世の中にはものずきがいるからね。人の書いた日記帳を読む奴もいるわけで、だけどそんなもの、金になると誰も思わないからね。そこであたしは市にくる業者のだれかれに頼んでやった。いっぽう立花って子には、誰かが日記を捜してきたらめいっぱい高く買い上げてやれって知恵をつけてやった。そうすると品物というものは居ながらに寄ってくるものだ。案の定だったね。子供が書いた夏休み日記でも主婦の家計日記でも、一冊いくらってまともに買うものだから、みんな眼の色変えて捜してくるんだ。なかにゃてめえのガキのをくすねてきて、ほまちにするチャッカリもいる。ひとしきり市場は日記で大騒ぎだった。

ところがこれがね大事件を起しちまった。

市場に特高が現われてね、あたしがいるかって。ちょっとこいって、こうだ。特高の呼び出しなんて穏やかじゃないから、あたしもドキッとしたね。だけど訳がわからない。とにかく来いっていうからついていくと、あっ、忘れてた、トキさん（あたしの名だ）おれのカイロ返してくれって、ほらいつかあたしがお守り刀でおどした中座が、ふいにあたしを呼びとめるんだよ。ハッと相手の謎がわかってね。特高野郎に、あたしは冷え性でね、この人に愛国カイロを借りて腹に入れているが、あたしだって女だからこんな満座の中で肌を見せて取りだすわけにいかない、ちょっとはばかりに行かせてくれろって断わった。カイロなんてもちろん中座のとっさの機転で、あたしは腹巻ん中の奉書紙の出刃をはばかりへ捨てた。取調べ中にね、刃物を腹に呑んでいたなんて知れたら、何をかんぐられるかわかったものじゃない。あたしは中座に感謝したね。カイロありがとよって知らんぷりして、ハンカチの丸めた奴を手渡してやった。

あたしはね、不敬罪だってぬかすんだよ、特高の野郎がさ。なんだいどういう狂言だって目を丸くしたら、立花って子に売った日記だってんだ。日記に天朝さまがどうしたって不敬不届きが書いてあったってんだ。あたしはそんなもの書いた覚えがないって抗弁したら、お前じゃなく書いた奴がいる。その書いた奴を白状しろって、こうだ。無理な相談だね。日記の出所を吐けというわけ。どこでひろってきたものだったか記憶にないよ。確かね高円寺だか中野だか歩いていたら疎開する家があって、軒下にタンスだの食器だの家財道具が並べてあって、お安く払いますって札が出ている。かたわらに古い雑誌がくくられてあったので、買ってきた。多分その束に混っていたものだと推定したが、うかつにはしゃべられない。

大体ね日記ってのは自分の心覚えで記すものだろう。言ってみれば、はばかりの中でひとりごとを言うようなものじゃないか。そいつを取り締まるってのはどだい無理じゃないかね。

するとね特高がね、こういうんだ。そのひとりごとを立ち聞きしようというやからがいたら、あんただって気色悪いんじゃないか。人の日記を集めて読もうという魂胆は、それと同じじゃないかね。

だったらその読もうという人間だけを懲らせばよい、そのあげく書いた本人まで罰しようというのは行き過ぎじゃないか。人に聞かせるつもりでひとりごとを呟いたわけじゃないんだから。

だけど立ち聞きした奴が耳にはさんだ事柄を、逐一ひとに吹聴するのだから始末におえないじゃないかという。ああ言えばこう言う。「八丁堀」の論理にはかなわないわね。

ええ勝手にしやがれとあたしは腹を据えちまった。あげく三日泊められた。

あたしが以前世話になった軍需工場の工場長が、おっとり刀で駆けつけてくれて釈放された。組長時代にちょうだいした増産完遂の表彰状がものを言ってね、角印の押された紙っぽろは大事にとっとくものだ。思いがけぬ働きをしてくれるからね。

立花って女の子は、かわいそうにひどい目にあったようだね。それっきり市場にはみえなかったし、店も畳んじまったらしい。どうなったか、それからの消息は知らない。屋号は、さあなんていったっけね。

あたしはそのうち店が強制疎開させられてね、十九年十一月二十四日だった、阿佐ケ谷駅前一帯の建物みんな強引にぶちこわされてね、亭主がひとりだちした記念の五坪の店も太綱をかけられて、町会の衆にエンヤコラ引き倒されて、ひどい話さね。あたしは代替地でまた古本屋を開いた。小売業整備でこの商売もやめていく人が多かったけど、あたしは意地だったね。古本屋みたいな零細ななりわいが一軒残らずつぶされた時は、日本の国も滅びる時だって、ハッハ、おかしなもんだねえ、軍需工場で月月火水木金金でがむしゃらだった時分は、一億一心、万民翼賛、尽忠報国なんて聖戦一本槍だったこのあたしが、ひるがえって国の体制をなじっているんだもの。人間ってのは処《ところ》をかえると思想も変るもんなんだねえ。どだいいいかげんなもんなんだよ。

……戦争が終って二十一年だったか、なんでもあしたから新円五百円生活が始まるという日に、淀橋倶楽部の、あの中座が、ひょっこり顔をみせて、衣料の闇ブローカーをやっている、と見るからに大層な羽振りで、あたしにねポンと正絹《しょうけん》のワンピースをみやげにね、なんでも友だちに経済警察官がいて、その警官の手蔓《てづる》でヤミ屋を働いているといって、まあめちゃくちゃな時代だった。あたしは生れてこのかたスカートなんて身につけた覚えなく、相手の好意が恥ずかしくって、いいから着てみなよ、きっと似あうからハバハバってせきたてられて、それじゃってんで清水《きよみず》からとびおりたつもりで着たんだけど、スカートからにょっきりのぞく素足がきまり悪くってねえ。変な話だけど、ああ戦争は終ったんだ、日本は平和なんだって、そのときしみじみ実感した。それまで男だったあたしが、そのスカート着けたらいきなり女になっちゃった。闇屋の中座が言うんだよ。ようやく今日あんたからの預かり物を返すことができた、確かに返したよって渡してくれたのが、ほれあの時のあたしのハンカチさ。じいんときちゃってねえ。

おや悪かったたね。気がついてみたら、これはのろけ話だよ。そんときの中座が、ハッハ、今の宿六だよ。

第二信（復）

拝啓。押しつまりまして貴家には何かと御繁劇、ご憫察《びんさつ》申しあげます。尊翰《そんかん》拝受しながら礼辞申さず平にお許し願います。蕪雑《ぶざつ》にとりまぎれたは表向きの弁疏《べんそ》、ありようはなんとお返事申しあげてよいやら、つくろうべき言葉が見つからず苦しんでおりました。貴殿は小生の魂胆をとうにお見通し、老生の短慮を責めるどころか、そしらぬ体を装って下さり、一夜貴信をおしいただいて感佩《かんぱい》いたしました。差し出がましいどころか、あからさまに申さず、すべてを言外に匂わせた貴殿の奥ゆかしさ優しさ、痛み入ります。

ご賢察の如く小生探索の古書店は、まさしく立花書店であります。（そういう屋号でした）あなたも薄々お感じのように、日記事件の張本人は小生でありました。いえ、立花書店の娘さんに依頼して日記を収集していたのは、小生でなく、小生の友人の中本という男でした。何もかも、お話いたしましょう。

大学にあがって小生の唯一の道楽は、古い文学全集の端本《はほん》を集めては、完璧に揃えることでした。辛労の末、みごと一組まとめあげた際の喜びは、経験した者でないと理解できないかもしれません。この楽しみはとにかく根よくまめに古本屋をめぐり歩くことでした。暇をみつけては「欠本帳」を懐に、都内はおろか地方まで足を運びました。首尾よく希望の巻を入手したときは、一日中しあわせでした。

ある日神保町の古本屋で、幼なじみの中本を見かけたのです。相手はこちらに気づかず、小生も別に声をかけませんでした。親しい、というほどの仲ではなかったからです。

小学生の時分、小生はこの中本をいちじ子分にしていたものであります。彼はクラスでもっとも体が小さく、頭の鉢だけが不気味にでかくて、ために「こやしスイカ」とあざ名されて皆にいじめられておりました。なりは大きいが見場が悪くて中味が空洞という、肥料にしかならぬミソッカスが、必ず一個や二個みのるもので一名ゴミスイカ、中本は決して馬鹿ではありませんが、どころか成績は上位で、けれども彼の顱頂部《ろちょう》を叩くとべんべんとへこむような音がするので、面白がられてしまうのでした。小生はそんな中本が不憫で、しばしば彼の味方についてやりました。中本はこれを徳とし小生になつきました。

彼は貧しい家庭の少年でした。小生の生家は精米業でかたわら食品を販売しておりました。毎日彼が使いで乾麺を一把ずつ買いにくるのです。中本の一家は米を食べたことがないのだと小生は思いこんでいました。

こんなことがありました。たぶん色どりであったのでしょうが、乾麺の束の中に必ず青色と赤色に彩色した麺が一本ずつ混っていて、ある日小生は中本に、だれも知るまいがこの着色うどんを五組そろえて駐在所に届けると賞金十銭がもらえるのだとま顔でふきこみました。すっかり信用した中本は血相かえて駈けこんだようです。「兵《ひょう》ちゃんは嘘つくんだから」とこびるように報告しました。「だけど一銭くれたよ」と見せびらかしたのにはびっくりしました。駐在所の奥さんが気の毒がって恵んでくれたらしいのです。

駐在さん一家はさきごろ東京から転勤してきたばかりで、小生たちの学級に、かほり、という勉強のめっぽう出来る可愛い子がおりましたが、そこのひとり娘なのでした。また話ですが小生はその子にそぞろ気があって、けれども面と向って意中の女の子に口をきくのは、はなはだ勇気のいるまねでしたから、中本をダシに使ったわけでした。

「兵衛さん、人をからかってはいけないことよ」とかほりが例のうどんの件で小生を非難しました。小生は彼女の澄んだ東京弁がむずむず嬉しく、もっともっと口をきいてもらいたく思いました。

「こいつはおれの子分なんだ」と小生は中本のお化け頭をこづきながら、かほりに抗弁しました。

「なんでもおれの言うことを聞くんだ。納得ずくなんだ。な、中本そうだろ?」

「兵ちゃんの言うことはなんでも聞くよ」と中本がゆらゆらと頭をゆすぶりました。

「じゃ、死ねって命じられたら、死ぬの」とかほりが口をとがらせます。

「死ぬよ」と中本がうなずきました。

「ばかみたい」とかほりがさげすむので小生はふるえるほど嬉しく思いました。

「中本、痰壺になれ」と小生は命令しました。

「はい」と返事して天を仰いで大口をあけました。小生は見おろして、そこに向けて、がっと唾を吐いたのです。

「まあ汚い」とかほりが顔をしかめ、「中本さんって無神経ね。なめくじみたい。大きらい」そう捨てゼリフして走っていってしまいました。

「なめくじだって」と中本がまぜかえし下品に笑いました。

　尋常小学校を出てからは、おのおの行く道が別れて、しかもかほりも中本一家も親の事情で引っ越していき、以来あう折がありませんでした。

　古本屋で目撃した時は、なんだか旧悪が露顕したようにギョッとしました。声がかけられなかったのも、なつかしさより、そういう気持ちが強かったからです。

　しばらくたったある日、小生は別の古本屋で再び中本の姿を見かけました。その古本屋には小生が捜している全集の零本《れいほん》がたくさん並んでいました。ところが調べるといずれも既に所持している巻ばかりなのです。しかしその端本のあいだあいだに一冊分ずつの隙間があって、どうやら先客が一足ちがいで、ちょうど小生がほしい巻の所を買っていってしまったようでした。店主に聞いてみるとその客というのが、今しがたいりちがいに出ていった中本だというのです。

　小生はカッとのぼせて急いで中本を追いかけました。とっさにきゃつがいじわるをしていると受けとったのです。子供の時と変らぬ、いやそれ以上にふくらんだスイカ頭を振りたてながら、中本は狭い歩幅でせわしなく歩いていました。肩をたたくと、「兵ちゃん！」小学生時代と全く同じ、こびたような笑顔でした。立ち話も不粋ゆえ、彼を小生の下宿に誘うと、意外にも彼はすぐ近くの素人下宿に住《すま》っていて、逆にひっぱっていかれました。

二食つき四十円という四畳半に通された小生は目をみはりました。なんというおびただしい書物でしょう。しかもあっけにとられたのは、その書物がいずれも小生が躍起で集めている文学全集だったことでした。更に驚いたことには、小生が捜しまわっている欠巻の巻がそこここにある、――というより、なんという面妖な偶然でしょう、中本の部屋にある全集は恐らく全部が、小生の欠本帳記載の本なのでした。つまり割り符のように彼と小生の本を合わせれば一対になるのでした。

中本は親戚から送られてきたといってコンブ茶をふるまってくれました。戦時下これは大層なごちそうです。小生は彼に言おうか言うまいか、とつおいつしました。小生の欠巻分をゆずってほしいと、しかしどうしてもきりだせなかったのは、同じ趣味ならばそれは相手も小生同様の気持ちだろうとおしはかったからです。むしろ逆に強引にせがまれたら、のっぴきならなくなると警戒したのでした。中本は小学生時代とうって変って、何かただならぬ迫力が備わっておりました。容易に人の命令をうけつけぬ雰囲気をかもしていたのです。

彼は本棚の裏側から汚ならしい大学ノートだの当用日記帳だのを抱えてきて、こういうものも収集していると誇らしげに語りました。

彼は大学の法科で、ある日の授業で教授からこんな話を聞いたというのです。明治の御代に起きた不敬罪事件である。岡山県下の女学生が明治天皇の行幸を拝し、「天皇のご尊顔を龍顔とおっしゃるが確かに龍に似ている」と日記に書いた。その日記がゆくりなくも世上に現われ、不敬罪で筆者が起訴された。大審院の判例に残っている有名な事件である。そんなエピソードをきいて庶民の日記に興味を抱いたのだが、読んでみると、誰に見せるつもりのないものゆえに、あけっぴろげで、こんな面白いものはない。庶民の思想史の一資料となりうるものだ。

小生は中の一冊を手にとり、読みにくい金釘流をひろい読みしましたが、かくべつ興深い内容ではありませんでした。

「しかし日記の中には過激な言辞を我しらず弄している個所も見つかるだろうね」とはばかりながら中本に言いました。「そりゃあ」と中本も声を低めて、どっちともとれる返事をしました。造言蜚語、不穏言動をなす者は、うむをいわせず憲兵や警察にしょぴかれるご時世でした。うかつな言葉は口にのぼせられません。

西山武彦さんという方が武州高麗神社に遊び、「祖国なくこの武蔵野に移りこし御祖《みおや》の心思ほゆるかも」という歌をよんだところ特高に連行され、「祖国なく」とか「御祖」とかどういうことかと、指の間に鉛筆を挟まれ締めつけられるという拷問をうけたと記録しております。取調べといってもなまやさしいものでなかったことが窺われます。「それだけに欲求不満を日記にぶつけている人間が多いよ」と中本がささやくように言いました。

だせませんでした。

「大丈夫か、そんなものを集めて」

「大丈夫。万が一の事態が生じても、日記の面白いところは筆者がわからない点だ。署名なんてしないからね。とばっちりがかかる恐れはないよ」中本は自信たっぷりでした。

全集の件を言おうか言うまいか、再び迷いました。しかし結局その日はとうとう持ちだせませんでした。

ふたりとも古本が大好きなのだから不思議はないのですが、阿佐ケ谷の、とある古本屋の店頭で、我々は邂逅しました。小生はその店に入っていくところ、中本は出てくるところでした。小生はいやな気がしました。自分の行くところ中本が先回りして見せつけているように感じたからです。中本は小脇に本包みらしいものをたばさんでいました。この間みたいに小生の求めている端本を、機先を制してさらったにちがいない。

小生はきびすを返しました。「なんだ立ち寄らないの」と中本がまぬけた声をかけてきましたので、よけい癇にさわりました。

「この先の古本屋に行くつもりだったんだ」嘘をつきました。

「立花書店だろ。おれも行こう」中本がついてきました。

「実はおれの日記の収集は立花に協力してもらっているんだ」歩きながらうちあけました。

「こういうものはね、うかつな所に頼めないんだ。変に警戒されるからな。何も知らない女主人の店がいいんだ」

立花書店は若い姉妹がきりもりしていました。

「それに足もとにつけこまれなくてすむ。ただみたいなものだ」

いつからこいつはおしゃべりになったのだろうと小生は不快でした。

洞窟のような立花書店に踏みこんですぐの棚が光っているのに気がつきました。新入荷の、しかも小生が集めている全集の部分がずらりと並んでいるのです。小生はめくるめく思いで、急いで欠本帳を取りだしました。とたんに横あいから中本が、「あっ、あった！」とうわずりながら手をのばしたのです。

「これはおれが見つけたものだぞ」憤然、抗議すると、「取ったものが勝ちだよ」とこうなのです。鬱積していたものが一挙に爆発しました。

小生は中本の胸ぐらをつかんで、「なめるんじゃない」と一喝しました。すると中本がニヤリと笑って、「今でも言うことを聞くと思っているのかい？」とくぐもった声で言いました。小生はギョッとして、手を放しました。相手の大きな頭がひどく小生を圧倒しました。彼はそれをゆらめかせながら、「どちらに既得権があるか、なんならここの主人に判断してもらおうか」と法学部らしく主張しました。そして帰ろうとする小生の右手をつかみ、奥の帳場に向って強引にひっぱっていくのでした。存外に強い力で、小生は相手にわっという恐怖を覚えたほどでした。

二十二、三の、かわいい娘が座っていて、

「お友だち同士でいさかいするなんてみっともなくってよ」と笑いました。娘のものの言い方は小学生のかほりにそっくりです。

「本は別だ」と中本が答えました。ああこの二人はお互い好きあっているのだな、と直感しました。

「もういい。君にゆずる」と小生は折れました。

「よい恰好を見せるなよ」と中本が皮肉りました。

「立花さんに正しい判定をしていただく。さあ立花さん、この本はこいつのものですか。それとも僕ですか?」

「あたしはどちらでも構わないのよ。金さえちょうだいできればよいのだから」

「そうはいきません。男のメンツにかけた勝負です」

「つまらないメンツね」娘が笑いました。

「どちらか断を下してください。本は一冊しかないんだから」

「カ、ミ、サ、マ、ノ、イ、ウ、ト、ウ、リ」娘は小生を指し、ついで中本を指し、次に小生という工合に交互に指を向けました。人さし指は中本の胸にむいて止まりました。

「ごめんなさいね」と小生に頭を下げ、「神さまのおぼしめしだから怨みっこなし」と微笑しました。「まったくだ」と中本が頼朝あたまをふりたてて豪傑笑いをしました。

ああこれは小学生時分の再現です。中本と小生が部署をいれちがっただけの、そっくりあの場面です。人間痰壺として大口あけて相手に顔をさしだしているのは、この自分でした。

けれども小生はこの屈辱に復讐しようという気持ちは毛頭ありませんでした。ただ中本さえいなければ、彼の蔵書はそのまま自分の所有に帰する可能性はある、と常に考えておりました。中本さえいなければ、奴さえいなくなれば、――小生は彼がこの世から消え去る局面をたえず願望しました。あくまで夢想にすぎません。

ところが昭和十八年秋、小生は学徒兵として戦場行を命じられました。この世から消え去るのは彼でなく、いな彼もそうですが、この自分でもあったのです。

お笑いになりますか。何が心残りといって小生は今まで苦労して手がけてきた各種の全集を、ついに半端《はんぱ》のままこの世に置いていかねばならぬ、その一事が、考えるだにたまりませんでした。完全揃いにし、たくさんの人たちに利用していただく。それが自分のひそかな使命でなかったか。小生はこの年まで何ひとつ世におのれの痕跡を残さぬのを残念に思いました。せめて本だけでも、と悲痛に願ったのも無理ない次第とお察し下さい。あとさき、わからなくなりました。中本さえいなければ自分のはしたの全集はすべて、たちまち一組に揃うのだ。簡単な話ではないか。

密告しました。いや、そんなつもりは寸分なかった。しかし結果的に密告の形になりました。

小生の親族に巡査から特高になった男がおり、外事係をつとめていました。外事、というのは売国奴スパイ・インチキ宗教・キリスト教関係を主として扱っていて、女性の密偵を使っていました。なんでもこの密偵とは肉体の誼《よしみ》を持っているそうで、ナニ仕事と割りきっての交渉だから味気ないものだよ、といつか下品にこぼしたものです。世間話に中本の日記収集の酔狂ぶりを語ると、世の中にはくだらぬ奴がいるものさ、と一向気にもとめず、女スパイの痴態ぶりをさもしく描写するのです。けれどもさすがは特別高等警察でした。小生の雑談は密告したのも同然でした。中本は捕えられ家宅捜索をうけ大量の日記を押収されました。それだけですみませんでした。事件は予想外の方向に波及しました。日記の一冊から不敬にわたる記述が発見されました。その日記を販売したかどで立花書店の女主人が拘引されました。そして古本市場にまで捜査は及び、市場主任が取り調べられたのはあなたの聞き書きにあきらかです。

おめあての中本の蔵書は、なんという誤算でしょう、日記と一緒に全冊押収されてしまったのです。中本の本を首尾よく獲得できなかったために、小生はおのれの所業に苦しみました。失敗していなかったら多分こんなにも慚愧《ざんき》しますまい。しそこなってこそ反省、とはよく言ったものです。幾日も輾転反側し、あぐんだすえに小生はかの立花書店にでかけました。ひとつは中本の消息が聞けるかと期待し、ひとつは、その時は古本屋の娘がとんだそば杖を食らっているとは夢にも考えませんでしたから、中本の意中の人と忖度《そんたく》される彼女に何もかも合切うちあけて許しを乞うつもりでした。（親戚の特高は自分のあずかり知らぬ件だと逃げてお話になりませんでした。明らかに彼が仲間を指《し》嗾《そう》した癖に、この一流のとぼけ方も特高ならではでした）

立花書店は閉じられていました。ガラス戸の眼の高さに小さく、「都合により当分休業いたします」という札が貼ってありました。商売がままならぬ時局柄でしたから、気にもとめずひき返しました。

日を改めて再度、足を運びました。今度は開いており、あの娘の姉さんとみうけられる女性が帳場に陣どって、古雑誌をほぐして、たぶん供出用と目《もく》されるリンゴ袋を貼っていました。小生は書棚をながめながら奥の気配に耳をそばだてました。けれどもあの無邪気な娘の姿は見えず、いる様子もありませんでした。帳場の人に聞いてみようと思っても、臆してしまってだめでした。女の人は客など意に介さず袋貼りに余念がありません。寂しげな表情の、しかし美しい女性でした。書棚に火野葦平の『天文台の小父さん』を見つけました。それを手に取り、内容をのぞくふりして、別の薄い冊子をすばやく本の間に挟みました。帳場の女の人に差しだしながら、見つかりませんようにと念じました。しかし実際は見つかりますようにと祈っていたのでした。咎められればよいと。けれども何事も起りませんでした。女の人は不自然な本の厚みに疑念を示さず、上手に新聞紙にくるむと、まったく事務的に小生に渡してくれました。小生は走るように店を出ました。

自分は万引を犯してしまった、と激しくおのれを責めました。例の、密告以上に重苦しくのしかかってくるのでした。誰にもわからぬ犯罪というものが、こんなにも強烈に自らをさいなむものだとは初めて実感することでした。

忘れもしません。昭和十八年十一月二十三日の夕暮れでした。その日小生の母校で出陣学徒壮行会が開かれ、小生たちは大学構内を行進したあと、目黒にある学祖の墓前に出征の報告をすませました。今日限り小生たちは学徒でなく一兵士に生れかわるのです。もはや猶予はなく、すべてに結着をせまられていました。

小生は帰途、立花書店に向いました。入口で一瞬ためらいましたが、奥にいつぞやの女の人がいつぞやのように袋貼りをしているのを見つけると、まっすぐ帳場に進みました。女の人が顔をあげて、遠くを見つめるようなまなざしで小生をながめました。「あの、――」と小生は口ごもり、出来心でつい犯してしまった過日の万引を告白するつもりでした。けれども口をついて出たのは、中本の身上《しんじょう》でした。自分の失言で友人が捕われの身になったいきさつ。自分がちかぢか入営すること。こちらの娘さんに中本あての自分の伝言を託したい希望、等々、熱にうかされたように小生は一気に語りました。

最初、話の唐突さに面くらっていた女の人は、やがて小生の顔を凝視しました。まばたきもせず見つめたきり、何も言わないのです。小生は話を切って相手をみつめかえしました。

「妹は、――」と女の人が初めて言葉を発しました。「留置されたままです。栄養失調でかれこれ一カ月になります」抑揚のない声でした。それに全然、表情のない顔でした。じっと小生を見つめて、やがてパラフィン紙をふるわせたような声でかすかに笑いだしました。顔はあいかわらず能面のまま、声だけで笑いました。そして、こうつぶやきました。「あなたですか」

「あなただったんですか」

ああ、小生はそのときの女の人の、異様な相好を忘れることができません。

「はい」と反射的に返事してしまいました。

「さようなら」と女の人がうつむいて言いました。そして袋貼りの手を動かしはじめました。蒟蒻《こんにゃく》の表面を踏んでいるような足取りで小生は表に走りでました。

ながいこと火野葦平という作家が小生の念頭から離れなかったのは、立花書店で求めた童話集に以上の因縁がまといついていたゆえもありますが、同時にこの作家の壮烈な最期に衝撃をうけたせいもあります。ご存じのように火野葦平は昭和三十五年一月数え五十四歳で亡くなりました。心筋梗塞症という発表でした。ところがそれから何年かたって確か火野夫人の亡くなった直後に、彼は実際は自殺であったのだという、驚くべき記事が新聞にでました。夫人をおもんぱかって今まで事実を伏せていたとの遺族の談話でした。自裁の理由は明らかでなかったようです。小生は『天文台の小父さん』以来、火野の愛読者でありましたが、火野の自殺ははからずも小生の戦時中のやましさをかきたてました。誰にも知られずに葬られた犯罪だけに、罪悪感の度合いは烈々たるものがありました。中本の消息は特高の時点で絶えていました。田舎には彼の一家の痕跡さえありませんでした。中本の下宿はすでに存在せず、跡地は区の火除け地になっていました。火野の覚悟の行為は、小生に人間としてのいさぎよいけじめを迫りました。

藤村操著『煩悶記』を何かで知って読んでみたいと切望したのも、著者が自決した人間であり、その書名が小生の心境に肉迫したからでした。

あなたに送っていただきました阿佐ケ谷の女性古本屋さんの聞き書きは、小生にあるひとつの方向を具体的に示唆して下さいました。聞き書きの末尾で女主人がこう語っております。ようやく今日あんたからの預かり物を返すことができた。確かに返したよ、と。小生の心の奥のこの預かり物も返す時がきたようです。いつかは返さねばならないことでした。

お話、ながなが聞いていただいて恐縮に存じます。心底、さえざえとしました。小生はあなたをいつか中本に仮定して打ち明けているのに気がつきました。いや、これはあるいは無稽な推量かもしれませんが、あなたはもしや中本、だったのではないでしょうか。または立花書店の、……。

ならば一層、貴店のご発展を心から祈らずにはいられません。　敬具

南部兵衛

芳雅堂御主人様

追而『煩悶記』は読了し不要となりましたので進呈いたします。別便に仕立てました。

第三信（往）

父兵衛喪中の為新年の御祝詞を御遠慮させていただきます。故人生前の御交誼を深謝し、合わせて御尊家益々の御隆昌を念じます。

極月下旬

長男　南部　大
次　　　　　耕
三　　　　　必

（『猫の縁談』中央公論社、一九八九年、所収）

赤い鳩

銀座四丁目交叉点の近くで、本をひろったのである。小松ストアの前の、歩道でなく車道、しかも車道のまんまん中。

三十年前の六月、当時は「歩行者天国」なるものはない。たぶん警察が車の通行を止めていたのであろう。一台も見えず、銀座の目ぬき通りは、いやにだだっ広く感じられた。歩道にも人っ子ひとり見えない。

今思いだすと、あの日の銀座は「死の町」のイメージだが、まさか、そんなことはあるまい。いつものように大勢が行きかっていたであろう。無人のようだった気がするのは、私が車道のまん中を歩いていたせいかもしれない。

そんな所を歩いているのは私と雄一だけだったから、錯覚したのであろう。誰かに咎《とが》められた記憶はない。あの時間だけ、車道が開放されていたのだろうか。そうとしか解しようがない。

私と雄一は、日比谷をめざして歩いていた。

雨あがりであった。車道の至る所に、紙くずがこびりついていた。ゆくてに、白いものがうごめいていた。

「鳥だ」と雄一が叫んで走りだした。

白い翼を盛んにふるわせて飛びたとうとしていた。しかし羽をいためているらしく二転三転し、もがいている。私も雄一を追った。走りだして風の強いのに気がついた。追い風である。白い鳥は都電の軌道内を軽く向うにすべっていった。雄一がかぶさるようにしゃがんで捕えた。すぐに立ちあがって、苦笑しながら私の追いつくのを待っている。

雄一が差しだしたのを見ると、鳥でなくて新書本だ。ページが風にめくられて、遠見に羽ばたいて見えたのである。カバーは吹き飛ばされたらしく、しかも裏表紙が半分ちぎれて、無惨な姿であったが、『催眠術入門』という本であった。

新橋から銀座、日比谷方向にかけて、連日のようにデモの人波が行き来した。車道いっぱいに広がって、延々と行進が続く日もあった。「キシさんキシさんなぜ泣くの」「アンポアンポ泣くのね」と「カラスの赤ちゃん」の替え歌を合唱しながら、ゆっくりと歩いていく行列もあれば、前の者の肩に両手をかけてつながって、ジグザグに前進する勇ましい一隊もあった。そんな行進の参加者が落していった本だったのだろう。

表紙と本文数ページには何種類かの靴の跡がついていた。私はその本を捨てるに忍びなくて、ズボンの後ろポケットにしまいこんだ。雄一には笑われたが、私には記念品のような気がしたのである。

昭和三十五年六月十六日のことだった。

前夜、横なぐりの雨の中で、全学連の国会突入がはかられ、女子学生がひとり死んだ。それを報じる朝刊を読んでいた深川の古本屋のおやじが、わなわなとふるえだし、朝食の席で、今日は仕事をする気がしない、店を臨時休業する、と宣言した。店の小僧たちは歓声をあげ、さっそく、「安保反対・暴力排除のため本日休業」と表戸に張り紙をした。この大げさな告示を筆で書いたのは、小僧二年めの私である。その当時、店の休日は月に一日であったので、主人の気まぐれがどんなに嬉しかったかわからない。

私は小中学時代の同窓生であった雄一に連絡した。雄一は私と一緒に集団就職で上京し、新橋のソバ屋の出前をつとめていた。彼は私の臨時休暇を聞くと、親戚に会うと口実を設けて店を抜けだしてきた。私たちは銀座八丁目の資生堂パーラーでおちあい、四丁目方向に歩いた。

本をひろった日付を覚えているのは、そういう理由からだった。


そもそも雄一が、銀座へ行けば、若い女性のお尻がいくらでもさわれる、と私に吹きこんだのである。

安保反対のデモにまぎれこみ、女子学生を物色する。なにくわぬ顔で後ろについて、デモが高潮した時分をみはからい、目の前の柳腰《りゅうよう》に手をかける。女子学生は興奮しているゆえ、痴漢とは考えない。学生のふりを装えば列に加わっても見咎められない。かえって歓迎される、と雄一は力説した。実証ずみの口ぶりであった。

臨時休業日に、得たりかしこしと雄一を誘ったのは、かねての魂胆を試してみるつもりだったのである。ひとりではとてものこと勇気がなかったので、雄一に「伝授」を乞うたのだった。

しかし私たちが銀座に着いたとき、めあての人波はなかった。通りすぎたあとである。私たちは日比谷に向って歩いて行った。雄一に昼食をふるまう約束であった。日比谷公園に入った。松本楼か、と雄一が目を輝やかしたが、そんな余裕のあるふところ加減ではない。日比谷図書館の地下食堂に行くのである。馳走というものではないが、格安の値段で食べられる。

雄一は当てが外れてがっかりしたようだが、「お前、その本を持って図書館に入ると怪しまれないか?」と私の後ろポケットを指摘した。なるほど入館はともかく、出る際に痛くない腹をさぐられるかもしれない。私がためらっていると、「捨てちまえ。そんなもの」とけしかけた。しかし私は曲りなりにも古本屋の店員であり、本で飯くう人間であった。飯の種を粗末にすればお天道さまの罰が当るだろう。

「おれが処理してやる」雄一が強引に取りあげた。植込みの中に走って行った。じき戻ってきた。「なあに、ベンチにのせてきた。ものずきがひろってくれるだろう」

ゴミかごにほうったのでないと聞いて、多少やましさが薄らいだ。

ところが図書館から出てくると、玄関の段々の片隅に、捨てた本が置いてある。見つけた人が、図書館に出入りする者なら大事にするだろう、と機転をきかせたものらしい。

けれども私にはその本が、私の元に戻ってきた、としか考えられなかった。ひろったのも因縁なら、再び私の目前に現れたのも因縁ずくかもしれなかった。私は『催眠術入門』をいとおしく撫でた。

「お前、好かれたようだな」雄一がてれくさそうにのぞきこんだ。


その本は私の持ち物にしてしまっておいた。

三年後のことである。

麻生さんという男性がいた。私のつとめる古本屋の新しい顧客である。文学書が好きで、来るとまとめて買う。私より七、八歳上の人だったが、私を「坊や」と呼んだ。私はチンチクリンで、坊主頭をしていたからである。麻生さんは大学出の、いわゆる肉体労働者であった。夕ぐれ、二、三人の仲間をひきつれて、にぎやかにくりこんできた。いつも、皆、酔っていた。仲間の顔ぶれは、毎回ちがう。彼らは古本を選ぶ麻生さんの酔狂を、店先にたむろして、一種畏敬の目でながめつつ待っているのだった。

ある時しびれをきらした彼らが、大声で口論を始めたことがある。たちまち人だかりができた。買物をすませた麻生さんが、くわえ煙草でごく普通に、「みっともない。よしな」と声をかけると、百雷《ひゃくらい》落ちたかのように連中、シュンとなった。麻生さんには親分肌の所があり、仲間に一目置かれているようだった。

「坊や、遊びにきな」帰りがけに必ず言い置いた。単なるお愛想でない証拠に、自宅の地図を書いてくれた。歩いて二十分ほどの近所だった。酔っているので書いたことを忘れてしまうのだろう、誘うたび地図を書くのである。

なんのきっかけからだったか、銀座で安保反対デモに連日参加していた、ともらした。麻生さんの年回りからおして、大学生の時であったろう。デモをしていて、本をなくした、と話した。

私は、あっ、と手を打った。

「麻生さん、その本は、新書じゃないですか？」

「そう、新書」

「催眠術の本じゃないですか」

「催眠術？　そりゃまたどうして？」

麻生さんが苦笑した。

「書名は忘れたが、催眠術じゃないのは確かだよ」

私は、ひろった話をした。

「いろんな団体、人間がデモっていたからなあ。そんな本が落ちていても不思議はないよ」

麻生さんが笑った。そして口癖でつけ加えた。「坊や、いっぺん遊びにこいよ」行った。

運河沿いの木造アパートの一階に間借りしていた。陽気の良い季節だったが、水に面した側の窓はガラス戸が閉じきりで、部屋は脂じみた衣類がいっぱいつまっているような臭いがした。並びの製材工場の木の粉が、風のあるなしにかかわらず、霧のように吹き飛んでくるのだった。それで窓が開けられない。絆創膏でひび割れを繕われたガラスが、ときどき派手な音を鳴らしてきしんだ。近所の橋を、丸材を積んだ胴の長いトラックが、三台四台とつながって渡る震動である。

麻生さんは畳に腹ばい、あちらを向いて何か書いていた。私を見ると、いっしゅん、おびえたような目つきをした。じき、くしゃくしゃとなごめて、「おお、やっと色よく応じてくれたな」と立ちあがった。

私の気が向いたから訪ねたわけではない。麻生さんと私の休日が、ようやくに合致したからであった。そのころ私の店の定休日は、月初めとなかばと、二日間にふえていた。近所のカステラ工場が昼休みに特売する「オシャカ製品」のカステラを手みやげにした。『催眠術入門』も持参した。進呈するつもりであった。麻生さんは辛党だから当然だったが、カステラよりも靴跡のついた新書本を喜んだ。

「一体どんな人が読んでいたんでしょうね?」

私はかねての疑問を口にした。

「中年の、女かもしれない」

ややあって、麻生さんが唾をのみこみながら答えた。

私の案に相違したので、念を押すような相槌になった。

「別に根拠はないよ」麻生さんが笑った。

「よろしかったら、それ、さしあげます」

「いいのかい？」

「記念になると思います」

よけいなことを言ってしまった。裏表紙をさすっていた麻生さんの手が、異物に触れたように、こわばって止まった。

インスタント・コーヒーをご馳走してくれた。ふたり、向きあってみると、さて話すことがない。昼まの麻生さんは無口でとっつきにくくて、なんだか別人と対しているようだった。デコラの折り畳みテーブルの上には、書きかけの原稿がひろげてあった。小説を書いているらしかったが、聞くのが憚《はばか》られた。三十分ほどで辞した。アパートは平日の昼のせいか、ひっそりとしていた。

これだけは黙っていた。新書本である。麻生さんにもらっていただいて、厄介を払ったような気分であったのだ。捨てるに捨てられず、かなり負い目になっていた。麻生さんとは別な、けれどもたぶん同じような感慨が、あの本にまつわりついていたからである。

安保反対のデモであった。たった一度、誰にも内緒で、デモに加わった。ひとりででかけていった。

はない。つれを誘った。雄一ではない。異性である。

話しづらいことだが、ひと通りのいきさつを述べねば先へ進まない。

麻生さんに向けたカステラである。カステラ工場の女工員である。節子、といった。

彼女は私の幼なじみであった。小中学校を同級で送り、いっしょに集団就職した。

美容院に住みこんだ、と聞いた。それがある日、路上でゆくりなくも再会した。節子は転職し、たまたま私の近所のカステラ工場で働いていたのである。彼女は私の休日を聞いた。

別れぎわ、「私、カステラくさいでしょ?」そう言って右の頬を寄せてきた。私はギョッとしてあごを引いた。

忘れたころ電話がかかってきた。今度、自分の休日が変った、と知らせてきたのである。私と同日であった。お願いがある、ともちかけてきた。「ね、休日の朝、電話をかけてくれない?」わけを聞けば馬鹿らしい。

節子は工場の女子寮に住み込んでいた。寮生は同世代が大半だが、もとより共同生活ゆえ自由がきかない。大抵は我慢するとしても、わずらわしいのは休日の朝。ひとりで部屋にこもっていようものなら、恋人はないのか、紹介しようか、と若い女性特有のよけいなお世話だ。彼女らの関心は異性しかない。恋人がいなければいないで肩身が狭い。頼みというのは、私にニセの恋人になってほしい、要するに電話で誘ってくれれば、それでよい。

こんな具合である。安うけあいをした私が約束の時間にかけてみると節子が呼びだされ、いきなり、「日比谷公園の入口、十一時ね？　わかったわ」と大声で一方的にしゃべって切った。私にそこにこいというのでなく、あたかも私の誘いに返事した調子である。

しかし私は出かけていった。すると節子が「指定」の時間、「指定」の場所に、おめかしして待っていた。節子が日比谷公園を指示したのは、とっさの口まかせではなかったのだ。私が、休日は公園内の図書館ですごしている、と一等最初いきあったとき話したのを覚えていたのだ。

私たちの「恋人ごっこ」は、こんなきっかけで始まった。

迷惑なのではないか、と節子はしばしば私のご機嫌を伺うようなもの言いをした。そのくせ迷惑をかけているとは、露ばかりも思っていないようなのである。どころかお互い得心ずくのデートがくり返されるにつれ、恩着せがましいそぶりさえ、ちらつかせるようになった。

正直、わずらわしくなかったわけではない。私は自意識過剰だったから、異性との交遊は苦手であった。ひとりで本を読んでいる方が、はるかに楽しいのである。だから休日は朝から日比谷図書館にこもっていた。

異性には臆病な癖に、いな、だからこそ至る所で片思いの恋をした。

日比谷図書館の閲覧室で見かける、首の細い女学生に恋慕した。彼女は大層ぶ厚い本に読みふけっていた。私はできる限り彼女の向いの位置に席をとり、夢見ごこちですごした。彼女は一体なんの本を読んでいるのだろう。

正午、昼食に立つらしい彼女のあとをつけて、書棚に戻そうとする書名を、とっさに盗み見た。相手が向うに去るや、そしらぬふりしてその本を借りだした。急いで自席にひき返し、栞《しおり》のはさまれた個所に目を走らせた。

それは蕪村文集であった。「月夜《つくよ》の卯兵衛《うへえ》」という短文を、彼女は読んでいたらしい。蕪村が出羽の国、九十九袋《やしやぶくろ》という珍奇な名の里に一泊した晩、ごとごとと物の響く音が絶えまなし聞える。怪しんで外に出、音のゆえんを訪ねてみると、古寺の広庭に老人が臼《うす》をついている。満月、天心にあり、微風、竹をそよがす。老人は昼の暑熱を避け、かく営んでいたのである。名を問えば、宇兵衛、となむ答えた。蕪村は思わず月を仰ぎ、月の兎の化身ならずや、と疑えり。すなわち一句を得た。涼しさに麦を月夜の卯兵衛哉《かな》。

ただこれだけの文章であったが、なんとしたことぞ、目でたどっているうちに私は欲情してしまったのである。ここを彼女は読んでいたのだ。こんな風に読んでいたのだ。そう考えたとたん、私はおのれの顔が発火するのを覚えた。急いで本を返しに走った。

食事をすませたらしい彼女が席に戻ってきた。蕪村文集を手にしている。机に置き、箱のフタをあけるように栞《しおり》の個所を開いた。見ていて私はドキドキした。彼女は本に上体をかぶせるようにして読み始めた。私が黙読した文章を、あの目で読んでいるのだ。再び熱いものが顔につきあげてきた。

私はもしかしたら彼女の視線に恋したのかもしれない。私は自分が蕪村文集そのものであったら、と願ったのであるから。たわけた夢想だが、書物への変身を願望したのだ。

女学生が、ふいに顔をあげて左右を見た。私はとっさに本を読んでいるふりをした。相手の視線が私の額に釘づけになっているような気がした。彼女は蕪村文集に目を通していて、たぶん次の箇所に気がついたのである。「名は何といふぞと問へば、宇兵衛と答ふ」原文の宇兵衛の隣りに、私は鉛筆で自分の名前を書き入れておいたのだ。すなわち彼女は声には出さね、私の名前を読んで（呼んで）くれたというわけだ。

以来、月二回の定休日は日比谷図書館通いである。女学生に会いに行く。

不思議なことに気がついた。女学生は席こそ違え、いつ行っても居る。ということは彼女は連日閲覧にきているらしい。まさか私に日を合わせて月二回でかけてくるのではあるまい。

もうひとつは彼女は蕪村文集のみを開いており、しかもなぜか気に入りのページが例の「月夜の卯兵衛哉」なのである。他の箇所は読もうとしない。いや大体、彼女は読んでいるのだろうか。見ていると、ページの一点をにらんだまま、視線がこゆるぎもしない。

昼食の三十分と数度のトイレ休憩をのぞいて、ほぼ一定の姿勢で本と対峙したまま、閉館時までいる（私もいたわけだ）。

目をあけたまま眠っているのではないか、と疑える節《ふし》がある。蕪村文集の同じページを開くのは就眠儀式ではないか、と勘ぐれた。しだいに薄気味わるくなってきたのである。

ときどき招き猫のように右手を挙げ、宙に指先で文字を書くしぐさをした。無意識に動かしているようなのである。

節子との「ごっこ」の間、図書館から遠ざかっていた。ところがデートの待ち合わせ場所が日比谷公園である。

あるとき節子がまっ白なタイト・スカートをはいてきた。梅雨空にまぶしい装いである。彼女は私の感動を期待していたらしかったが、私が何も言わないので業《ごう》をにやした。

「やせがまんしているね」と皮肉っぽく口の端をつりあげた。「図書館に行きたいんでしょ？」突き離すように言った。

「前にもらしたじゃない？　連れていってよ。私も行ってみたい」

「アベックで入る場所じゃないよ」

「蕪村の君」に、節子との仲を見られたくなかったのである。

節子がべそをかいた。「あんたって、私といる時、いつも声がここにあって、顔がそっちを向いているんだもの。楽しくない」

面白いも面白くないも、自分たちはニセの恋人同士じゃないか、と逆らおうとしてやめた。節子がにらむような目つきで続けた、次の言葉にたじろいだのである。

「あたし、あんたがどんな本を読むのか知りたい」

かくて強引に背中を押されるような形で、図書館に節子を先導した。かの君が今日に限って不在なのを祈った。いつものようにいつもの席に座っていることを、一方で祈った。いませんように、おりますように、交互に心中願いながら、閲覧室を見渡すと、いない。

どうしたのだろう。私がしばらく無沙汰したので、悲観して日参をやめてしまったのか、とは恋する者のいい気なひとり合点であったが、正直なところ私は落胆してしまった。閲覧室は妙にすいていて、私たちをのぞいて、たった四人しかいない。

蕪村文集の書棚に行ってみた。節子もついてきた。ない。借りだされたのだろうか。係員にたずねてみた。案の定、出払っているという。ただし館外貸出しでなく、ただいま閲覧中という返事だった。それでは彼女は今日も見えているのだ。どこの部屋にいるのだろう。私は閲覧室をひとつひとつのぞいてまわった。「そんなに大事な本なの。ね？」節子がしつこく聞く。

いない。すると彼女ではない。他の誰かが借りだしたのだ。だれだろう。最初の部屋にひき返し、四人の見知らぬ利用者の顔を、改めて当ってみた。

学生風の男が三人、老女がひとり。学生の一人は広げたノートにつっぷして、うたた寝の最中。残りの三人は頬杖をついたり、ときどき激しくうなずいたり、メモを取ったりしながら、それぞれ読書を楽しんでいる。私は適当な座席を物色するふりして、四人の背後を通り、彼らの読む物を盗み見た。老女は竹久夢二の画集を広げていた。学生の一人は月刊誌をめくっていた。メモを取っているのは彼である。もう一人は、――彼だ。蕪村文集を広げている。しかも、彼が目を落しているページは、あの、「月夜の卯兵衛」ではないか。

私は顔が紅潮した。へなへなと、その学生の、ななめ向いの椅子に腰を落した。節子が私の隣に座り、私の太ももに手をのせた。

「どうしたの？　ふるえてる」

私は学生をにらみつけていた。相手は気づかない。なんという屈辱だろう。私は自分の最も大切で神聖なものを、見知らぬ人間に穢《けが》されたような気がした。あの本を読まれたくない。あの本を、きゃつから取り戻したい。あの本は、彼女だし、この自分なのだ。

節子は力をこめて私のももを押さえている。私のふるえを止めようとするように。

「出よう」節子の手をつかんで立ちあがった。

説明しがたいこの憤りを、何かにぶつけたかった。たとえば薄いガラスのようなもの。派手な音をたてて、粉々にくだけ散るような対象がほしかった。

図書館を出ると、節子を引いて急ぎ足に公園に入った。どこへ行くのか、と問われたが、私にもわからない。けれども足は目的あるものの如く、先へ先へと進むのである。

木々のあわいのベンチは若いカップルで占められ、彼らは置物のようにみじろぎもしない。節子が、「ね、ゆっくり歩こう」となまめかしい声でささやいた。

心字池の奥は昔の見付《みつけ》跡で、小高い山肌に石垣が組んである。見付に立つと、晴海通りと日比谷通りのだだっ広い交叉点と日比谷濠《ぼり》、それに濠の石垣と松並木が眺められた。

松林の奥から飛んできた一羽のカラスが、お濠の水面を滑走したと思うと、三十センチあまりの緋鯉をくちばしにくわえて飛び立った。カラスは私たちの立っている見付をめがけてきたが、鯉があばれたか、交叉点のまうえでとり落した。錐《きり》もみしながら道路に落下した。それは、あっというまの出来事であった。

鯉は道のまんまん中にたたきつけられていた。じたばたとはねあがって、遠見に、赤いカンナの花びらが風にふかれているようであった。たまたま信号が赤で、車がせき止められている。まぬけなカラスは上空を二度小さく旋回したが、あきらめたらしく祝田《いわいだ》橋の方角へ飛び去った。

私と節子は同時に始終を目撃したのである。

節子が走りだした。見付を降り、歩道をつっきり交叉点に飛びだそうとした。急に音が起こった。信号が変って、二方からいっせいに車が動きだしたのである。交叉点の中心付近で、双方の一団がクロスした。私は背後から節子を抱きとめた。赤い花びらが車輪にまきこまれて見えなくなった。

「鯉が」節子が私の腕の中でもがきながら泣きだした。

「行こう」私は彼女の向きを有楽町の方角にかえた。背を軽く押してうながした。そのとき、というより、彼女を抱きとめたとき気がついたのだが、節子はずいぶん小柄な女性なのであった。節子が泣きじゃくりながら訴えた。

「きっと、あの鯉だわ。私の手からエサを食べた、あの緋鯉だわ」

すれちがう歩行者がふりかえる。

「泣くのはよせよ」となだめた。「別の鯉にきまっているさ」気休めを言って慰めた。

交叉点の向う、日比谷濠のきわに、頰かむり麦わら帽姿のおばさんが座っているのが小さく見えた。車道の信号が赤で、折よく見通せたのである。

鯉のエサをさばいているおばさんだった。「恋《コイ》のエサ　五円」と胴になぐり書きしたボール箱を足もとに置き、柳の木の下に座って客を待っている。箱には小さく刻んだ麩《ふ》のビニール袋が乱雑に入っている。濠ばたを散策するカップルが鴨なのであろう。しかし商売としては、おそろしく暇そうであった。

節子がふた袋買い、ひとつを私によこした。おばさんが礼を述べたと思うと、「お客さんだよ」とどなった。

お濠の、ちょうど角であるが、とたんに、わらわらと水をこねる音がして、緋鯉《ひごい》や真《ま》鯉《ごい》が大小十匹ばかり、岸辺に寄ってきた。ひとしきり一隅をたぎらせて餌をはむと、いっせいに散らばり消えた。実に現金なものである。

立ちあがった私たちに、おばさんが、「お似あいだこと」と声をかけた。商売人のお愛想なのに、節子は単純に喜んだ。

おばさんは突然「この間の大雨」の話をしはじめた。この間といっても見当がつかない。

大雨で、この辺一帯が水びたしになった。水が引いたら、道路のあっちにもこっちにも鯉がはねていて、おばさんは汗だくで一匹ずつ捕えては濠に戻したそうだ。「お客さんだよ」という、さきほどのおばさんの呼びだしを思いだして、私たちは腹をかかえた。

逢引のつど必ずおばさんの「店」に立ち寄り、立ち話に興じた。お濠の鯉とも、だからすっかり馴じみであった。背中のウロコがまるきり剝《は》げた緋鯉がいた。いつも群から遅れて餌をはみにくる。そして見切りをつけるのは一番早く、すぐさま岸から離れる。増水の折、最後まで地面にとり残されてもがいたのに違いない、と節子は同情し、かわいがっていた。「あの鯉」である。

私たちはゆっくり歩きだした。節子が先に歩いていた。小学生のようだ、と再び思った。

有楽町のガード下で雪駄《せった》ばきの男が、「だっこちゃん」と名づけたビニール製の黒い人形を百円で売っていた。節子がひとつ求め、自分の右肩に人形をつかまらせ、少し考えて肘《ひじ》に移した。得意げに私をあおいだ。節子がまた一段と小さくちぢまったように見えた。

日劇の方から黒煙のようにデモの人波がくりだしてきた。シュプレヒコールもなければ、赤旗やプラカードの林立もない。沈黙の行進である。子供づれの主婦もいれば老人もいる。背広、ジャンパー、割烹着、紺の事務服、ワイシャツ、学生服、さまざまの身なりの集団である。歩きつつ談笑する者もいれば、週刊誌を読んでいる若者もまじっている。列の中ほどのグループが手書きの幟《のぼり》を捧げている。「誰でも入れる〝声なき声〟の会」「安保批判の会」とあった。歩道で行列をながめる者のうちからも、飛び入りする人がいた。アベックが笑いながら気軽に加わるのだった。つられたように何人かが行進にまぎれこんだ。彼らは恥ずかしそうに行列の奥へ奥へともぐっていった。

「ぼくらもまぜてもらおう」私は節子の背を押した。

「なんなの、これ？」

「安保反対だよ」

「共産主義でしょ？」

「ばかだなあ。鯉のお葬いだよ」

「鯉の？」

「野辺の送りさ。お濠に向っているだろ？」

日比谷交叉点に武装警官が数十人かたまって、待機しているのが見えた。

「行く」節子が走りだした。「鯉のなきがらをひろってあげなくちゃ」私も続いた。

あのとき――なぜ、あのような衝動にかられたのか、わからない。図書館にいつもの女学生がいなかった。失恋した気分だった。見知らぬ男が蕪村文集を読んでいた。たまらなく、いやな気がした。それもこれも、節子のせい、という気がした。つまらぬデートにうつつをぬかしていたので、バチが当ったのだ、という気がした。だからといって節子に制裁を加えたい、と発意したわけではない。ほんの、座興《ざきょう》であった。思いつきの、遊びのつもりだった。雄一の、げびたささやきを、突然、思い起こしたのである。

「デモにまぎれこんでさ、いい女を物色するんだ。なにくわぬ顔で背後について歩いて、デモが熱狂したら、めあての女の腰や尻に抱きつくんだ。相手は夢中だから気にもしない。おれなんか相手の頬にキッスしちゃったぞ。いや本当」

私はたぶん、欲情したのだ。しかし見ず知らずの異性に接触する勇気はなかった。目の前に小さな節子がいた。節子が小さかったから、きっと、あんなよからぬ魂胆をいだいたのにちがいない。節子なら、仮にこちらの邪《よこしま》を見破ったところで、咎めだてはすまい。この私を憎からず見ているようだし。何より「子供」だ。

デモは粛々と警護の厳重な交叉点に入った。先頭は祝田橋《いわいだ》に向っている。国会議事堂をめざしているようだ。

「ないわ」と節子が顔をあげて私を見た。

鯉の死骸が見当らない。

「確かにこの辺りなのに。餌売りのおばさんに聞いてみるわ」

行列からぬけだそうとするのを私はひきとめた。

「悪いよ」周囲に聞こえぬよう声を落した。「みんなに悪いよ。勝手にぬけては」

「だって、これ強制じゃないでしょ」

「でもおれたち遊び半分にみられるじゃないか」

「遊びじゃないの？　私、鯉をひろうつもりでついてきたのに。やかましいのなら私、やめるわ」

しかし節子は皆と歩調を合わせていた。

行列は桜田門にさしかかった。警視庁庁舎の正面に、武装した機動隊員がおびただしく屯《たむろ》していた。濃紫紺一色の制服で、あたかもコークスの散乱の如く黒光りして見える。桜田門に至る凱旋濠と桜田濠の間の道に、スピーカーをのせた幌つきトラックが駐車して音楽を流していた。「うさぎ追いしかの山」という童謡を流していた。ちょうど私と節子が手を結んでその車の前を行きすぎようとしたとき、音楽がたち切れたように止まって、息をはずませた野太い男の声が、スピーカーから流れだした。

「声なき声だと？……」

男の声が次第に高く激昂してきた。節子がおびえて私の手をきつく握りしめた。

「声なき声なら。アー……」

何が始まったのかわからない。わあ、という叫びが後方であがって、一瞬に、列がほぐれた。コークスのかたまりがなだれこんできた。私はだれかに突き飛ばされてのめり、のめったところを再び突かれて腹ばった。そこへ数人がけつまずいて、のしかかってきた。私の目の前にまっかなタイト・スカートがころがっていた。節子、と呼んだつもりが声にならなかった。地べたの位置から見る節子は、針の山に伏しているように見えた。無数の針は群衆の足である。スピーカーの声が、礫《つぶて》の如く飛んでくる。私は恐怖にかられてはね起きた。人々をはじきとばし、警視庁の建物に救いを求めて走りだした。雨が降りだした。雨ではなかった。私の、顱頂部《ろちよう》から血が吹きだし、私の顔面を洗うように、ざあざあと流れ落ちた。とたんに私の視野が発赤し、私は路上のそこここに、たたきつけられた緋鯉がのたうつのを見た。節子もいた。私はおめきながら走った。桜田通りに折れて法務省庁舎をめざしたけれども、息切れして、ものの二十メートルも走ったか。立ちどまってふりかえると、すぐ目の先の路上に、やはりまっかな水びたしの節子が、きりきりと身をもんでいるのだった。

久しぶりに訪ねたら麻生さんは結婚していた。私が小兵だから、よけいそう感じたのだろうが、奥さんはずいぶん大柄で背の高い人だった。眉根を寄せて睨みつけるように、じっとこちらを見つめる。紫のシャツに紫のスラックスをはいて、動くたび全身が絖《ぬめ》のように光るのである。ひとことも口を利かない。麻生さんが、「家内だ」と紹介したが、辞儀もしなかった。奥さんは麻生さんより二つ三つ年上らしい。

女の子がいた。見たところ小学四、五年生の体つきであったが、言葉遣いから察するに、せいぜい二年生ぐらいらしい。

「あんた、だれ？　どこの人？」私にまつわりついて下から顔をのぞく。短いスカートから伸びた太ももを、立て膝して、これ見よがしにちらつかせる。

「失礼なことを言っちゃいけないよ」麻生さんがたしなめて台所に立った。コーヒーをいれてくれるのである。

「あんたさ、ここのお客?」女の子が太ももをふるわせながら聞いた。「おみやげ、何を持ってきたの?」と声をひそめた。

なんだか居たたまれず、早々にいとまを告げた。

それから一週間ばかりすぎた夕方、出先から店に戻ると私あて麻生さんの伝言があった。店が終ったら遊びにこないか。私は自転車を走らせた。

麻生さんはいなくて、女の子があらわれた。体中に包帯を巻いてガニ股でソロリソロリと現われたのでびっくりした。包帯ではない。彼女はロールのトイレット・ペーパーを巻きつけ、ひとりで遊んでいたらしい。母親は仕事にでかけたとのことだった。

「ほどいて」と少女が命令した。「おしっこに行きたいの」

彼女は畳にすわった私の目の前に、仁王立ちに立った。

「なんて遊び。突拍子もない」

「透明人間よ」

「なあるほど」

「今から消えるとこ。消えてみせるから、これほどいて」

「透明人間さん、君の名前をまだうかがっていないね」

「のりこ」

「のりちゃんか。いい名前だ」

「のりこさんと呼んで。なれなれしいのって大嫌い。ほどくの下手ねえ。ほら、この芯に巻きとりながらほどくのよ。そうしないと、あとが面倒よ」

「あれ」と私は本当に驚いた。

「君、裸なの？」

裸に巻きつけていたのである。

「あたしは透明人間よ。あなた見えないはずよ」のりこがニヤニヤ笑いをした。

「クルクルクル」そう言って体を回転させた。「クルクル、パッ」トイレット・ペーパーが大根のかつらむきのように、のりこの足もとに、からまりあって落ちた。すっ裸なのであった。私はなんだか狼狽し、「洋服をつけないと風邪をひくよ」顔をそむけた。

「見えないはずよ。エッチ。あなたエッチだから見えるのよ」

のりこがむきだしの太ももを、私の頬にこすりつけてきた。

「どなた？」

私の背後に若い女性が立っていた。

「ママよ」とのりこが飛びのいた。

私は驚いて相手を見つめた。もちろん、いつぞやの紫の女性とは違う。

「冗談よ。この子は」女の人がにらみつけた。「早く洋服を着なさい。なんです、その恰好」

「この人が透明人間ゴッコしようと裸にしたのよ」のりこが平然と言いはなった。

「のりこさん」私は立場がない。

「はい？」と女の人が返事した。

「なんですか？」と私と相手は同時に言った。「あの」と再び同時に発した。私たちは顔みあわせて吹きだした。

「のりこ、ってこの子の名前じゃないんですか？」

「私です。あなた、からかわれたのよ。この子、悪がしこいんだから」

「のりこさん愛してますわ」着終った女の子が囃《はや》した。

のりこさんが手をふりあげた。少女はけたたましく笑いながら表に飛びだしていった。

「ひと筋縄でいかないんだから」と弁解するように言った。

のりこさんは私に茶をいれてくれ、台所で炊事を始めた。

「あの人、何時に帰ると申してました？」と声をかけてきた。「変ねえ。あなたを呼んでおきながら寄り道をするなんて」

のりこさんは麻生さんのなんなのだろう、と私はあらぬことを考えていた。一体、麻生さんは急にどうしちまったのだろう。

デコラのテーブルには、桑の実に似たワレモコウと、ピンクのコスモスが茎を短く切られて、クリープのびんに生けてあった。ワレモコウの花言葉は確か「愛慕・変化」、コスモスが「乙女のまごころ」だ、と私は思いだしていた。「蕪村の君」に花束を贈る時を想定し、図書館で「花言葉集」を熟読したことがあったのである。妙な時に暗記の成果が浮んできて苦笑した。

麻生さんの部屋は、六畳ひとまに台所だけだから、のりこさんの立ち居ふるまいが、私の位置からまともにのぞける。のりこさんのはりきったジーンズのお尻が、音楽のリズムに合わせているかのように、こきざみに魅惑的にゆれるのである。彼女は片足のみ爪先たてて貧乏ゆすりしながら、包丁を動かしているのであった。声は聞えなかったが、ハミングしているのではないか、と思われた。

息のようなものを感じて、女の子が開け放しにして出ていったドアに視線をもっていった私は、ドアの蝶番《ちょうつがい》の隙から、じっとこちらを見つめているガラスのような目にぶつかって、たじろいだ。まばたきもせず私を見つめている。あの、女の子であった。

だんだん、わかってきた。

店の昼休みに、客からいただいた千葉産の煎《い》り落花生を手みやげに、麻生さんを訪ねた。

麻生さんはるすで、紫の女性がいた。台所の猫びたいの板の間に、片膝立てて煙草をふかしていた。

「ちょいと、黙ってのぞくもんじゃないわよ」

なんだ、ちゃんとした口がきけるじゃないか。

「ごめん下さい、と三度、いや四度も挨拶しました」

「聞えなかったんだから何度くり返したって意味ないのよ。なに持ってきたの？」

女の子の口調そっくり。逆か。女の子が母親似なのだ。

「あがんなさいよ。ちょいと聞きたいことがあるから」あごをしゃくった。

「あんた、あの人とどういう関係？」

「麻生さんは、ぼくの店の客です」

「バーの？」

「古本屋です」

「あんた童貞？」

私は相手を見返した。しかし相手は怒ったような表情で、こちらをからかっているふりは見えない。

「あの人と、まさか、お稚児《ちご》さんにされたんじゃないでしょうね？」

「失礼ないいがかりです。麻生さんはそんな人じゃない」

「あら、大変な買いかぶりね」

「あなたなんかにわかりっこない」

無性に腹がたってきた。

「ご挨拶だこと。はばかりさま。あたしはね、これでもあの人の家内です。隠しどころまで知っているわよ」

「麻生さんの悪口を言わないで下さい」

「熱烈なファンなのね、あんた。あの人の何をご存じだというの。あの人の、これって、あんた知ってる?」

下品に小指を立てて示した。

「麻生さんは身ぎれいな人です」

「あんた、この指の意味、知ってるの?　これ、彼女、情婦、色、恋人の意味よ」

のりこさん?

「ほら隠しているじゃないの。だましてもむだよ。のりこ、ご存じだわね。この間、会ってるわね、ここで」

どうして……

「知ってるわよ、いつかの晩あんたをここに電話で呼びだしたのは、このあたしだもの。麻生の伝言きいて、あんた、駈けつけたでしょ?」

あの晩、いくら待っていても、ぬしは帰らなかった。

「あたしが麻生の名を騙《かた》ったのよ。あら騙るはおかしいわね。あたしは麻生の妻なんだから、だましたことにはならないわね」

この女は何をたくらんでいるのだろう?

「別に魂胆はないわ」

私の疑念をみすかしたように、ぴしゃっとたたきつけた。

立ちあがって、正座した私の前にきた。すれすれの位置にしゃがんで、顔をよせてきた。にらむように私の目を見つめるのである。私はのけぞるように顔を引いた。

「あんた童貞ね」笑いもせず、きめつけた。

「聞いても、むだか」

　私は息苦しくなってきた。どこかに、あの女の子の視線を感じたのだ。紫の女の目つきがそっくりなので、そう思っただけかもしれない。

女が目をそらし、私のみやげを取りあげた。ひとつつまむと、殻ごと口にほうった。歯で殻をつぶし、つぶした殻を指で取りだし、実を嚙みしだいたのである。女はそんなだらしない食べ方で、たて続けに四、五個つまんだ。

「香ばしいわね、これ。お店に半分もらっていこう」そうつぶやいて、

「あの人とのりこが抱きあっているとこ、見たことない?」と突然きりだした。

「麻生さんは……」

「ええそう。あの人はあんたの言う通り、いい人。だけど、それとこれは別。のりこはあたしの妹なの。わかるでしょ?　私の気をもむわけが。無理か。あんた子供だものねえ。十七?」

「十九です」

「未成年には違いないわ」ズケズケと憎まれ口をきく。

「あんた小遣いあげるから、あの人とのりこの様子をさぐってあたしに報告してくれない?」

「お断りします」

「気前がいいこと。坊や、後悔するわよ」

「坊や、なんて呼ばないで下さい」

「あの人に呼ばれると嬉しいのにね」

この女はニコリともしないで、ものを言うのである。


ある晩、五反田の客に本を届けた帰り、駅近くのドブ川沿いで、人目もはばからず四つ這いに這っている若い女性を見つけた。声をかけると地面を見つめたまま、金をなくした、と答えた。そういう女の人の右手の先に、百円玉が落ちている。教えると、「あっ」と叫んで立ちあがったが、驚いたのは、むしろ私の方であった。のりこさんだったからである。相手も目をまるくした。

「どうしてこんな所に？」とふたり同時に咎めた。そして互いにふきだした。いつぞやもこんな風に口が合ったからである。

「私たち妙に馬があうわね」

「落したのは五十円玉なのよ。この百円、私のじゃないわ」

私は赤くなった。

「五十円、もうけたじゃないですか」

「だって悪いじゃない。人の百円玉ひろっちゃ。どうしよう」

「神さまがくれたんです。納めておいたら」

「私ひとりだったら、そりゃ黙って猫ババをきめこむわ。でもあなたに見つけられたし、あとあとまで私たった五十円もうけたばっかりに、あなたに頭があがらないし、心の負担にはなるし、いやだわ」

「ぼくは見なかったことにします」

「ほら、そう労《いた》わられることが、もうあなたに借りができちゃうじゃない。私、あと五十円ここに置いていく。いわば両替」

「ばかなまねですよ、そんなの。正直でもなんでもありゃしない」

「私の気がすむんだから、これでいいのよ。文句ある？」

「じゃぼく拾います。もったいない。いいですか？」

「どうぞご自由に」

「なんだか妙だなあ。ぼく、あなたのお金をくすねたような気がする」

ハッハッハとのりこさんが笑いだした。男のようにおおっぴらに、はずみをつけて笑うのである。

「ねえ本屋さん、あなたお仕事の帰り？　それとも行き？」

私は小脇にはさんだ空《から》の風呂敷をひろげてうちふってみせた。のりこさんが飛びのいた。

「まあ大きな風呂敷。包まれるかと思った。それじゃ内緒で道草くっていかない？　私のアパートが目と鼻の先なのよ」

「のりこさんは五反田の住人なんですか？」

「あなた時々お侍のような口をきくわね。あら、雨？」

雨だった。しかし、あるかなしの落ち方である。

「わたし、ブラジャーをつけてないの。ぬれると透けるから、いやだなあ」

「この風呂敷をかぶって下さい。合羽《かっぱ》がわりになります」

「恥ずかしいわよ。股旅《またたび》姿のようで」

そう押し問答している最中に、いきなり雨脚が太くなった。いやも応もない、私はのりこさんの頭からかぶせた。

「あなたも、それじゃつきあってよ」

ふたり並んでみると、のりこさんはずいぶん背が高いのだった。歩調を合わせてわかったのだが、彼女は右足が少し不自由そうだった。私の肩に手を回し、「獅子舞いみたい。あたしが獅子頭になるわ。ただし美人のよ」とはしゃいだ。

「あなた、おいくつ？」

「十七です」嘘をついた。

「坊や、って呼んでいい？　あの人あなたをそう呼んでいるわね。私もいい？」

「結構です」

「ねえ、なぜ、あの人が好きなの？」足を止めて私の顔をのぞいた。同じようなことを紫の女も聞いた。女性って、どうしてこんなことが気にかかるのだろう。

「兄貴のような気がするんです」

「恰好よいから?」

「はい。男らしいし、それに」

「なに?」

「闘って敗れました」

「けんかで?」

「違います、安保闘争で。麻生さん、あれ以後、破れかぶれなんです」

「どうして?」歩きだした。

「ぼくにはそういう気がするんです。だって、麻生さん、日雇いして。大学を出ているのに。自暴自棄なんじゃないでしょうか。奥さんだって、あんなガサツな人で」

「姉なのよ」

今度は私の方で立ちどまった。

「本当の、ですか?」

「似ていないでしょう?」

「あの女性、ぼく、きらいです」

「私も。また息が合っちゃったわね」

よおよお、お安くないぞ、と酔っ払いがひやかしながら通りすぎた。私は急にのりこさんの体温をやましく感じた。気がついてみると、恋人のようにくっついていたのである。離れようとすると、相手が私の肩に回した手に力をこめて引いた。「本降りになってきたわ」てれ隠しのように空を見あげ目を細めた。

「質問していいですか?」

「お答えします」

「まじめな話なんです」

「あら、私、性分でおひゃらかすけど、根はまじめよ」

麻生さんはどうして紫の女性と結婚する気になったのか聞こうとして、ふいと別の問が口をついてでた。

「なぜお姉さんは、あなたと麻生さんの仲を疑っているんですか?」

「男と女だからよ。坊や、スパイになれ、とそそのかされたでしょ?」

「はねつけました」

「おしい内職をのがしたわねえ。姉は水商売をしているだけあって、太っ腹だからはずむわよ」

「のりこさんはなぜ怒らないんです。侮辱されているのに」

「慣れっこよ」そして急に笑いだした。

「あなた、文字どおり、坊や、ねえ」

のりこさんが語った。

姉は門前仲町で「祇園」という和風バーを営業している。雇われマダムである。亭主は豆腐屋だったが、わずらい、うかつにも「通院のため休業」と店の表に貼り紙したため、ことごとしい噂になり、客が寄りつかなくなってつぶれた。そこで姉が手っ取り早い金稼ぎに水商売にでた。オーナーに気にいられ店をまかされた。それが「祇園」である。

大みそかの晩オーナーと連れだって、小田原の道了尊さまに、除夜の鐘をつきにでかけた。つい浮かれて箱根まで足をのばす羽目になった。自宅に戻ってみたら亭主が餅をのどにつまらせて頓死していた。

のりこは田舎の高校三年生であったが、知らせを受けてかけつけたとき、死者の枕もとに紅白の繭《まゆ》玉がころがっているのを見て、義姉を許せない、と唇をかんだ。

「あれ。お姉さん、というのは？」

「そう、義理の姉」のりこさんがすまして答えた。

のりこは学校を卒業すると義姉と同居した。表向きは五歳になる兄の遺児の世話役で、自分から買って出たのである。本心は、義姉のお目付《めつけ》のつもりであった。非を見つけて暴《あば》き、兄の無念を晴らしてやるのだ、という乙女らしい気負いである。義姉が気づかぬはずはない。

ある晩、風のよどみを感じて目をさますと、「祇園」のオーナーが、のりこの布団の裾につくばって、ぶちぶちと音を鳴らして仁丹をかじっていた。嚙みしだいたのを掌《てのひら》に吐きだし、また新しい粒々を口にほうりこむ。なんのまねなのか、咎めると、「やあ不覚をとった」と急に酔ったふりをした。のりこの上にかぶさってきて、掌の仁丹のドロドロをなすりつけようとした。かたわらに眠っていた遺児の姪が、やにわに飛び起きて、「人殺し」と甲《かん》高く叫んだ。ドアを開け、表に走って行って、なお叫んだ。それで事なきを得た。

のりこは決意して宿を移った。まもなく「祇園」のオーナーが傷害事件を起こして、懲役に送られたのを新聞で知った。

義姉の店に顔をだすと、煙草の煙が灰かぐらのように立ちこめる喧噪の隅っこに、姪が、やつれすすぼけて眠りこけているのだった。「それならあんた面倒みてよ」と押しつけられた。

のりこは昼間ガソリンスタンドにつとめ、夕方、姪の相手をするため義姉のアパートに通った。義姉は午前一時には帰宅する約束だったが、時に四時五時すぎの日があって、何をしているか知れたものでなかった。

「食うためにあたしも必死なのよ。なにさ、その目つき」後ろめたいせいか、そのつど盛大な悪態をつく。

寝不足が重なって、のりこも頭が朦朧《もうろう》としていたのだ。ガソリンスタンドで顔なじみになった心憎からぬ客に、ドライブに誘われた。おめかしして約束の場所で待っていると、相手は車でなく、馬のような図体のオートバイを運転してきた。店にガソリンを補給にくる時は、三つ揃にネクタイ締めて、どこの商社マンかとみまがうなりだったのに、オートバイの彼は消防団の半纏《はんてん》のようなジャンパーで、顔つきまでチャチなチンピラくさかった。けれども男というものが二輪車をあやつる時は、大抵こんな風にげびるのであろうと、ひとり合点して、のりこは後部座席にまたがったのだが、男は合図もなしに、いきなり猛スピードで発車した。

のりこが頭髪をさかだてて相手の胴にかじりつくと、男が何かしゃべっている。爆音が高くて、それに声が煙のように後ろに流れて聞きとれない。ようやくカケラをひろい集めてつなげてみると、男の殺し文句は、「今度ヨ、おれがヨ、ガソリン入れに行ったらヨ、内緒でタダにしろよナ」とこうだ。

「止めて」のりこは白けきって相手のももをつねった。しかし男は逆にいい気になって、ますますスピードをあげる。のりこは手をずらし男の股間のニンニク玉を鷲づかみにした。軽くひねったつもりだったが、相手はギャッと発して両手をバンザイした。オートバイがひき倒されたように傾き、ふたりは反動で別々の方向にふっとばされた。横倒しのオートバイが音もなく向うにすべっていくのを、のりこは見て、あと急に視野がぼやけた。

気がついたら病院のベッドであった。

事故の後始末がこじれた。オートバイの運転者は例の消防団ジャンパーの顔が地《じ》であって、加害者はのりこだと逆ネジくわせて居直った。のりこをおどして賠償金を巻きあげようという魂胆である。

義姉がみかねて、店の客の麻生に相談した。すると、たちまち話がついた。義姉はのりこに麻生さんのおかげよ、と恩に着せた。麻生は病院にひんぴんと見舞いにきた。

「あの人、くるたびドラ焼きを持ってくるのよ。内臓の病気じゃないから、好きなだけ食べられるだろうって。生花の方がどんなに嬉しいかしれないのに」

私は笑った。

「麻生さんらしいじゃないですか」

退院してみると義姉は麻生と同棲していた。アパートをひき払って麻生の部屋にころがりこんでいた。麻生は帰宅が不規則で、夜も遅い。姪が小学校にあがったので、学校がひけてからひとりぼっちにさせては、かわいそうだし不用心である。それで従来のようにのりこが、夕方以降の数時間、麻生の部屋に通って姪の面倒をみている。

「どうして姉さんはあなたを疑うんですか?」

「私の弱みを握って優位に立ちたいのよ。兄の件で私が瘤《こぶ》なものだから。麻生さんの部屋に私を通わせるのも、姪のお守《も》りは口実で、私たちが出きあがるのを期待しているんだわ」

　私は足を止め憤然として言い放った。

「ぼく、のりこさんが絶対、潔白であることを、お姉さんに演説します」

　のりこさんが快活に笑った。

「坊や、逆よ。逆の噂を告げ口するのよ」

「どうしてですか？」

「姉をきりきり苦しめてやるの。ね？　加勢してくれない？　私と麻生さんがいい仲だと、この目で、ふふ、現場を見た、と告げ口してくれない？　姉が歯ぎしりしながら、のたうつさまを見たいわ」

　のりこさんは、とてつもなく面白い遊びを発見したように乗り気だった。私は、なま返事した。「それにしても、……」気がついて相手を見た。

「のりこさんのお住いはばかに遠いんですね？　ずいぶん歩いていますす」

「わざと遠回りしているのよ。実際は今までの四分の一よ」

「なにか、理由があるのですか？」

「だってお話が終らないいじゃない」あっけらかんと答えた。

　ようやく到着した。のりこさんが部屋の鍵をあけると、麻生さんがくわえ煙草で、テレビの前から立ちあがってきた。目をまるくしている私に、「よお坊や」と、いつもの調子で微笑したのである。

　夕刻七時、配達の途次《とじ》、麻生さんの部屋に立ちよった。当然のりこさんがきているものと、期待して行ったのだった。ところが不在で、例の女の子がるす番していた。彼女は母親の鏡台をいたずらしていたらしく、頬紅をつけアイシャドーを塗り、唇には銀色に光る蘇芳《すおう》の紅をさしていた。私を見ると小猫のように走り寄ってきて、「ねえ、ちょっとここ掻《か》いて。虫にくわれたらしいの」スカートをたくしあげて太ももを露出した。

「自分の手があるでしょ」とそっぽを向くと、

「あっ、まっかになった。ジュンジョー、ウブ、オトメ」

「本当の名を教えなさい。嘘つきオトメ」

「るりちゃんだヨー」

「るり子？」

「ちゃんをつけてちょうだい。失礼よ」

「るりちゃん、お父さんはまだ帰らない？」

「パパじゃないわ。麻生さんよ。麻生さんはのりこ姉ちゃんとこ」

「え？　のりこさんは今日こなかったの、ここへ？」

「いつも、こないわ」

「じゃるりちゃんは夜ひとり？　お母さんがつとめに出たあと、ずっと？」

るり子がなまめかしく笑い、抱きついてきて、「浮気する？」とささやいた。

シンバルをたたいたような音がしてドアが開いたので、私たちは飛びあがった。血相を変えたるり子の母親がたたきにつっ立ち、肩で息している。私と知ると、あらわに落胆し、右手に握りしめた太い棒を表にほうり投げた。どこから捜してきたのか、それは錆びたスコップであった。

「この人が私にエッチなの」るり子が母親にかけ寄った。

「のりこは？」

「買物にでてる」

「煙草を買ってきておくれ」と小銭を渡した。「顔を洗ってから行くのよ。お化けにまちがえられるから」

るり子が外にでていくと、母親が台所から丼鉢を持ってきて、それを灰皿がわりに使って、私の目の前にしゃがんで喫煙しはじめた。

「ぼくは何もしていません。るりちゃんが突然しがみついてきたんです」

「あたしは抱きつきゃしないわよ」

「は？」

「なれなれしく呼んでもらいたくないわね」

「あの」

「あの子はレミ。まちがえないでちょうだい。しかしまあ、あたしもまんまとひっかかったもんだわ。あんたとレミの声が、ちょうどあの人とのりこの睦言《むつごと》のようでさ、よし現場をおさえたぞ、とはりきったのに」

「シャベルでなぐるつもりだったんですか」

「当り前よ」傲然《ごうぜん》と言い放った。

「こちらがやらなかったら、どんな風にやられるか、わかったもんじゃない。あんたが考えるほど、のりこはおしとやかじゃないのよ」

るり子の煙草をはさんでいる右手の人さし指と中指が、わじわじとふるえている。話しながら、わじわじの度あいが増してきた。

「ぼくは、見ました」

「何をさ」

「のりこさんが、あの、仲よくしている場をです。小遣い、くれますか?」

「与太いうんじゃないよ。どこでさ」

「ここです」

「ふたりは裸だったかい?」

「もちろんです」

これはゲームなんだ。そう思われてきた。

「いいかい。ふたりはセックスしていたんだね? のりこもあの人も裸で?」

一体この女は何を聞きたいのだろう。

「すっ裸だったかい、ふたりとも?」

「当り前じゃないですか」

るり子が煙草を丼におしつけると私を見すえた。

「坊や。嘘とたわごとも才能のうちでね、小遣いにする嘘なら、もっと磨きをかけなくっちゃ」

レミがひっそりと戻ってきた。急にるり子が威丈高にどなりだした。

「のりこが使いにでたなんて、お前まで見えすいた嘘をついて。のりこ、今日こなかったんだろ？　え？」

「いつもこないわ」レミが拳骨の甲を目に当てて泣きだした。


事件が、起こった。

ちょうど私の休日だった。遊ぶあてもないので床にもぐって本を読んでいると、麻生さんに電話で呼びだされた。すぐに駈けつけてほしい、とくり返し、坊やと呼ばず、せわしなく私の本名を連呼した。タクシーをとばした。

橋の手前で降り、運河ぞいに歩いていると、民家の裏口の、ヨシズや花ゴザなど夏の残骸を立てかけた蔭に、レミがしゃがんでいるのを見つけた。オシッコをしているのか、と立ちどまったら、そうじゃなく、四、五軒向うの製材工場主の住宅を眺めている。工場の上のゲタバキ住宅ゆえ、そこだけ屋根がぬきんでて高く、しかも更に伝書鳩の小屋がつきでていて、数羽が盛んに出入りしている。レミは鳩の活動をながめていたのである。

「あの中で、パパとママはどれ？」と鳩のことを聞いた。

「帰ろう」レミの手を取って、血だらけなのに驚いた。「のりこ姉ちゃんを切った」とこともなげに答えた。

「なんで切った？」理由を聞いたつもりだったが、「あのね、刀で」とレミが答えた。

事件は、つまりこれだったのだ。

再度うながすと、「叱られるから、いや」と後じさりした。

「大丈夫。とりなしてあげる」わざと明るい口調でたずねた。「どうしてのりこ姉さんを傷つけたの？　大好きなはずでしょ」

「夜ひとりぼっちにするから」

「あ？」と立ちどまった。のりこさんじゃない、君のママが無責任なんじゃないか、判断を誤まっちゃこまる、と舌打ちしかけたが、相手は小学二年生なのである。

路地から、麻生さんが現れた。息せききっている。私など眼中になく、レミの肩を両手でつかんで、前後にゆさぶった。

「短刀。短刀はどこへやった？」

頭をガクガクさせながらレミが答えた。

「す、て、た」

「どこに？」

「ム、コ、ウ」

「案内しろ」

今きた道を戻るのである。

「のりこさんのケガは別状ありませんか？」

「どんな風に、この子から聞いた？」ふだん見たこともないこわい顔で、麻生さんが詰問した。

「いえ、ただ、切ったと」

「まったく、なっちゃいねえよ。ガキの分際でよ」これまた聞いた覚えのない汚ならしい言葉遣いだった。

橋のきわに石段があり、水ぎわに降りられる。水位標の目盛りを調べるための段々らしい。レミがそこから水面を指さした。

「坊や、泳げるか？」麻生さんが私を見た。

「はい」

「泳げて、もぐれるか？」

「中学時代、もぐりの競争で大関でした」

「ありがたい。むきだしの刃物だから、光っていてすぐわかるだろう。レミ、もう一度指さしてみい？」

私は靴をぬぎ上着をとった。さすがに晩秋の候、パンツ一枚になると、川風が針を含んでいるのが感じられた。軽く準備体操をし、岸に打ちこまれた水位標に抱きつくようにして、少しずつ水に体を沈めた。水につかっていない肌の表面に、わっと鳥肌がたった。

水は濁って石油くさい。首までつかって、息をととのえた。羽虫の群が、きらきらと水面をすべってきて、首にとりついたと思ったら、オガクズだった。

深呼吸をくり返し、麻生さんに目で合図を送って、一気にもぐった。水は、ほとんど流れていない。案外に浅くて、じき足が底に着いた。とたんにヘドロが黒煙のようにまきあがって、何も見えなくなった。ぬるぬるの水位標を片手でつかんで、足先で底をさぐった。瀬戸のかけらが素足にふれた。さがしものが刃物であることを思いだした。うかつに、かきまわせない。息苦しくなってきた。濁っている分、息の詰まるのが早い。出直そう。浮上して、改めて呼吸する。麻生さんがのぞきこんでいる。手を振ると、相手もふった。

今度は頭から潜水した。恐る恐る目をあけて、底をうかがう。夜のゴミ捨て場のようだ。つい鼻の先に、銀紙細工の平べったい物が横たわっている。白木《しらき》の柄《え》の短刀である。ひろいあげて、一瞬、玩具かと錯覚した。浮きあがり、右手にかざして麻生さんに示した。

麻生さんが急にうろたえて、あたりを見回している。水中ではどうという感触もなかったが、水がしたたる短刀はけっこう持ちおもりがして、確かに凶器という貫禄であった。

麻生さんが階段を降りてきて受けとると、刀身をズボンの腰に当てて拭い、ハンカチにくるんだ。更にジャンパーを脱いで包みこんだ。

「つめたかったろう。ありがとう。さあ、戻ってあたたかいものでも飲もう」

私はぬれたパンツのままズボンをはいた。

「しぼらないのか。横着だな。風邪をひくぞ。向うをむいてやるから、しぼれ」

「構わないんです」

「だいいち気色悪いだろう。レミも向うを見ろ」

しかしレミは好奇のまなざしで私の裸を見つめている。結局、私は我《が》を通してしまった。

「のりこさんのケガはどんな塩梅《あんばい》なのですか?」駄賃がわりに甘えて聞いたのだったが、麻生さんはこわい顔して唇に指を当てた。

私たちはおし黙って麻生さんの部屋に戻った。

のりこさんは台所でカレーをこしらえていた。ケガした様子もない。いつもの快活なのりこさんだ。心配しなくてよい、とレミを慰め、短刀の無事を喜び、私の手柄を過分の言葉でたたえてくれた。

「みんなで夕ごはんをいただきましょう。ね? 本当いうと今日は私の誕生日なの。芳紀二十二歳」

「おめでとうございます」

「ぬれネズミのお相伴《しょうばん》ではおちつかないわ。銭湯でひと風呂あびてこない？」

「麻生さんもご一緒にいかがですか？」と私は誘った。

麻生さんは短刀の刃をボロきれでぬぐっていて、ふりむきもしないのである。

「この人は風呂ぎらいなのよ」のりこさんがとりなした。「かわりにレミちゃんお供して。ただしレミちゃんは女湯に入るのよ。この間みたいに咎められるからね」

のりこさんが麻生さんの着がえを一式貸してくれた。

私とレミは橋向うの銭湯に歩いていった。

「あんたのお尻、ぬれネズミ」と後ろからレミがはやした。

「嘘つき少女。のりこさんを切った、なんて大嘘ついて」

「うそじゃないわ。背中を、すう、と切ったのよ」

「あの短刀で？」

そういえばレミの右手が血だらけだったのを思いだした。

「どうして切ったのさ？」

「のりこ姉ちゃん、裸だったから」

「はだか？」

「あのさ、麻生さんの背中、こわいよ。知ってる？」

「どういうことさ」

「おばけ。あたし見た。お化けを退治するつもりだったの。麻生さんも、自分の背中に、お化けがいるなんて、きっと知らないのよ」

「麻生さんじゃなくパパでしょ？」

「ううん、麻生さん」

「お化けが麻生さんなのに、どうしてのりこ姉さんを切ってしまったのさ」

「切ってみたら、のりこ姉さんの背中だったのよ」

「なんだか、わけがわからないよ」

「ねえ、あの鳩さあ、どれがママで、どれがパパなの？」

立ちどまって伝書鳩の小屋に目をやった。夕ぐれて鳩が巣に戻ったらしく、数十羽がせわしなく首を上下させながら、餌をついばんでいる。「のりこさんの裸か」とつぶやくと、レミが、「あんたってトロイ人ねえ」と軽蔑したように言った。

「証拠を、ね、見せてあげようか？」ニヤニヤ笑いをうかべた。

「証拠だって？」

「たぶん、見えると思うよ、うん」

「どこにあるんだ？」

「戻って。ねえ、百円ちょうだい」

「戻るって、部屋へかい？」

「百円。ただじゃ、いや」

「がめつい奴」だいぶ前だったが、そんな言葉がはやった。

急速に暮れた。家々に灯がともった。レミが麻生さんのアパートの裏にまわった。コンクリートの築堤によじ登った。「危ないよ」堤防といっても、ぶ厚い塀のようなものにすぎない。しかしレミはその狭い塀の上を、水平にあげた両手でバランスをとりながら、上手に歩いていく。仕方なく私も続いた。レミがふり返って指さす。

黄色い光が四角にもれているそこは、麻生さん宅の部屋の窓である。レミが手まねでうながした。私はこごんで体を隠し、顔半分を窓の下から出してのぞきこんだ。ひびふさぎの絆創膏の合間から、台所と座敷が見通せた。見なれている部屋の逆方向からのぞくせいか、全くよその家の部屋に見えた。

裸の男女が組みあっていたが、彼らが麻生さんとのりこさんだと判別するまで、時間がかかった。まるで初めて見る人間のように思えたのである。ふたりは座った形で抱きあい、静かに動いていた。こちらに背を向けているのはのりこさんで、彼女の肩の上に麻生さんの顔があった。のりこさんの白い背に、十センチばかりの長さのガーゼが貼られ、絆創膏で矢来の形にとめられている。遠見に、大きな蜘蛛がはりついているように見える。麻生さんの指がその蜘蛛を撫でさすっている。のりこさんの背が時折、大ぶりに痙攣《けいれん》する。吐き気がこみあげてきた。ひき返し、堤防を降り、三、四軒行って、道ばたにつくばった。ゆさぶられるような身ぶるいがきた。胆汁を吐いた。がっしがっしと自分のでないような声がでる。

いつのまにかレミがおぶさるようにして私の背をさすっていた。

「ありがとう」とやっと普通の声がでた。

「お金かえすわ」レミがさしだした。「悪いことしたみたいだもの」

「いい。あげる」

足はふらつくが、なんとか歩ける。涙がにじんで大泣きしたあとみたいだ。寒けは去ったが、今度は熱っぽい。風邪かもしれない。ひと風呂あびたら、寄らずに帰ろう。麻生さんたちの顔が、まともに見られない気がした。レミと男湯女湯、それぞれに別れた。浴後の待ちあわせ時間をレミが聞いたが、あいまいににごした。

湯舟には六人の男衆が、一列になって雁首だけ出している。浴槽の縁《ふち》に、いずれもアゴをのせて目をつぶっているので、獄門台の首のようだ。六人とも苦しげな表情なので、よけいそう見える。私は脇へまわり、彼らの背後に、彼らの方を向いて身を沈めた。肩までつかったとき、目の前にオガクズが油のように浮いた。かなり熱い。波の静まった湯面を見わたすと、あっちにもこっちにも、オガクズが群《む》れになって浮いている。製材工場の従業員が利用するせいだろう。それにこの辺一帯は、木場で働く人が多い。私の体についた粉だけでないので安心した。

「ひえものでござい。ごめんなすって」古風な挨拶をしながら老人が割りこんできた。とたんに獄門首の衆が、いっせいに湯をはね散らして立ちあがった。

鯉が、——緋鯉や真鯉が躍りあがったか、と目をみはったのである。彫りものであった。六人の背から尻たぶらにかけて、坂田の金時と山姥《うば》、風神雷神、親子獅子、浪切り不動、『水滸伝』の忠義者、浪子燕青《ろうしえんせい》や、それにまさしく逆浪に鯉の図柄もある。刺青に熱い湯はしみるゆえ、彼らは我慢の表情をしていたわけである。いなせ、とうたわれる木場筏《いかだ》職人の、いわゆる川並《かわなみ》たちであろう。顔の長い山姥の目玉が、しずくで光った。

「麻生さんの背中こわいよ」とレミが告げた。「おばけだよ。麻生さんも自分の背中にお化けがいるなんて知らないいんじゃない？」

お化け？

もしかしたらレミの指摘したのは、刺青でなかったか。麻生さんが刺青？　思い当る節《ふし》がないでもない。暑い最中《さなか》にも、麻生さんは長袖を着ていた。短刀を捜す時も、裸になろうとしなかった。私は麻生さんに命じられたのが嬉しくて夢中であったけれども、麻生さんは泳げないのだろうか、とあの時ちら、と疑問に感じたのも事実だ。まさか麻生さんともあろう人が泳げないはずがない、とあわてて打ち消したのだが。

湯当りしたように頭が混濁してきた。刺青を施している麻生さんは、私が抱いている麻生さん像とは、全く相いれないのである。

彫り物をいれた人、すなわちヤクザ、ときめつけられないのは、下町で生活している私にはわかる。川並もそうだが、魚河岸で働く若い衆も、気前で入れている。

麻生さんの場合、やけっぱちでいたずらしたのではあるまいか。学生時代に浅慮に走った、とは考えられない。だが、しかし、あの短刀。あれは堅気《かたぎ》の人間が所持する代物ではない。

　改めてあれやこれを子細に検討してみると、私は麻生さんという人物を、何ひとつ知っちゃいないのに気づくのである。本名さえ知らない。ばかな話だが、私は麻生さんが読む本を逐一《ちくいち》知っていたから、麻生さんのすべてを知っているような気がしていたのだ。手前勝手にイメージをでっちあげて、悦にいっていただけなのである。わがことながら、これは愕然とするひとりよがりであった。

　いっぺんに疲れがでた。麻生さんの部屋へ戻る理由はこれっぽちもないような気がしたし、事実ないのである。銭湯を出ると、反対方向へ歩きだした。どこかで外し忘れたらしい風鈴が鳴っていた。

「待って」と呼びとめられた。

　のりこさんが片足をひきずりながら走ってくるのだった。

「やっぱりだったわ」大息をつきながら口をとがらせた。

「レミが帰ってきて、あなたと湯屋を出る時間をきめなかった、と言うものだから、ピンときたの。こっそり帰るつもりだなって。水くさいじゃない。私の誕生日を祝ってくれないなんて」

「すみません。寒けがするものですから」

「ごめんね。あの人、気が動転しているものだから、そっけなくて。決してあなたを邪慳にしたつもりはないのよ。短刀のゆくえが気がかりで半狂乱だったの」

顔がほてって、まともにのりこさんを見られないのである。

「ね、今度、改めて、一緒に乾杯しましょう？　私、誕生日をのばす。だれに迷惑がかかるわけでないし、年は先へいってとりたいわ。お呼びするから、きっときて下さるわね？」

のりこさんが私の肩に手を置いて小腰をかがめ、接吻するように顔を近づけてきた。私の目をのぞきこんだのである。ほんのりと、しかし一瞬きつく、仁丹の香りがただよった。いつぞやの、のりこさんの懐旧談がよみがえった。忍んできたバーのオーナーの所作である。あたかも自分があの時のオーナーであるかのように、うろたえてしまった。

十月から十一月なかばにかけては、古本屋のもっとも忙しい季節である。麻生さんに無沙汰を重ねたのは、仕事にかまけたせいもあるが、ご本人が近頃とんと現れないので、要は忘れていたのだった。のりこさんからも誕生パーティの沙汰がない。そういえばどうしたろうと思いだした折も折、「麻生ですが」と電話をかけてきたのは、なんだ、るり子である。

すぐきてほしいという要請だったが、渋ると、実は本を整理するという用件だった。それなら断わるわけにはいかない。自転車でかけつけると、麻生さんの部屋は、こはいかに、もののみごとにきれいさっぱり。

畳だけのがらんどうに、るり子が片膝たてただらしない座り方で、画鋲《がびょう》の罐《かん》を灰皿にして煙草を吸っている。スカートの奥から毛糸の三分パンツがのぞいている。私の視線にも動じないのである。

「ひっこしですか？」

「逃げたんだよ」音たてて煙を吐きだした。「あんた、しらばくれているんじゃない？ あの人とのりこのかけおち。そういえば、いつか二人が裸で抱きあっているのを見た、とあんた、まくしたててたね？ すっ裸で、ふたりとも、いたと？」

「いえ」そらとぼけた。

「違います。のりこさんも麻生さんも裸じゃありません。洋服をつけていました」

「そうだろう。あの人が裸になるわけがないもの」

「なぜですか？」

「なぜでもさ。あたしにも決して裸を見せない用心深い男だったからね。だから、あんたの話をデタラメ、と即座に見破ったのさ。のりこに見せるはずがないよ。そこまで深くないよ。本当に知らない？ ふたりのゆくえ？」

五反田の、あのアパートだ。

「知りません」そっぽを向いた。

壁にクレヨン画が一枚、画鋲三個で止めてあった。私はそれを見ていた。レミの作品だろう。赤一色で鳥が三羽、描かれていた。

「レミちゃんも一緒ですか？」

「なら、かわいげがあるけど、レミが盲腸で入院しているのを良い潮に、この始末だよ。かわいそうに」

「のりこさんはレミちゃんのお守《も》りに疲れたのじゃないでしょうか？」

「母親だもの当然のつとめじゃないか」

「のりこさんが？」

「姉のあたしにも、あの子の了見がさっぱりつかめないよ。頭の良い子だったのに、急にぐれだして」

「レミちゃんは、のりこさんの、あの、お子なんですか？」

「中学二年の時だよ。世間体があるからあたしの子にしたのさ」

「父親はどなたなんです？」

「子供を生んで妹は変っちまったんだよ。ことごとに私に当るようになってさ。あたしが結婚すると亭主に必ずチョッカイを出す。シャベルでなぐってやりたくもなるじゃないか。煮え湯を飲まされるのは、これで四度めだよ。まったく。こんなハレンチをくり返していたら、今にバヂバヂさまにお目玉くらうよ」

「バヂバヂさまってだれですか？」

「バヂバヂさまはバヂバヂさまだよ。バチの神さまだよ」

台所の板の間にダンボール箱が三個積みあげてあり、箱の周囲に本が四、五冊こぼれていた。

「どうして麻生さんは本だけ残していったんです？」

「本だけじゃない。道具は道具屋を呼んであたしが売り払ったのさ。部屋をあけ渡さなくちゃならないからね。色よく踏んでおくれよ」

「本は麻生さんの大事な宝ですから、勝手に処分してはまずいんじゃないですか」

「何を寝ぼけたことを言うのさ。あれは、のりこの持ち物だよ」

「そんなはずありません。私の店で麻生さんが直接求めたものです」

「のりこの歓心を得るため、みやげに買ったのさ。のりこは文学少女だったからね」

「文学少女？」

テーブルの上に広げられた書きかけの原稿。

「あんたもまんまと丸めこまれたのさ。のりこの嘘はきわめつきだからね」

箱の中身はすべて私には見覚えがあった。るり子も私のそばにいざってきて箱をかきまわし始めた。「へそくりが、まぎれこんでいるかもしれないじゃないか」といやがらせを言った。

それより、「麻生さんって、本当に本を読まない人だったのですか？」私はなんだか惘然《ぼうぜん》としてしまった。

「変人だからね、刃物さえながめていればご機嫌なのさ」

「日雇いをしていたのも、嘘ですか」

「働くという観念が天からなかったからね。与太者の典型だよ」

「仲間の人には好かれていました。親分肌で」

「エサをまく人間は馬鹿でも親分さ。エサを女に算段させていい気な毎日さね。学生時代がよくなかったんだね。毎日毎日デモに参加してもみあったりして、勉強するどころじゃなかったそうだから、まあ時代があの人をねじまげたんだろうよ」

私の頭の奥でスピーカーががなっている。私は、くらくらした。なんだろう、自分は麻生さんという架空の書物を、勝手に作りあげていたようだ。自分が読みたいと欲する書物を。その一方、麻生さんに読まれたい書物を、自分は装っていたような気がする。

私は古本屋なものだから、四六時中、書物に囲まれた生活をしているものだから、すべての物事を書物に置きかえて判断していた節がある。読んだ、読まれたの視線の位置を、人間の関係にまで応用していたらしい。私は麻生さんを読んでいたつもりが、その本はなかったし、読まれていたつもりだったが、実は読まれていなかったのだ。

「この本……?」るり子が手をのばした。

例の『催眠術入門』である。

「どうして、これが、こんな所に?」

「ぼくが麻生さんに進呈したんです」

「あんた、どこから手に入れたの?」

「ひろったんです。銀座四丁目で」

「これ、のりこの本だよ」

　まさか？

「まちがいない。ここにある靴跡は、あたしが踏んづけた跡だもの」

「銀座で落したんですか」

「そうじゃない。あたしがゴミ捨て場に捨てたんだよ」

「だれがそれをひろって、銀座で落したんです？」

「聞きたいのはこっちだよ」

「別物じゃないですか。この本はベストセラーでざらにある本だし、靴跡だって、ほら、なん種類もの形だし。これ、明らかにお宅のおっしゃる本とは別ですよ。仮にそうだったとしても、のりこさんが気づかぬはずないでしょう」

「しかし」となお釈然としない様子である。

「あたしの前の亭主とのりこができちまって」と言いだした。「のりこのアパートにおしかけたら、部屋中、本だらけでさ。それが全部、催眠術と呪術の本」

「文学書でなくて？」

「あの子はあたしの男が替るたび、読む本が変るんだよ。あたしの店で薬用酒を味見していた客が、急にどなりだしてね。気がたったオーナーが客と殴りあいして警察に連れていかれた。オーナーが虎の子にしていた薬用酒だったからね。あとでその酒をあたしがひとくち利《き》き酒したら、なんかこう、頭の芯にホッチキスを打ちこまれたみたいになった。のりこはその時、毒薬に関する本ばかり集めて読んでいた」

あの、のりこさんが？

「あの子はあたしを亡き者にしようとはかったんだよ。あの手この手でね。あたしに催眠術をかけてドブ川にはめようとした。百円玉が落ちていた、と言って、こう右手にかざして見せるのさ。その百円玉を見たとたんに、あたしはクラクラと目まいがして、よろけて川に落ちそうになった」

まさか？

「案の定のりこの部屋は催眠術の本だらけさ」

「どうして」息づまる思いで私はたずねた。「のりこさんは、あなたをそのように憎むんです」

「子供の時、あたしがあの子の右足をケガさせたからね。わざとやったことじゃない。でも、――」るり子が言いよどんだ。

「あの子が、私の二番めの亭主におそわれたとき、逃げられなかった。足のせいで。あたしを恨むのはそのせいさ。中学生の、多感な年だもの。反対をおしきってレミを生んだのも、あたしへの面当《つら》てさ。あたしが生まずめなのを妹は知っていたから。それと子供をダシにして、あたしを一生苦しめる魂胆だったのさ」

久しぶりに節子と会った。私が手紙を書いて呼びだしたのである。「嫌われたかと思った」長い間の音信不通を、節子は冗談めかして難じた。私はあいまいに笑った。

どちらが言いだすともなく私たちの足は日比谷公園に向った。デモのとき以来だった。園内の木々はすっかり落葉して見通しよく、人ばかり目だっておちつかない。お濠に急きょ変更した。エサ売りのおばさんは見えない。濠の水は淀んで初冬の色ざしである。水際にしゃがんで何度も拍手したが、一匹も寄ってこない。

「あの鯉、おばさんが連れていったのじゃないかしら」節子が子供っぽいことを言った。私自身は時の流れを感じていたが、節子には言わなかった。

私たちは銀座にあと戻りした。四丁目の交叉点を渡りながら私は立ちどまって、あの辺で本をひろったことがある、と指さした。

「高い本?」と節子は値段のことを言った。かぶりをふると、「なんの本?」と続けて聞いた。「つまらない本さ」と私は答えた。

並んで歩いていても、いつのまにか節子の方が遅れがちになる。私は隣りの節子に話しかけているつもりなのに、気がつくと節子は三、四歩うしろを歩いているのだった。ほんのちょっぴり右足を引きずっていたのである。

「ごめんね」私は立ちどまって待った。

「気にしないで。それより、そのひろった本、どうしちゃったの?」とまだこだわっていた。

「捨てちゃった」

「あんたらしくもないわね」

私に並びながら突然、節子が嘆声をあげた。

「あんた、ずいぶん背が高くなったわね」

「そうかな」

「声も太くなったし」私を見あげた。

私は背広の内ポケットから煙草を一本ぬきだした。くわえ煙草で歩きだした。


（『無明の蝶』講談社、一九九〇年、所収）

饅頭そうだ

古本屋用語で「饅頭本《まんじゆう》」と称するものがある。饅頭屋本ではない。あれは室町のすえ「塩瀬」の祖、饅頭屋宗二が刊行した史記や論語の類をいうのであって、これは今はもう下火の習俗かもしれない、会葬者への心付けの、いわゆる葬式饅頭に来由している。

私が子供の時分、饅頭は飛切りの馳走であったから、これがふるまわれる人の不幸が楽しみでならなかった。こんな歌を歌った。

「ソーダ村の村長さんがソーダ飲んで死んだそうだ。葬式りっぱにやったそうだ。葬式饅頭でっかいそうだ」

あるとき親父が持ち帰った饅頭の嵩《かさ》が、すこぶる貧弱なので不平を鳴らすと、「そんなことを言うものではない」とたしなめられた。葬式饅頭はばかでかいものとばかり決めていたのである。

饅頭がわりに、故人の遺稿集や追悼文集を配った。概して立派な装丁の、ぶ厚い菊判の本が多い。あたかも特大の葬式饅頭を思わせるので、それで饅頭本と称するのではないかと思う。

昭和十三年に製作された『澄子』という本は、甘露寺方房夫人岩崎澄子の追慕文集で、姉の沢田美喜（のちのエリザベスサンダースホーム創立者）が編んだものであるが、この本の表紙は故人愛用の豪奢な晴れ着と半襟を貼りつけたものだった。米国の万博に出品された程の出来栄えであるが、さすが財閥のお嬢さまにふさわしい手間をかけた見事な冊子である。


悪友五人と金をだしあって「秘密の部屋」を借り、そこに古本屋の均一台から仕入れた「百円文庫」を設置したが（十年前の話である）文庫のあらましを占めたのが饅頭本であった。大体、古本屋の均一本というとこれが多いのである。値段に比して押し出しがいいので結構売れる。古本屋の場合、内容は二の次で、見た目のよさで売れる本もあるのだ。それと、饅頭本にはひそかな愛好者がいる。

むかし私が古本屋の小僧をつとめていたとき、連日のように均一棚をあさっていく老人がいた。老人は年季の入った古書収集家で、自宅には大層な書庫があり、大方の限定本や稀覯本が揃っていた。その老人が述懐した。「古本集めの窮極は雑本ですよ」。金に飽かせての趣味は本道でない。たとえば切手収集の妙味は、竜や桜などという高価なものになく、赤二とか乃木さんと呼ばれる駄物切手にある。着物道楽のとどのつまりはユカタだそうではないか。食通の本音は、深夜の台所で立ったままかきこむ、一杯の茶漬と聞く。古本の楽しみは雑本のさいはて均一本にある。しかもその均一本のなかでも、見知らぬ人の饅頭本にまさる面白さはない、と老人は説くのである。有名人の作物でなく、無名人の生涯を読むのが読書の醍醐味ではなかろうか。

果してそうだろうか。「百円文庫」の饅頭本は実は私が集めたものであった。この際、饅頭本なるものを、アトランダムに読破してみようと考えたのである。私は古本屋だが、売る立場でなく、一読書人として検証してみようと考えたのである。かねがねこの手の本は、一体誰が読むのだろうと大きな疑問であった。売れる、といっても面白がって買う客がすべてとは思えない（有名人のそれはこの際措《お》く）。

故人の知り合いは、それはまあ読むかもしれない。追悼文を寄せた筆者もむろん目を通すであろう。身内はいわずもがな第一番の読者にまちがいない。あと、誰が読むのか？

悪友五人の中に鈴木正というのがいて、彼が、「いやあまいったよ。いつのまにかおれの追悼集がでてやがるんだ」と、落語の「死んでいるのは確かにオレだが、抱いているオレは誰だろう」式の風変りを言うので、聞くと、『鈴木正さんは鳥になった』という表題の小冊子が古本屋の均一台で目についたので、手に取ってみると、自分の追悼集だというのだった。「お前の姓は日本一多いそうだから無理もない」と皆で大笑いしたけれど、彼のように同姓同名の人間が、好奇にかられて一読するケースも考えられるかもしれぬ。他にどういう人が読むだろう？

私が通読した遺稿集、追悼集は次のようなものである（すべて私家版）。
○わくらば集　昭和十三年
東京市深川明治小学校教諭小池てる遺稿。歌集である。
○桜井政隆遺稿　昭和九年
この人は明治十二年新潟に生れ、東京帝大をいわゆる銀時計で卒業、大学院在学中、編集していた『帝国文学』掲載、「斎藤野の人」（高山樗牛の実弟）の一文により発禁処分を受け、教授会から論旨退学させられた。のち学習院教授、及び八高教授を歴任した。昭和八年死去。「詩人デエメル及其の前後」「ホフマンスタアル論」「シルレルの冥想詩」「シエールバルトの有情滑稽」他を収録。
○故山崎正明の俤　昭和十三年
山崎熊雄編。中村宏、児玉善三郎ら執筆。正明は明治四十三年生れ。画家。独立展出品。二十八歳にて夭逝。この本はカラー図版六頁。モノクロ図版二一頁。本文六〇頁。
○二宮健策君遺稿集　昭和三十六年
大正三年群馬県渋川の生れ。東京帝大にて矢内原忠雄の聖書研究会に入会。広島で原爆死した。享年三十二歳。本書は七五頁。「ヨブ記講話」「信仰断想」等を収録。
○山崎俊英遺稿　昭和十三年
金子大栄の甥。大谷大学に学んだ。三十歳にて夭《よう》す。「コーエンの論理学に於ける純粋認識の概念」他を収録。

○我等の知れるスペリー博士
発電機、電気自動車、ジャイロコンパス、探照灯の発明者である。長岡半太郎、本多光太郎らが追想文を寄せている。四八〇頁、三方金、背革装という豪華体裁。
○伊藤さんの俤　昭和三十一年
海軍技術官として方向探知機を発明、また海軍技術史編纂に尽した伊藤庸二博士の追悼集。五六〇頁。

いずれも私が初めて聞く人々であったが、意外だったのは内容において、かなりの著名人の名に出くわしたことであった。以上の諸書にも散見するが、『高橋克己伝』という大正十一年にビタミンAの分離抽出に成功し、理研ビタミンA剤をこしらえた人の伝記は、この三年後に僅か三十二歳で夭した秀才を惜しみ、作家保田與重郎が序文を書いているし、『宰平遺績』（大正十五年刊）という維新前後の住友に、六代五十七年間にわたって仕えた広瀬宰平の事蹟をあらわした本には、同志社大学総長の海老名弾正が「翁の友情を追想して」という一文を草しているのである。
昭和五十年に丸岡秀子編集私家版で発刊された『井田孝平・井田麟一』という本には、思いがけぬ人が登場する。すなわち孝平は明治十年浅草に生れ、東京外国語大露西亜語科で二葉亭四迷に教えをうけ生涯の知遇を得た。満鉄調査部を経てロシアに留学、哈爾浜《ハルビン》学院を創立した。この人にはロシア文学の翻訳がある。麟一は孝平の長子である。

四谷の原口家に預けられ早稲田大学に入学した。昭和七年日本共産党に入党、投獄される。昭和十一年二十七歳で亡くなった。原口家というのは、終戦直後、入水自殺した一高生、『二十歳のエチュード』の原口統三の実家である。

追悼集の面白さは、ひとつに、人と人とのつながりの意外さにあるかもしれない。

『夫妻海を隔てて』という昭和十九年刊、菊判六五頁の小冊子を読んでいた時だった。

この本は戦時に亡くなった妻を偲んで、青木得三氏が上梓したものである。私がこの本を求めたのは前書きの次の文章にそそられたからだった。

「私は彼女が大東亜戦争の為に斃れたのであると考へ、何等国家から追賞せられることはなくとも、日本婦人として誠に立派な最後であつたと確信して居る。」

彼女は別に国家に寄与する仕事を果して倒れたわけではなかった。平凡な一主婦であったが、発病してじき亡くなったのである。つまり得三氏の序文は、時の国家に対して皮肉をきかせたものと私は受けとったのだった。

戦時中の厳しい言論統制に、ひそかな抵抗を示したものがもしあるとすれば、それは無名人の追悼集、または遺稿集ではないかと、つねづね私は考えていたのである。死者の記した文章ということで、また僅少の発行部数であるがゆえに、検閲当事者も見逃していなかったろうか。私はずいぶん前から戦時中の饅頭本に留意した。この本を確保したのもそういう魂胆からだった。

しかし内容は嘉世子夫人が大正七年九月より十二月まであらわした日記を収録したも

のであった。当り前の日常事を、ごく当り前につづったにすぎない。案に相違したわけである。

むしろ私がギョッとしたのは、日記の一節であった。

「十一月二五日　月曜日　朝の内ふとんの綿入をなす。午後南八さん来らる。夕方かへらる。」

南八、という名前に覚えがあったのだ。井伏鱒二氏の大学時代の親友青木南八である（井伏氏の年譜によれば大正八年親交を結んだとある）。彼は井伏文学の「師」の如き存在で、井伏氏は夭折したこの友人を甚《いた》く崇敬した（大正十一年五月没）。『青木南八遺稿』という稀覯中の稀覯本がある。

その南八が思いがけぬことにこの小冊子に顔を出したのである。にわかにこれはただの饅頭本でなくなってしまった。同姓同名の別人であるとは考えなかった。後日、綿密な調査を試みなければならぬと、私はその本を虎の子にした。推測通り井伏氏の亡友であるなら、もしか高く売れるかもしれぬと、古本屋の商人根性で算盤はじいたのである。

饅頭本の熱心な読者は、まず古本屋なのかもしれなかった。

『鈴木正さんは鳥になった』という本を、私は鈴木正に読んでみたかとたずねた。

「読んだ」

「面白かったか?」

「面白くなかった」

この問答はいささか不謹慎だが、しかし本というものは追悼集であれなんであれ結局のところ、面白いか面白くないかに尽きてしまうのである。私はその本を読んでみた。孔版二四頁の、世にもお粗末な追悼集である。奥付がなかった。孔版も素人が暇をみつけて手がけたものらしく、汚なく読みづらい。鈴木正という人はこういう人であった。

町の外れのシンノ池は、昔は湧水の清冽な人々の憩いの場所であった。それがいつの頃からかゴミ溜めと化し、池の面影が消えてしまった。鈴木正は日傭《ひよう》取りであったが、仕事が終るとひとり黙々とこの巨大なゴミの山を片づけはじめた。彼を見た人々の誰もが、酔狂な奴がいるものといぶかった。彼を馬鹿にする者もむろんいた。金稼ぎの一種かと推察する手合いもいた。彼の目的が皆目わからなかったのである。いじわるする輩もいて、彼が拾っている傍にわざわざトラック一台分の汚物を放棄した。鈴木正はしかし文句もいわず、雨降り風間《かざま》、ひたすら孜孜《しし》とつとめた。やがて本来のシンノ池が現前した。やがて満々と水をたたえて池としてよみがえった。さまざまな野鳥が集まってきた。風景が一変した。町はこの池周辺を風致地区に指定し、遊歩道や柵をこしらえて公園風に整備した。子供たちは大喜びで野鳥を観察したり、浅瀬で水遊びを楽しんだ。足でさぐるとアメ色のかわいらしいシジミも取れた。

その中の子供がふと親に聞いたというのである。

「ここでゴミひろいをしていたおじさんはどこへ行ったの？」

「鳥になったのよ。ほらあの鳥に」とお母さんが指さした。

鈴木正は三畳間の破れ畳で、誰にも見とられずひっそりと病死した。寒中、水につかってゴミ拾いをしたために体を痛めたのである。枕もとに一冊の安直な野鳥図鑑が開かれてあった。

鈴木正というのは実は本名かどうかわからない。年齢もはっきりしない。どこで生れてどう育ったのか一切わからない。身元が全く不明なのである。

人との交際がなかった。酒も煙草もやらなかった。日雇いで得た金は、シンノ池のゴミ処理にすべてつぎこまれた。ゴミを捨てるのに金を取られたからこそ、町民の誰彼が闇に乗じてシンノ池に不法投棄していたわけである。冷麦が好物だったのか、あるいは主食であったのか台所に干麺が二百把も残されてあった。冬だというのに蚊やり香をともしていた。

この追悼集は、「鳥になったのよ」と子供に答えたお母さんが音頭をとって、十七人の子供たちに「ゴミ拾いのおじさん」の姿を、詩や作文に書かせて、それを一冊にまとめたものであった。

「ごみをすてていけません。ことりさんはなきました。ごみをすてないでください。ことりさんにわらわれます。ごみをのぞいたらことりさんのおうちでした。はやくきがついてよかった。おうちがよごれていやでした。たくさんのことりさんがないていますが、

いまうれしくてないているのです。たのしくてないているのです。」（きくちともこ）
「ごみひろいのおじさんはきたないと忠男くんがいった。きたない事をしているからきたないといった。おじさんはきたないかっこをしていたし、みんながきたないというし、おとなもいうので、ぼくもそうだと思った。ごみは人間のかすだ。だからすてる。それをひろうのだからきたないと忠男くんがいった。だけどひろうのがきたないなら、すてるのもきたないと思う。そういうと忠男くんがばかだなあおまえといった。みすずおばさんに話すとははとわらわれた。おじさんがしんで、ごみひろいのおじさんはえらい人だと先生がいわれた。みすずおばさんもそういった。ごみはきたないけどひろうのはきれいさと忠男くんがいった。すてるのもきれいということ？　というと忠男くんは、ううといった。」（小堀正史）

　発行人の名義もない、この小さくて貧相な葬式饅頭は誰に配られたのだろうか。誰に食わせようと作られたのか。無責任な大人か、ぬけめのない町当局者か。

　饅頭本の読者というのは、もしかすると人間だけではないのかもしれないのである。

（『古書法楽』新泉社、一九九〇年、所収）

送り火ちらほら

考えごとにふけりつつ歩いてきたものだから、腰高障子をあけたとたん、目の前の上がりがまちに、十二、三歳の少年が腰かけて本を読んでいるのを見つけた時、てっきり他家に踏みこんだか、と泡くった。

とびのいて詫びを述べる黒兵衛に、

「何を世迷いごとを言ってるんだね。お前さん暑気あたりしたんじゃあるまいね」

奥から出てきたのは女房のえつで、いたずらっぽく小鼻にシワをよせて笑った。

「なんだ。ああ肝をつぶした。どういう狂言だい？」

少年が立ちあがって黒兵衛に辞儀をした。頭の下げ方といい、伊勢縞《いせじま》の着物といい、商家の丁稚《でっち》らしい。

「なんの掛け取りだい？　昨日ですべて支払いはすませたはず、残っているものはないはずだが？」

今日は七月十六日、盆の最終日であり、奉公人の宿下がりである、藪入《やぶい》りだった。

「掛け取りの子供さんじゃないよ、お前さん心配しなさんな」

「するてえと、なんの用だい？」

「尾張町の呉服商嶋屋《しまや》の寄子《よりこ》で庄吉と申します」

疳高《かんだか》い声で少年が名のった。

「どこで会ったっけな？」黒兵衛が首をかしげた。

「そうじゃない」えつが笑いながら事情を語った。

黒兵衛は貸本屋の親方である。だから表戸の障子の部分には「貸本　丁屋《ちやうや》」と墨で大書してある。見知らぬ小僧がいきなり入ってきて、本を読ませてほしい、と頼んだのである。

えつは最初怪しんだ。小僧は丁屋の顧客ではない。全く見知らぬ者である。それに藪入りなのに、なぜ親元に帰らないのか、と聞くと、ええ、あの、と口を濁す。お金を払うから日暮れまで、ここで読ませてほしい。そりゃうちは貸本屋の元締め、読み代《しろ》さえ出してくれれば立派な客だ、茶まではふるまえないが、好き勝手に選ぶがよい。

庄吉は喜び、前金を払った。かれこれ二時間も読みふけっている。犬の姓をもつ八勇士が、まんじ巴の活躍をする、この頃流行の馬琴の小説である。

「お前、本が好きか？」

黒兵衛が濯《すすぎ》を使いながら聞いた。庄吉がこっくりをした。

「昼は占《し》めたかい？」

「すませてきました」

そう答えて、すぐに書物に目を落とす。よほど好きらしい。

「お前さんは？」えつが台所に入りながらふり返った。

「おれもすませてきた。熱い茶をもらおう。汗封じには、火傷するようなのが一番だ。冷水《ひやみず》はあとを引いていけない」

ひと息入れたあと黒兵衛は、奥で傷み本の修理などしていたが、時々、店先の庄吉をうかがうと、相変らず、背中を丸めた姿勢で読みに没頭している。どうも黒兵衛は気になってならない。どこかで見たような、見ないような小僧の顔と背恰好である。えつが顔を出して、折角の盆だというのに退屈だ、とそれとなく愚痴った。うら盆の四日間を、えつはずっと家にこもっていたことになる。そうだな、と黒兵衛が面《おもて》をあげた。

「さきほど狩野さまの帰り、采女《うねめ》ヶ原を横目に眺めながら通ってきたが、大層な人だかりだった。藪入りの客をあてこんで、見世物もずいぶん出張《でば》っているようだ。どうだ、甘いものでも食いに行ってみるかい？」

「評判の曲突きのトコロテンが食べたいわね。鼻をつきぬけるような辛いカラシ醤油で」

「よし。そうと決まれば思いたったが吉日だ。行こう（衣桁）に麻の葉の絞りの襦袢《じゅばん》、チョイト裏は紅絹《もみ》、色っぽいね」鼻歌まじりで立ちあがる。

「昼間っから何を言ってるの。好かないよ、この人は」と目にものを言わせる。

「あ、そうか」と黒兵衛も気がついた。

店先にでて庄吉に声をかけた。

「お前も一緒に来るかい？」

「私はここで読んでおりますから、どうぞ」

「ったって、そうはいかない。お前とはさきほど顔を合わせたばかり。疑ぐるようで悪いが、素性を知らない。るすを頼むわけにいかないさ。そうだろう？」

庄吉がうなずいた。「それでは、連れてって下さい」

「よし。トコロテンぐらいご馳走するさ」

戸締まりを支《か》い、両隣に挨拶して、三人は炎天下の往来に出た。

家々の軒下につるされた忍草《しのぶぐさ》が乾ききって、あえいでいるように見える。ホオズキの葉が茹《ゆだ》ったように萎れている。どこの家も開けっ放しだが、人の声がない。昼寝をしているのだろう。今年（天保二年）の夏は例年になく暑い。

黒兵衛の店は松村町《まつむら》にあり、三十間《けん》堀ぞいに木挽《こびき》町四丁目の方に歩く。三丁目と四丁目の境いを左に曲れば、目あての采女ヶ原で、右手、堀にかかった三原橋を渡ると、庄吉の働く嶋屋のある尾張町だった。

その尾張町方向から、頭をテラテラにそって柿の実のように赤く光らせた年寄りの定《じょ》斎《さい》屋が、薬箱の鐶《かん》を鳴らしながら通りすぎた。暑気あたりの予防薬を売る商いだけに、昼下がりの強い日ざしをものともせず、冠《かぶ》りをつけない。

采女ヶ原に近づくにつれ、人の往来が繁くなった。黒兵衛夫婦の前を歩く庄吉が落ちつきなく左右を見る。人出を珍しがる、というより、誰かを見つけようとする挙動である。いや人に見つかるのを避ける風である。それが証拠に、いつのまにか庄吉は、黒兵衛夫婦の蔭におのが身を隠すような形で歩いている。

「どうした?」

黒兵衛は気がついて不審がった。

「なんでもないです」口ごもりながら額の汗を拭《ぬぐ》った。

人波に押されるようにして、目的地についた。采女ヶ原といっても、草原ではない。采女なにがしの屋敷跡で、さら地の広場である。広場に常設の小芝居や講釈場や女新内などの仮小屋が並び、ヨシズ張りの水茶屋が点在し、至るところで大道芸の見世物がくりひろげられている。毎日にぎわう場所だが、盆休みの今日の喧騒は格別である。

黒兵衛たち三人は、離ればなれになるのを懸念し、気がつくと庄吉をまん中にして互いに手を握りあっている。庄吉の掌が年少者のそれらしく体温が高く、汗でべとついている。

「何を見たい?」黒兵衛は相手の掌をきつく握り、ついで、緩《ゆる》めながら、ふと女房の掌と錯覚しているのに気がついた。

「遠慮しなくてよい。奢《おご》ってやる」

「なんにも」庄吉が小声で辞退した。

さあ、宮本武蔵と佐々木巌流の対決がこれよりだよ、評判評判、はなから聞かっしゃい、とヨシズ張りの小屋から大道講釈師が呼びこんでいる。

その隣の、やはりヨシズ小屋は、デロレン祭文《さいもん》がかかっている。十人ほどの客が縁台やムシロに座っている。立ち見がその倍ほどいる。縁台、ムシロの客は銭を払った本当の客で、立っている衆は冷やかしである。デロレンデロレンという、だみ声の節と、あいまに錫杖《しやくじよう》を突き鳴らしながら調子を取る音が響く。講釈と祭文はどちらも語りもので声が高いので、譲りあって交互に公演しているようだ。その方が両者に好都合なはずで、語りものの好きな客は限られている。

「あの、私は講釈を聞いておりますから」と庄吉が立ちどまった。

「宮本武蔵かい？　よしな、あんなものにお足を出して聞くなんざ、愚の骨頂だ」

「いけませんか」

「いけないとは言わないが、なにしろおれの商売がたきだからな。面白くねえわな」

庄吉がクスッと笑った。

「それよりトコロテンでも食べましょうよ」

えつがうながした。

「その方がよっぽどいい。曲突きのあれは、どの辺に出ていたっけね？」

「どこでしょう？」えつが見回した。

相変らず庄吉は、と見こう見して落ちつきがない。かと思えば、人相を見咎められまいとするかのように、面を伏せて歩く。

馬鹿囃子が聞こえてきた。小さな土俵が作られてあり、今しも七、八歳の男の子が仰向けに寝て、高くかかげた両足の先で石ウスを回している。太鼓の音とともに、ウスを足で宙に高々とけりあげた。とたんに寝返って腹ばいになり、炙《あぶ》られたスルメのように背中が弓なりに反って、脚先が頭についた。けりあげた石ウスを、向うずねの部分で、たくみに受け止めたのである。以上の動作を、一瞬のうちに演じたのであった。

むらがった見物人から、歓声と共に穴あきの銅銭が数枚、土俵にほうられた。

黒兵衛たちもつられて立ちどまった。

囃子が変って、演者の子供が交代した。米俵が二つ持ちだされた。見物人がどよめいた。俵のひとつを子供が両手で軽々と掲げたからである。鳴り物がひときわ高まった。

そのとき庄吉が、あっ、とつぶやいて、黒兵衛の背後に隠れた。黒兵衛夫婦の目の前を、干し柿色に日焼けした、しかも干し柿の如くしなびた顔の男が、うつむいて通りすぎた。

男はふと足先に異常を覚えたかのように、うずくまった。片膝を立て、わらぞうりの鼻緒をさぐる様子だったが、す早く、地べたから何かをつまんで、つまんだ掌をするすると袖にたくしこむ。ふところ手のまま立ちあがったが、黒兵衛と目が合った。相手は凄むように鼻頭をふくらませた。黒兵衛が視線をそらすと、何やらしゃがれ声で悪態をつき、威嚇するように痰を吐いた。黒兵衛の後ろの庄吉には気がつかなかったようだった。男は人ごみに消えた。

「おじさん」と庄吉が黒兵衛の袖を引いた。

「おいら、帰ります」

「なんだな急に。待ちな。それじゃそこらで休もう。いいから、来い」と手をつかんだ。

庄吉の掌はぬれたように熱い汗を吹いていた。

　三人はヨシズ張りの水茶屋に入った。あいている床几《しょうぎ》に並んで掛けた。片頬に飯粒をつけた中年の女が注文を聞きにきた。

「姐《ねえ》さん、弁当つけてどこへ行くんだい？」と黒兵衛が茶化した。

「おや。いやだよお」と飯粒を落とした。「さっき夏風邪ひいた子供がここでお握りをかじっていたんだが、やたらクシャミをしてね。飛ばされたんだね」

「なんかいいことがあるぜ」

「白玉を食べようかな」えつが他の客の手もとを見て注文した。

「おれはトコロテンにしよう。なんだ、トコロテンはお前が食いたいんじゃなかったか？　小僧さんは何にする？」

「白玉を下さい」

「おや。袖にされちまった。ひとりぼっちですする涙のトコロテンかな、だ」

「せいぜいカラシを利かせてあげましょう」と姐さんが笑った。笑ったはずみに、小さなクシャミをした。

「ほらみねえ、いいものをもらったじゃねえか」

「あぶあぶ。桑原万歳楽《くわばらまんざいらく》」

姐さんが首をすくめた。

「ソウメンのダシ汁に、おめえ落花生を油で煎《い》ってミソをまぶしてよ、そいつを落してみねえ。うまいっちゃねえ、頬ぺたが落ちるぜ」

「落花生だから鼻が落ちるんじゃないのかい」

黒兵衛たちの後ろの席で、甘酒に酔った職人風の男二人が、らちもない話をしている。

「お前、さっきの男と知りあいかい？」

黒兵衛が庄吉の方に身を傾けて、突然聞いた。

「さっきの男、といいますと？」

「地べたをにらみながら、うろついていた男さ。お前、なんだか、びくついていたようじゃないか」

庄吉が黒兵衛を見あげて、あいまいに笑った。

「別におれにはお前をどうこうしようという気はない。さしつかえなかったら話しな。相談にのるぜ。おれは金はないが、商売柄、人より多く本を読んでいる。多少は役に立つ世間魂もある、と言ったらうぬぼれだが、まあ亀の甲より年の功、むだと思って語ってみな」

それでおめえ、ソウメンのダシはよ、と後ろでは、ソウメン談議が尽きない。

「おやじなんです」庄吉がポツンともらした。

「なんだって？　あの男がかい？　お前のかい？」

庄吉がうなずいた。

「おやじってどの人？」えつが聞いた。

「なんだ、お前は見ていなかったのか」黒兵衛が拍子抜けの顔をした。

「あたしは曲持ちの子供を見ていたわ」

「話の腰を折った。悪いな。続けてくんな」

庄吉が周囲に気がねしながら、ぽつぽつと語った。

庄吉の実家は南小田原町二丁目にある長屋で、父と母と弟妹が二人いる。庄吉の実の父親は、庄吉が這い這いの頃に病死している。義父は煮豆や香々を売る出商人《であきんど》だったが、食物のにおいにつられて寄ってきた野犬に、脚を噛まれて歩行が不自由になった。

近所の寺の庭掃除で、わずかの賃銭を得ていた。もとより一家の暮らしは立たない。庄吉は十歳になるやならずで、年をごまかして奉公にあがった。

丁稚になって初めての藪入りに帰宅した庄吉は、義父に見世物に連れていってやると誘われた。采女ヶ原である。しかし見世物をのぞかせてくれるのではなかった。仕事だった。

地面をよく見て歩け、と義父は命じた。落ちている物や金を拾うのである。人に見咎められぬように何気なく拾いあげ、いわゆる猫ババするのである。

義父は寺の庭を毎朝はき清めていて、思いのほか落し物の多いのに気がついた。小銭が結構ころがっていた。これに味を占め、人の出盛る場所をねらってうろついた。ばかにならぬ上がりで、義父にしてみれば庄吉に、いい小遣い稼ぎをさせてやろうとの親心から連れだしたのであった。藪入りは、どこの行楽地もにぎわい、絶好の稼ぎ時であった。かくて庄吉は盆と正月、年にたった二日の貴重な休日を、地面をにらめて終日歩き回ることになる。庄吉はいくらかでも親の手助けになれば、と殊勝に考えて父に従ったのであった。

今年の正月の藪入りに、二人は芝の増上寺に足を延ばした。ここは年中参詣人の絶えない、将軍家の菩提寺である。境内に閻魔《えんま》さまが飾られてあり、藪入りの当日はお店者《たなもの》でごった返した。商家の使用人は閻魔に詣でるのが習いだったからである。むろんそれを当てこんで出かけたのだった。

ちかごろ父親は、朝から酒をくらって酔眼で捜し物するようになった。庄吉は、そんな義父がうとましいのだが、義父は庄吉の稼ぎにたかるつもりで、尻についてくるのである。

「庄吉じゃないか」

一文銭を足もとに見つけて、拾おうとした時だった。顔をあげると、店の番頭である。

番頭の背後に、主家の三姉妹が何やら紅潮した面ざしで庄吉を見おろしている。一番末の娘は、庄吉と同い年、ときどき庄吉を奥から呼びつけては、別に用はないのよ、とうそぶく意味深《いみしん》ぶりで、その時と同じく庄吉はうろたえた。

「お賽銭を落したのです」とっさに弁解した。

「ご信心とは感心じゃないか。まあ、ゆっくりお詣りしてきな。冷めたいもの食べすぎて腹をこわすなよ」

番頭が、いつもの癖で一言訓示して、お嬢さま方をうながした折も折、

「金目《かねめ》の物をひろったかい？」と向うから無遠慮な親父のしゃがれ声。庄吉はまっ赤になって、あわてて走りだし、人ごみに隠れた。

あとで父親をなじったら、そんな声をかけた覚えがない、と言い張る。酔っていたので記憶にないのだろう。あるいは庄吉の空耳であったのか。

ふしぎなのは、主家にその日の夕方戻って、番頭に挨拶しても、昼間の出会いに触れない。娘たちも同じ。ああ、よかった、と庄吉は胸をなでおろした。誰も気づかなかった、というより、やはり自分の幻聴だったのだ。自分のふるまいが卑しく、内心いやでしようがなかった。誰か見知りの者に見られやしまいか、恥ずかしい、というおののきが、あんな声を作りだしたのだろう。

昨日のことである。末の娘が庄吉を呼びつけた。例によって人を慰み者にする気だろうと考え、しかし満更でもない気持ちで顔を出すと、いきなり、

「頼まれておくれ」と言った。

「なんでしょう？」

「べっ甲の簪《かんざし》をなくしてしまったの。たった今気がついたの」とオロオロしている。

「明日、浅草の観音さまにお詣りに行くのに、挿していこうと思って手箱をあけたら、入ってないのよ」

「どこかに置き忘れたのではないんですか?」

「思いだしてみたの。そしたら、ほら、正月に、庄吉と出会った増上寺」

「ええ、ええ」庄吉は赤くなった。

「あの時、確かに挿していったの、私のお気に入りを。だから、あの時、なくしたんだわ」

娘が庄吉をまっすぐ見て、軽く言ってのけた。

「もう誰かに拾われてしまったわね」

「どうして」庄吉は舌が動かなくなった。

「あたしを呼んだんです?」

「おっかさんに責められたとき証人になってほしいのよ。増上寺で私が間違いなく髪につけていたと。ただそう言ってくれればよいの。おっかさんに変に勘繰られるのがいやなのよ」

「あそこで紛失したに違いないと?」

「そう。あんたに迷惑はかけないわ」

「ようございます」

庄吉はうけあって立ちあがった。立ちぐらみしたように、ふらついた。金目の物を拾ったかい？　という声を、その時また耳に聞いたのである。親父の声のようであり、自分の声のようでもある。

そして今日、庄吉は家に帰る気がしなくなった。帰れば親父が待ち構えていて誘う。盛り場の地面だけを見て一日すごさねばならぬ。もういやだ。庄吉は自宅の方角と逆に歩いているうちに、黒兵衛の店を見つけたのである。この店なら誰にも見られず夕方まで時間をつぶせる。そうとっさに考えた。

「なるほどねえ」

トコロテンをすすり終った黒兵衛が、丼の底のカラシ醬油を、未練げになめながら、うなずいた。よほど辛かったか、むせた。

「しかし庄吉さん、何もお前、そんなにびくつくことはないじゃねえか。人の物をかっぱらったとか、すりとったわけじゃない。やましいことは、これっぽちもあるまい。そりゃ多少は世間体が悪いだろうが、後ろめたい仕事じゃない」

「それが」庄吉が辺りを見回した。背後のソウメン問答の客は、いつのまにか消えて、孫娘をつれた老夫婦が、孫には白玉を食わせ、自分たちは熱い煎茶をすすっている。

「それが」ともう一度くり返した。

「私は、あの、増上寺で実際に拾ったんです」

「金かい？」

「いえ。簪なんです」

「べっ甲の?」

「いえ、銀なんです」

「それじゃ、お嬢さんのじゃないわけだ」

「でも……お嬢さまは私に謎をかけたのではないかと。きっと私が拾うのを見ていたのに違いないんです」

「それでオドオドしてしまったのかい。お前の思いすごしだろう」

「でも私が簪をわがものにしたのは本当ですし」

さあどちらさまでも結構日光中禅寺、お題目ならぬ難問奇問のお題をちょうだい、どんな華厳の滝ならぬ怪訝《けげん》の問題も、即座に頓智で解いてみせます見せましょ見させましょ、と謎とき坊主が大声で客を呼びこんでいる。

黒兵衛がえつからもらった鼻紙で洟《はな》をかんだ。ついでに鼻脂を拭いながら庄吉に言った。

「要するにお前は店に戻りたくないわけだ」

「あら、家に帰りたくなかったのと違う?」

えつが空の丼を姐さんに渡しながら、庄吉を見やった。

「両方だろう」黒兵衛が断言した。

「つまり戻りたくない理由をこしらえちまったのさ。なあ、そうだろう?」

　庄吉は否ともそうだとも示さなかった。白玉の蜜をくっつけた掌を、袖で拭こうとしたから、えつが紙を一枚渡した。

「お前を見ていると、二十年前の自分を目の前にしているようだよ」黒兵衛が咳こんだ。

「おれもお前の年頃のとき、下り酒問屋の丁稚をしていた。新川河岸の問屋でね。藪入りを仲間は指折り数えて待つのに、おれはいやでいやでならなかった。お前と違って帰る家も親もなかったからな」

　庄吉が黒兵衛を見あげた。

「いや孤児じゃない。伯母が芝にいたが、おれが帰るといやがるんだ。子供が大勢いるので、一日だけとはいえ一人口ふえるということは大変なんだ、貧乏人にとってはね。食いぶちを減らすためにおれを奉公させたわけだから」

　黒兵衛がぼんやりと表の人波を眺めながら続けた。

「藪入りの当日、おれは神社の境内で一人で買い食いしながら過した。あの一日は長かったなあ。早く暮れないかと待ち遠しかった。店に戻りたかった。仕事はつらくて、ちっとも面白くないのに、休日だけは主家が恋しくてね。境内に出ていた露店の絵双紙屋が、退屈そうなおれを見て、サクラになれと勧めた。客のサクラだ。売り台の前に立って、熱心に物色している振りをしてくれ、と頼む。露店というのは不思議なもので、客が一人もいないと客が寄ってこない。喜んで応じた。すっかり絵双紙屋に気に入られてね。おれが立ってると客がたかるんだ。売上もあがる。次の藪入りにも頼まれた。こちらも休日に行く当てが出来て助かる。楽しかった」

　黒兵衛が立ちあがった。

「その絵双紙屋の娘が、この人だよ」とえつを顎で示した。えつも立ちあがり、お道化て恭々しく頭を下げた。庄吉があわてて礼を返した。

「小芝居でも見て帰ろう。そのあと夕涼みがてら、お前を店まで送ってやるよ」

「ありがとう存じます。でも店には一人で戻ります」

「大丈夫かい？」

「はい。もう大丈夫です」

「みずから敷居を高くしちゃいけないよ」

　煎茶を入れている姐さんに金を払いながら、黒兵衛が、「ご馳走さん。おいしかったぜ」と愛想を言った。「おや姐さん、またお弁当だぜ」

　姐さんがあわてて頰に手をやった。

「いやだ旦那ったら。人を茶にして」

「水茶屋だから茶にするさ」黒兵衛がすました顔で投げ返した。

「あの庄吉とやら、間違いなく店に帰ったかしらね」

　えつが蚊《か》遣《やり》に火をつけながら、黒兵衛の背に話しかけた。

「根が素直な子だ。嘘はつくまい。しかし本の好きな小僧とは驚いたな。商売柄、こっちもそれで好きになっちまったわけだがね」

「お前さんと似たような人間が、世間にはいるもんなんだね。瓜二つだよ。実の子供みたいに」

「おい。そろそろ送り火を焚こう」

「オガラの用意は出来ているわ」

二人、表の軒下にしゃがんだ。えつの差し出す白い麻の茎に、黒兵衛が煙草盆の火を、苦心のすえ移した。夕闇に、蛍のような赤い火が浮かんだ。藪蚊が吸い寄せられるように寄ってきた。

「坊も、生きてれば、庄吉とやらの年頃だわね」えつが、しみじみとつぶやいた。

「坊が来たのかも知れねえな」黒兵衛が首筋をかきながら、ふっと笑った。

「おれたちが二人っきり暇をもてあましているのに同情して、姿を変えて現れて、おれたちをもてなしてくれたのに違いねえ」

「坊だったのかしらね」えつがつぶやいた。

「みねえ。来年の藪入りにまたきっと来るぜ」

「坊だったら、当然盆の藪入りだわね」

「来るだろう。今度は外へ出ないで、うちでご馳走してやろうじゃねえか」

「世間には、わが子がたまに帰ってくるというのに、喜ぶどころか、平気で金稼ぎに使いだてする親もいるんだね」

「いかさまなあ。人それぞれの事情さ。おお暑い。今夜も寝苦しい夜になりそうだ」

夫婦は足もとの皿に燻《くす》ぶるオガラを置き、往来に向って合掌した。

うら盆の送り火が、あちこちの戸口に、熟したホオズキの実のように浮かんだ。人声は全くない。今年の盆会《ぼんえ》も静かに終るのである。


（『お楽しみ』新潮社、一九九六年、所収）

最後の本

シオリ

古本屋という商売は、商品がなくて悩むことはない。むしろ、ありあまって弱るほどである。しかし、売れる品となると、さほど多くはない。大半は、今は人気がないが、時代が変れば、もしかすると売れるかも知れない、というもの。となると、時代が変るまで、奥にしまっておかねばならない。そこで倉庫が必要になる。

古本屋のほとんどが、倉庫を持っている。商品を寝かせておかねば、うまみのある商《あきな》いができぬ。古本屋という職業は、気楽のようだが、実は何かと厄介《やっかい》な商売なのである。私の店はたった五坪の、物干し場ほどのスペースしかないが、店の倍もある倉庫を借りている。

この倉庫を引き払うことになった。連日、倉庫に入って本を片づけている。

宝の山？　とんでもない。ガラクタ本ばっかり。売れ残りの本を放りこんで、そのまま手をつけずにいたのだ。時代が変って値上がりしたか？　さっぱり。逆に値下がりしてしまった。いやはや、何のために倉庫を借りていたのか。金にもならぬ物を大事に保存して、商売人が聞いてあきれる。

などと、ぼやきながら、それでも宝の一つや二つは出てくるかも知れぬ、と丁寧に片づけていると、和紙に包まれた物が現れた。

開くと、本のシオリである。二十五センチもある、こけし型の細長いシオリで、上部におかっぱ頭の女の子の顔が描いてある。女の子は、ピンクの水玉模様のワンピースを着けている。つまり女の子の立ち姿を描いたシオリだが、印刷ではない。

思い出した。十数年も前に、店の客にもらったものである。客の娘さんがクレヨンで描いたのである。自分の姿を写したのだそうだ。

本が好きな子で、ある時、父親が、これを使うと便利だよ、とマンガのキャラクターのついたシオリを買ってきて、プレゼントした。

ところが、キャラクターの顔が気に入らないと言って、見よう見まねで、自分のシオリを作った。にこにこと笑っている自分の顔である。

このシオリを使うと、どんな本も面白く読めるよ、と父親に差し出した。父親はいつも気むずかしい顔をして、本を読んでいたのである。子供心に、きっと本が面白くないのだろう、と考えたらしい。

本当だ、つまらない本も楽しくなるね、と父親は喜んで、ちょうだいした。にこにこシオリ、と名づけて、家族全員で愛用した。

父親が売りにきた本の間に、そのシオリが挟《はさ》んであったのである。娘の作ったシオリ、と聞いて返そうとしたら、よかったら使って下さい、と私にくれたのだ。あとで何枚か持ってきてくれた。本の好きな客に喜んでもらえたら亡くなった娘も本望だろう、と言った。

娘さんは闘病生活を送っていた。今どき珍しいおかっぱは、かつらだったのだ。

そう聞いて、本が面白くなるどころではない。紙に包んで保存した。金に換えられぬ宝物が出てきた、というわけだった。

（「月刊エリオス」一九九八年九月号、『大増補　古本綺譚』平凡社、所収）

雪

夜来の雪が、やむどころか本式の降りようである。商売にならない。早じまいをとつおいつしていると、店先が翳《かげ》って、夫婦者らしき老人ふたりが、音もなく立っていた。降ってわいたように現れたのである。

ふたりはひそひそとささやきあい、先をゆずりあっている。老婦人の方が、恐る恐るという風に入ってきた。連れはリュックを両手に下げて待っている。

婦人が通路の途中でひきかえし、相棒を招いた。ふたりは目顔でうなずきあっている。なにごとか、わけがありそうである。

男性がリュックから、ぶ厚い本を取りだした。婦人が受けとって、しばしためらっている様子である。

本を売りにきたらしい。意を決したようにうち揃って、帳場に向って歩いてきた。そうして私の前に婦人が本を差しだしたのであるが、売りにきたのではなかった。

「つかぬことをおたずねいたしますが」

婦人は丁重に挨拶し、そう切りだした。男性もふかぶかと礼をした。ふたりとも上品な物腰で、言葉つきは地方在住の方らしい。

「この本はお宅さまでお売りになられたものでございましょうか？」

問われるまでもなく、受け取った瞬間、見覚えがあったのである。しかしそう言われて、これを売った時のことを、ありあり思いだした。

古い話ではない。一年前のことである。

しかも、そうだ、今日のように雪が降っていた日の午後だった。

覚えているもいないも、記憶があざやかなのは、その日に「雪の本」が売れたからである。

土《ど》井《い》利位《としつら》の『雪華圖説』。買ったのは訛《なまり》のある学生さんだった。

雪の本はありませんか、と聞かれて、雪の日に雪の本とは、となんだかおかしかったのである。

中谷宇吉郎のエッセイ集を見せると、雪の写真集はないか、とせがんだ。写真集はないが、こういう古い図集が、と取りだしたのである。学生さんは二、三ページめくるなり、あっ、と驚いて、これ本当に雪の本ですか、と問うた。

雪の結晶の図譜である。下総国古河の殿さまがスケッチした、正続百九十五種の雪の華《はな》である。私が学生に見せたのは翻刻《ほんこく》本であるが、最近出版されたものであって、珍本という柄ではない。『雪華圖説』そのものも、昔はともあれ近頃は、ごく一般的な雪の文献として広く知られている。私がいぶかしんだのは、学生が本そのものの価値より、雪の結晶にどぎもを抜かれたらしいのを、みてとったからである。

現代の若者は、子供のころ、虫めがねで雪を観察などしないのだろうか。

「いや、こういうの、生まれて初めて知りました」と学生は興奮のていで答えた。

「あの雪が、こんなさまざまな形をしているんですか?」

「論より証拠。まあごらん」と私は店先から、ひとすくいすくってきて、老眼客用に備えてある拡大鏡でのぞかせた。

わっ、と学生が飛びあがった。ふざけたのでなく、彼は真剣に驚いたようだった。

「雪ってふしぎなもんですねえ」彼はつくづく感嘆した。

世の中には、純な人間がいるものだ、と私は内心あきれたのである。

「この本、ちょうだいします」

いただくが、まからないか、と言った。

安い本ではない。しかし、そのとき私は、カチン、ときた。甘い顔を見せれば、つけあがって、といやな気がしたのである。

ほしい物なら黙って買え。理由なくして値切るべきでない、と説教した。

「そうですね」と学生は素直にうなずいた。

中谷宇吉郎の著書と、二冊買った。

「ありがとう」と礼を述べて、折から降りしきる雪の中を、傘もささずにでていった。

彼は傘を持たずに歩いていたらしい。今日と同じくらい、降りしきっていた。

老夫婦は惘然《ぼうぜん》としていた。私の話が終ると、ふたり息を合わせたように、「はあ」と悲痛な声を発した。めまいしたのか、よろめいて、お互いに体をささえあった。

私はいすをだして夫婦にすすめた。やはり、わけがありそうだ。

しかし両人とも何も言わない。ため息をついて、虚脱したかのようである。

老婦人の言葉のはしばしから察するに、この本を求めた学生は、どうやら彼らの子息のようである。どうしたというのだろう。この本を買った金の出所に問題が生じたのだろうか。人さまに迷惑をかけたのだろうか。無理に工面するほどの金額ではないのだが。しかしいずれにしろ、この本が何かの事件をひき起こしたらしい。

老夫婦の深刻な顔つきは、ただごとでない。しだいに不安にかられてきた。

売った私に落ち度があったのだろうか。あんなにはっきり覚えていたはずの、学生さんとのやりとりが、急にあいまいに、ぼやけてきた。

婦人が顔をあげて、ほほえんだ。「ごめんなさい」そう言って、ぽつぽつと語りはじめた。

さきの学生さんは、やはり彼らの愛児であった。ひとり息子である。夫婦の年高からみて、かなり遅い子らしかった。それだからよけい手放しがたかったのだろう、子息が東京の大学を受験すると言いだした時は、落胆した。いつかは親元から巣だつと頭では承知していても、実際に直面してみると、ただ、おろおろ涙ぐむばかり。ばかげた話だが、大学受験が失敗に終ってくれればよい、と心のどこかで祈ったが、これも親ごころ。東京に着いた息子からは、「こちらは雪が降っている」と電話がかかった。

むすこさんが私の店に立ち寄ったのは、受験のため上京した折だったのである。雪の本は、すると両親への東京みやげであったか。

「いいえ。あの子は、なんですか雪に感動してしまい、とりつかれたように夢中になってしまったのです」

東京の大学は、両親の願いが天に通じたか、首尾よく落ちた。

「ところがあの子は是が非でも雪国の大学で勉強したいと言いだしまして、今年は私どもに相談もせず、東北の大学に受験の願書を提出したのです」

それでひと悶着した。

「あの子は、ただ雪が見たいだけだ、と我《が》を張る。そんなむちゃな理由がありますか」

婦人が再びうっすらとほほえんだ。

「あの子は私たちから離れたがっている。私ども、そう取ったんです。ひとり息子なもので、親の節介がわずらわしくなったのでしょうね。考えてみれば私ども、いつまでも子離れできない、なさけない親でしたから」

むすこさんの容貌は私の記憶にないが、どことなく子供っぽい感じがしたのを覚えている。訛もさりながら、そのことも、うぶな地方の学生らしい、と判断した根拠だった。

「そうでしたか。あの子はお宅さまで、この本を求めたのでしたか」そう言って、なつかしそうに店内を見まわした。つられたようにご主人も首を動かした。ご主人はさきほどから一言も口をきかず、もっぱら細君が語り役である。

「私ども、あの子が昨年の受験の折、歩きまわったコースを、こうしてたどっているんです」と微笑した。

「と申しますと？」

「この手袋を」とリュックから毛糸のを取りだした。

「そこの洋品屋さんで買ったらしいのです。それでこれを持ちまして、洋品屋さんにお話をうかがいにまいったのですが、一年も前の通りすがりの客なものですから、覚えていらっしゃらなくて。この定期券入れも、その先の文具屋さんで求めたということでしたが、やはりうちの息子に心当りがないらしくて。手袋も定期券入れもありふれた品ですし、皆さん記憶にないのも当然ですわね。ようやくお宅さまで息子の姿を捕えることができました」

「あれの写真を持ってくれれば、こんな手間はかからなかったんじゃ」

そのとき初めてご主人が口をはさんだ。

「故意に忘れたわけじゃないんですから、いちずに咎めないで下さい」細君が言い返す。

「そうそう」思いだして私は割りこんだ。

「お聞きしようと思ったのですが、この本に何かあったのですか？　あなたたちがお子さまの足跡を訪ねてらっしゃってる訳はなんですか?」

話は堂々めぐりして最初に戻った。

夫婦は急に黙りこんだ。

「むすこさんがもしや行方不明でも?」

婦人があざけるような恨むような複雑な笑《え》みをもらした。

「東京から戻った息子が、いろいろみやげ話を聞かせてくれました。お宅さまを、よい古本屋だと、ほめておりました。それで、この目で見たくなりまして」

「けさのテレビで、東京が雪だと、うつしているのを見たものだから」主人がおぎなった。

「これがどうしても上京したいと、だだをこねるものだから」

「あの子にも雪を見せてやりたかったのに、私がうかつ者なもので、写真を忘れてしまったのです」

亡くなったのだ。

そうだったのか。

「いつ、だったのでしょうか?」

私は声を落して、たずねた。

「ふた月まえ、でした」婦人が答えた。

「突然に?」

「交叉点を渡っておりまして、はねられたんです。高校生に」

「進駐軍じゃ」主人が吐き捨てた。

「いえ、あの、あちらの高校生なんです」婦人がやんわりと訂正した。

「基地の、ですか？」

「沖縄なんです。私ども」婦人が顔を伏せた。

私たちは取りつくしまがなくなったように、押し黙った。

戸外は、ますます雪が激しくなった。人通りも車の往来も、すっかり絶えた。深夜のように、雪の音だけが、聞こえるようである。

「こんなに降るのは、東京では珍しいんです」私は話のつぎ穂をさがしあぐねて、どうでもよいことを言った。

「あの、天眼鏡を貸していただけませんか？」婦人が立ちあがった。

「天眼鏡？」

「むすこが拝借しましたという」

「ああ、虫めがね。これです」

なにを思ったか婦人が店先にでて、地べたの雪をすくった。すくって、汚れていたのか、それを捨て、自転車のシートの上のをひとつまみ、改めてつまんだ。子供のように嬉しそうに笑いながら、つれあいにひけらかし、私が渡した拡大鏡でやおらのぞきこんだ。

あっ、と驚いて、めがねをご主人に持たせた。主人はのぞいて、うんうんとうなずいている。

「本の絵とそっくり。ね？」と婦人がはしゃいだ。

「南のお国では、雪は珍しいんでしょうね」と私もうなずいた。学生さんが大仰に驚いたのも無理なかったわけだ。

夫婦はかわり番に拡大鏡をとりあって楽しんでいる。

「こんなこと申すのも失礼ですが、親子の血は争われませんねえ」私は笑いながら話しかけた。

「むすこさんも、ちょうどそんな工合に背をまげて、雪にくらいつかんばかりに、ながいことのぞいていましたよ。そっくりです」

とたんに、ふたりが、声を放って泣きだしたのである。泣きじゃくりながら婦人が言った。

「あの子、私どもの養子だったんです。私の妹の子でして」

私は声をのみ、なすすべなく、表に目をそらした。冷えこんできた。大雪になりそうだった。


（『漱石を売る』文藝春秋、一九九二年、所収）

東京駅の蟻

東京駅の中央線ホームに電車が着いて、いちどきに人波があふれでた。階段は人の背で足もとがよく見えず、見当をつけて降りる。見おろすと、濁流がマンホールになだれるようである。

おや、と瞠《みは》った。それも一瞬である。立ち止まる隙がない。流されるように段々を降りきってしまった。

けれどもやはり気になって、通路のかたわらに身を寄せて、いっときの唸《うな》るような人波をやりすごした。階段がまばらになるのを待って、今しがた目撃した地点にかけ戻った。

あてにしてはいなかった。目の錯覚だったかもしれない。仮にそうでなかったとしても、あれほどの雑踏だ、踏みつぶされて影も形もなくて当然だったろう。

たしか、上から六段め、と覚えていた（私には妙な癖があって、階段をのぼりおりする際、無意識に声にださずに数えている。子供の時からそうなのである）。

かがみこんで調べた。暗くて、しかとわからぬ。しかし、やはり錯覚だったようである。こんな所にいるはずがないのだ。

立ちあがって、一段おりたとたんに、見つけた。階段のつけ根、といったらよいのか、九十度の直角の奥隅に、清掃員がまいた木クズの掃き残しがあって、その上を這《は》っていた。昇降客の靴が、決して踏みこまない位置である。

大きな黒蟻《くろあり》であった。めずらしいものではない。私が気をとられたのは、その蟻に見覚えがあったからであった。

笑っちゃいけない。そのとき私は本気で、そう思ったのである。

福岡在住の友人の紹介で、Kさんというやはり福岡在の方に、読み古したのを払い下げていただくことになった。たいした嵩《かさ》ではないというので、路線便で送ってもらった。それでもミカンのダンボール箱が十一個である。

値をつけながら一箱ずつ開函していったら、いくつめかの箱の底に、砂がたまっている。なにに使った箱か砂の量は両の掌でひとすくいほど。知らずにそのまま本を詰めてしまったとみえる。本の小口《こぐち》が砂まみれであった。

からにして、さかしまにふるっていたら、砂から黒いクエスチョン・マークが湧きだした。恐ろしいものではなかったが、瞬間ギョッとした。

いっしょに片づけていた妻が、

「九州の蟻だわ。ねえ、九州のって、ひとまわり大きいんじゃない?」と感嘆した。

「そういえばなんとなく大きいな」私もしゃがみこんだ。

「しかしよく生きていたなあ」

四日かかったのである。

「生まれて初めて東京を見たものだからとまどっているわ」

なるほど立ちどまって、かぶりを左右にめぐらし、途方に暮れているように見える。

「かわいそうだから植こみに置いてやろう」

両手で砂ごとすくって、店先の街路樹の根かたに移してやった。そのときつくづくと蟻の顔をながめたのである。改めて、確かに、大きな図体だと感じいった。

Kさんに宛てた着荷報告に、蟻が生きていた旨《むね》添えがきしたら、折り返し長い手紙が届いた。

以下、大意。


蟻と聞いてびっくりしました。その蟻はまちがいなくウチの蟻です。実は一家中でずいぶん捜したのです。まさか本といっしょに東京にでかけていたとは、思いもよらぬことでした。丁重に放して下さったよし厚く御礼申しあげます。

(私は正直いってこの文言には肝をつぶした。さきを読むべくそそられたのである)

こんなことお耳に入れると気色悪かろうと隠していたのですが、お送りしました書物は主人の遺品でありました。

主人は先月、癌で亡くなりました。風邪ひとつわずらわぬのが自慢の人でしたのに、働き盛りの鬼の霍乱《かくらん》が命取りになりました。

入院して一カ月もたったころ、生きものが飼いたいと言いだしました。生来の動物嫌いが、突拍子もない無理難題でした。個室とはいえ病院の中、もとより叶えてやれる話ではありません。しかし主人は、生きているものが見たいんだと執拗でした。自分の死期をさとった主人が、みずからを奮いたたせるテコにしたかったのかもしれない、と今になって思い当ります。

息子の嫁が一計を案じました。庭で捕えた蟻を、水アメの容器に詰めたのです。土といっしょに三匹ほど。蟻なら音もさせないし、不用意にフタを開けない限り散らばる心配もないし、なにより衛生の面で問題ないだろうし、めだたぬ大きさのガラスびんは、枕もとに置けばマスコットのようなものです。

主人は大層よろこびました。まいにち首を傾けて、あきずに蟻の巣作りをながめておりました。

ある日、エサはなにを与えている？　と私に聞きます。うかつにもそこまで気が回りませんでした。蟻の食物は一体なんだろう？　ハエの死骸かしら、とうっかりつぶやいたら、死骸はよせ、と主人にきつくたしなめられました。嫁が思いついて黒糖のかたまりを与えました。甘い物はやはり蟻の大好物のようです。早速とびついたのを見て主人も喜色をあらわしました。

主人が亡くなって、あとを整理している最中に、そうだ蟻の容器にふと気づいたのです。息子や嫁や孫に聞くと、彼らはてっきりこの私が片づけたと思いこんでいました。私は私で、彼らの誰かが病室を退去する際に持ちだしたものとばかり考えていたのです。

今となれば蟻は主人の形見でした。いや、蟻は主人そのものだったかもしれません。元気に生きていたものを、私の不注意から無惨に殺してしまった。主人の死と重ねあわせて考えて、私はひどくおちこんでしまいました。

そこへあなたさまの朗報です。お話を伺いまして赤面しました。結局、私の胴忘れであったからです。主人の病室を整頓したのは他でもない私でした。ダンボール箱にあわただしく何もかも押しこめました。主人の急死で気が動転していたのでしょう、蟻の容器の中味を箱にぶちまけて、器は捨てたものと思われます。その箱を、汚れていると知らずに、本屋さんあてに流用したようです。失礼の段、幾重にもお詫び申しあげます。

しかし主人は恐らく喜んでいることでしょう。お笑いなさいますか。私には愛読書といっしょに東京に運ばれました蟻が、主人に思われてなりません。親切な本屋さんに救われて、主人は今ごろ大手を振って、東京の雑踏を歩いているのでありましょう。道楽をもたず稼ぐ一方であった主人の生まれかわりと考えると、ひとしお哀れではありますけれども。

同封の絵は、病床の主人がスケッチしたものの一枚でございます。ご笑覧下さいませ。そちらに伺った蟻は、もしやこんな顔をしていませんでしたかしら？

私はその絵を見た。そして思いもよらぬ奇想の構図に、わっと飛びあがった。それは確かに蟻の顔であった。蟻の顔をま正面から、画用紙いっぱいに大きく描いてあった。それはまた誠実で小心な中年男の顔のようにも見えたのである。私が東京駅で行きあった蟻に見覚えがあると言ったのは、その絵を思いだしたからである。

（『漱石を売る』文藝春秋、一九九二年、所収）

無明の蝶

一流の古本屋は児孫《じそん》に美田《びでん》を残さない。古本屋の美田とは商品のことである。業界の長老が亡くなり、子息が業を継がぬとて店が畳まれて、在庫品一式が古書市場に運びこまれて売りたてられた。長老は生前、明治期の文学書を得手とし、種々の稀覯《きこう》本《ぼん》を掘りだしてきては、その道の好事家を喜ばせていた。取引の商品はなべて一級品ゆえ、歿後《ぼつご》整理されるものもその類であろうと、期待して会場に参じた業者たちは唖然とした。そこに並べられた品々は、およそ専門店の金看板に恥ずかしい、業者たちのいう雑本ばかりであった。故人はすべてを客に売りきってしまったのである。客に喜んでもらう一途《いちず》の生涯であった。商人として以て鑑《かがみ》とするに足りるだろう。

古本屋は自身がビブリオマニヤでコレクターであるから、稀覯の書を入手するとどうしても売り惜しむ。当りさわりのない個所を客にあてがい、最もおいしい部分はおのが秘蔵とする。死んでその蔵書が市に晒《さら》され、それが眼をむくような出来高を作ったとなれば、その人は同業者から軽蔑されるのである。生前つまらぬ商売をしていたとみなされるわけだ。

古本屋という商売は、同業者みんなが良い本をせっせと売りまくれば、おのずと全員がうるおうという特殊な流通のあきないなのである。自分が売った良書は、それはいつの日か客をへてどこかの古本屋をもうけさせる仕組なのだ。稀書珍本は溜めこんで天井裏に隠し、みるからに歯ごたえのない本を売る業者は、従って古本屋の風上にも置けぬ手合いなのである。死んで実にきれいさっぱり、寒々とした商品しか残さなかった古本屋こそ一流なのである。

けれどもそういう死にざまを粋と心得る古本屋が、人の蔵書を金額で評価しなければならぬとは、誠に因果ななりわいであると思わずにいられない。人を訪ねて書斎に請《しよう》じられると、茶を喫しながら思わずしらず、眼前の書棚を金に見積っている自分に気づいて愕然とする。「ずいぶん粒が揃っていますねえ」と主人に世辞を述べている裏では、おおよそいくらと算盤《そろばん》玉をはじいているのである。そういう習性がべったり身についてしまっている。古本屋をあきんどとしてみた場合に、もっともいやな、臭い部分である。

話が唐突で恐縮だが、花田一章君が亡くなった日の晩、表戸をおろして密室の店内に、紋白蝶が舞いこんできた。昼間、客と一緒に外から入りこんできて、閉じこめられたのかも知れない。書棚の本の背に静止していて、私が近づくと、洋猫の抜け毛のようにゆらりと浮いた。蝶に驚いたというより、蝶と蝶がしがみついていた本との取りあわせに、私はと胸をつかれたのである。その本は詩集で、花田君が、「近いうちに買いにきますが売れてしまいませんように」と念じた本であった。本は残っているが、花田君は急死してしまったのである。

彼の不慮の死を私に電話通報してきたのは、彼の友人で、「あの……古本屋さんですね」と何度も念を押した。そしていきなり告げたが、私は信じなかった。四日前に会って、談笑して、近いうちにまた来ると元気に帰っていったのである。「冗談でこんなこと言えません」「どうして亡くなったんだ」思わず詰問口調になっていた。「悪酔いして、階段を踏み外したんです。打ち所が悪くて」ぎゃっと泣きだした。「とり乱してすみません」泣きじゃくりながら相手が謝った。

花田君が死んだのは、本当だった。「なんという馬鹿な死に方をしやがったんだ。若い身空で」やりばのない腹だたしさがこみあげてきた。

花田一章君は私が古本屋を開業した当時の常連客のひとりで、建築図面を引いている学生であった。今考えると影が薄い若者で、振りかえるといつのまにか私の背後に立っているという感じだった。声があえかで、しゃべっているうちに語尾がかき消えていくような心細さで、見た目にやせて背が小さいせいもあったけれど、こういう頼りなく希薄な人間をみると、私は背中をどやして叱咤したくなってしまうのである。

私はその頃独身であったので、仕入れに回る間のるす番を花田君に依頼した。彼は気軽にひきうけてくれ、よくつとめてくれた。「ぼく一度古本屋の帳場に坐ってみたかったんです」嬉しそうに声をたてずに笑った。彼は本が好きで何時間でも飽きずに読みふけっているので、古本屋の店番にうってつけであった。

おりおり客に呼ばれて二人で本を買いにでかけた。花田君は車が運転できるのである。これは私には意外であった。

ある晩店の二階で彼と差し向かい、独身者同士の不精たらしい酒盛りを広げていると、花田君が、「そこの壁になにかいます！」と私が聞いたことのない大声を発した。

「やもりの子供だよ。初めて見るのかい」

古い家のせいか、ちょろちょろと出るのである。

「ハエを捕まえたりしてね。かわいいものだよ」

しかし花田君は青ざめてふるえていた。気分が悪いといって、それきり盃をとらなかった。

別に車の運転と爬虫類とは関連がないけれど、さや豌豆《えんどう》ほどのやもりにびくついている男と、馴れた手つきでハンドルをさばいている男とが、同一像として素直に結びつかないのだ。車を動かせない私にはこのような危険な大道具をあやつる人間が、みな胆玉《きもだま》の太い人物に思えるからである。

花田君の運転で鎌倉のお客さま宅に何度か通った。大船市内で不動産業を手広く営んでいる人で、おそろしく本を溜めこんでいた。自宅に置ききれず、あちこちの空家に分散して仕舞っていた。昭和四十八年当時、月に五十万円を新刊書につぎこんでいた人である。溜めるのが楽しくて買いまくったとしかいいようがない。市内の書店員が毎日車で運びこんでいた。空家が売れると中味の書籍を処分せねばならず、そのつど私が呼びだされた。古本屋にとって随喜の涙の客である。

あるとき一冊の本を書架から取りだし、「君この絵をどう思う」と下問された。

それは江戸川乱歩の『犯罪幻想』という限定本で、社長の言う絵とは本文に付された棟方志功のさし絵ではなく、見返しに墨で描かれた、弁財天のような女の顔のことであった。もっともそれも、

「おや。これも志功の絵じゃありませんか？」

「うん。いや本屋がサービスにくれたのだがね、どうもその女のまなざしがねえ」

志功独特の、見開いた大きな瞳である。

「どうも見つめられているようで気色悪いんだよ」

私にはそんな気がしない。ふてぶてしいような力強いタッチの絵である。

「本当だ。ぼくの方を見つめている」と私の傍の花田君が溜息のようにつぶやいた。

「ね、そうだろう？　君ついでにそれも持っていってくれ。清々する」と社長が言った。

思いがけない買物であった。今をときめく棟方志功の、肉筆なのである。落款《らっかん》があり、本物にまちがいない。そりゃそうだろう、書店にとって神さまのような顧客に贋物を献

上する道理がない。

　帰宅して改めて点検してみると、裏表紙の見返しにも同じような女の顔が描いてあり、こちらは朱墨で描いてある。前のと、つまり対である。

「すばらしい迫力だぜ、こいつは」私はうなってしまった。「誰だい気味悪いだなんて、こちらを見つめているだなんて花田君は乱視じゃないのか」

「よかったじゃないですか、首尾よく手に入って」

　花田君はニヤニヤしている。

「なんだ。そうだったのか」私は花田君を見直した。

「ぼくも少しずつ古本屋の駈けひきに馴れてきましたから」

「いけないよ、つまらぬことを覚えちゃ」

　私はちょっといやな気がした。おのれの恥部を透《す》き見されたような思いがしたのである。

　花田君が勉強している建築図面の仕事は、石油ショック以後、なんだかふるわなくなって、彼は情熱を失ってしまったようだった。古本屋にならないかと以前、冗談半分にもちかけた私の話を、このごろ本気で考えだした。彼は私の仕入れ法や値づけの判断などを、身を入れて学習しはじめたのである。花田君が真剣なのをみると、かえって私の方がたじろいだ。「よくよく思案した方がよいぞ。性に合う合わぬを含めて、実入りの問題やら何やら検討の余地だらけだぞ」

私は古本屋という商売が理屈ぬきに好きだが、かといって無条件で人にすすめるには一抹ためらわれるものがある。もっとも花田君にしてみれば専攻分野の不況という理由だけでなく、万事に控えめな自身の性分を考慮した気配がある。古本屋が穏便《おんびん》で消極的人間向きかどうかは、はたの眼と当事者では見る眼が正反対になろう。客にへつらうわずらわしさもなく、日がなひっそりと好きな本に取り組んでいられる気楽なりわいに、花田君はそろそろと骨がらみになってきたようであった。

鎌倉の社長（と私たちは呼んでいた）は私たちを気にいってくれたらしく誘いが頻繁《ひんぱん》になった。話相手がほしくなると本整理にかこつけて呼びだす、そんな節がみえる。

社長は私よりちょうど十歳年長で、若くしてひと財産築きあげてしまった。材木座海岸に人間の住居とは思えない邸宅を設け、応接間へ土足のまま入れるのである。鳥の剝製がそこここに配置され、成金趣味の嫌いがないではない。小物を集めるのが道楽らしく、根付やコイン、小柄《こづか》、鍔《つば》、それに日本切手や櫛《くし》のコレクションを次々に見せてくれた。

櫛は江戸時代の女の人のである。鼈甲《べっこう》だの黄楊《つげ》だのの素材のものが無慮五、六百枚。

「これ皆、実際に使用されたものなのですか？」と花田君が問うと、

「そうさ。使用済だから味わいがあるのさ。ほら鬢《びん》付け油のにおいがするだろう？」

黒光りした一枚を私たちに嗅《か》がせてくれた。

花田君が顔色をかえた。彼は口もとをおおって咳きこんだ。

「匂いが強烈だからね」社長が笑った。「江戸の女の匂いだよ」

ではあるが、エロティックな匂いではない。

社長は櫛をしまいながら話題を改めた。

小さい時分から本が好きで好きで、小中学校では図書委員を買ってでた。まっさきに本が読めるからである。誰よりも先頭に目を通さないと気がすまぬたちだった。その癖が今も抜けずに、ご覧のように新刊ぐるいしている。

「君の前だが、おれはどうも古本を買う客の心理がわからないね。だって古本というのは誰かが読んだ、いわばカスだろう？　その本のエッセンスを全部読み取られたような気がして、おれは手にする気がしないね」

なるほどそういう見方もあるのかと私は感心した。

「これらは全部お読みになったものですか？」と顔に赤味が戻った花田君が、整理するという本の山を見回しながら、おずおずとたずねた。

「もちろんだよ君。カスだから惜し気もなく払い下げられるんだよ」社長が蠅叩きを打ちおろすように、言った。

「結局あのファイティング・スピリットなんだろうな」帰りの車の中で私は花田君に話しかけた。

「金を儲けるというのは知恵や技術もさることながら、毎日新刊書を片っぱしから食べるように読み捨てる、あのエネルギーだよ」

「動物的なものなんでしょうね」と花田君がうなずいた。「ぼくには人の油に染まったものなど収集する趣味は理解できませんね」

「苦と死を拾うといって、他人の櫛を取り込むのは昔から忌《い》み嫌うことなんだけどね」

「縁起かつぎは到底金もうけはできませんよ」

「まったくだ」

「いつもあの社長に会うたび、何かこう自分の精気を抜きとられるような気がします」

「本当だね。もしかしたらおれたち、あの社長のこやしになるため、こうして鎌倉くんだりまできているのかもしれないぜ」

「そのうち二人とも瘦《や》せ細ってしまいましてね」

「金を出して社長のカスを買っているつもりが、実は自分の胆玉を売り渡していたという怪談だ」

私たちは上機嫌で笑った。

社長から譲っていただいた棟方志功は、売りものにする気はさらさらなく、店の客に見せびらかして得意がっていた。絵の部分を剝離《はくり》し軸仕立にしたら、とすすめてくれる客がいた。しかし弁財天の相貌は見開きになっていて、仮にていねいに外して一枚に合わせても、顔のまん中で線が上手につながらない恐れがあった。志功得意の女人のおもてが、ピカソの絵のようにちぐはぐになっては形なしだった。

あるとき私と客のやりとりを傍で聞いていた庄司という男が、

「こういう絵ってどの位の価値があるものなの？」とわりこんできた。

「売りませんよ」私ははねつけた。

「いや、売る、と仮定してだよ」

「さあねえ。どの位するものだろう」すっとぼけた。

「同じものがないだけに高いのだろうね」としつこい。

「本に書いた落書きのようなものだからね。価値としては、さほど――」ないわけでない。

私は庄司を警戒してシラを切ったのである。彼は昔私がつとめていた古本屋の近所の針金屋のせがれで、私より一つ年上の評判のワルだった。私が小僧になりたての頃、私が見ている目の前で、堂々と画集を万引したことがある。私はあっけにとられて声もだせなかった。以来、庄司は再々くすねていくのだが、私は彼の平然たる押し出しに呑まれてしまって、はっしと制止できないのである。

雨の降っている日曜日であった。帳場の脇につっ立って小僧の私に話しかけていた庄司は、私が客の応接に気をとられている隙に、銭箱の釣銭を泥棒した。その瞬間を目撃したわけでないが、客から金を受けとって金入れにおさめようとして、なくなっているのに気づいた。直前まで間違いなく入っていたのである。私が血相を変えると、客が、「君、ちょっと失礼だが調べさせてもらうよ」と庄司の手をおさえた。「俺じゃない」と庄司がわめいた。「店には君と私しかいないし、私は帳場のこちら側にいたのだから、手を伸ばしたところで無理だ。すると一番お金入れに間近いのは君ということになる。失敬」そういって初老の客がすばやく庄司の上着とズボンの隠しを探った。しかし出てこない。「俺じゃないのがわかったろう」と庄司がうそぶいた。「へん。気分悪いや。帰る」そそくさと出ていった。後ろ姿を目送した客が、しばらくして、あっと声をあげた。「しまった。ひとつだけ見落とした。あいつの長靴だ」そういえば退散する時の庄司の歩き方がぎこちなかった。そんなことがあった。

私が独立して店舗を構えると、「やあ、しばらくだなあ」となれなれしく立ち寄り、「俺いまタクシーの運ちゃんをしているんだ。まだチョンガーさ。この間よ、東名高速のガードレールにもろに八十キロで激突しちゃってさ。へへ。成田山のお守りを首にかけていて助かった」と軽薄にしゃべり、「悪いなトイレを貸してくれよ」

「トイレは二階なんだ」と私は嘘をついた。

「どの辺?」とあがっていきそうな気配なので、「申し訳ないけど二階は無人だから、どこかよそですませてくれないか」苦しく断わりながら、どうして自分は、こいつに頭があがらないようなしゃべり方しかできないのだろうと情けなかった。ふしぎに頭ごなしに一喝することができないのである。小悪党だと軽蔑し憎みながら、いざとなると、したてにでておべっか使うような物腰になってしまうのである。手癖の方は相変らずで、帰りがけ入口に平積みしてある雑誌を、当然の如くジャンパーの内懐にしまいこむのだった。それを咎《とが》めることが何故かどうしてもできないのである。だから庄司は大いばりで私の店に出入りし、私が留守の折、店番の花田君に、私とは十数年来の交遊だとふきこんだらしい。「ツケにしていると言って本を一冊お持ち帰りになりましたよ」「あいつめ。こんど盛大に請求してやろう」花田君の手前、尊大ぶってごまかしたが、けれども面と向うと私は何も言えないのである。これはどうした心理の文《あや》なのだろう。そういう私のもろさにつけこまれたといってよい。まんまと庄司にだまくらかされた。最初に花田君がたらしこまれたのだった。

私の友人の中村君がそのころ新婚旅行から帰ってきて、みやげ話に倉敷の大原美術館がいかにすばらしかったかを語った。そこに飾られてあった棟方志功の大作に魅せられて、二人で数十分も棒立ちに立ちつくしていたと語った。志功があんなにも蠱惑《こわく》的な作家だとは思いもよらなかったと、今だに夢見心地なのだった。

私は例の『犯罪幻想』の志功を中村君夫婦にひけらかした。彼は、あっと呻《うめ》いて、隣りの奥さんに手渡した。「あっ」と奥さんも声をあげた。

「私これほしい」そう言って奥さんが胸にかかえて離さないのである。あらかじめ釘をさす暇もなかった。

「いくらだい、これ」と中村君が財布をもちだした。今更ゆずれぬとはいえぬ雰囲気であった。高いことを言えばあきらめるだろうと私は吹っかけた。案に相違した。

「よし。買おう」と中村君が紙幣を数えはじめたのである。もう、引けない。

「実はね志功に感動してね、結婚記念に志功の絵を一幅買おうと、二人で今しがた銀座の画廊を回ったんだ」と中村君が言った。

「とても私たちの懐で買える値段でないのよ」と奥さんがひきとった。

「しかしよかった、あんたの所に立ち寄って。志功と行きあうなんてこれも縁かもしれないな」中村君がはしゃいだ。

「こんなに安く手に入って」と奥さんが本を抱きしめた。

画廊の値段を見たあとでは、私の言い値などものの数ではあるまい。

「私これ家宝にするわ」と奥さんが宣言した。

まったく予期しない形で私は志功を手離すはめになったのだった。


それから旬日ばかりして中村君から電話がきた。誰かを介在させてお互いが話しあっているみたいに、一向に意味が通じない。中村君にそもそもからを説明させて、やっとわかった。

例の庄司が私の使いと称して中村君宅を訪れたというのである。志功の絵をしかるべき者に鑑定させるから暫時拝借するといって持ち去ったが、結果はどうであったかという、思いもよらぬ問い合わせであった。

「あんたのとこの店番をしているそうだが、弁がたって、人がよさそうで、愛想がよくて、願ってもない優秀なアルバイトが見つかったじゃないか」

中村君は花田一章君ととりちがえているのである。

庄司が志功のいきさつを聞きだしたのは、案の定、花田君からだった。はじめ庄司は留守居の花田君に、志功の絵を見せてほしいと持ちかけてきたという。花田君があれは売れたと打ちあけると、売り先を教えてくれと迫った。花田君は相手を私の昔からの親友だと勘違いしていたらしいのである。従って中村君を入れて三者共通の友人なのだろうとひとり合点し、むしろ親切心から行先をしゃべってしまった。私は花田君に、売買先は秘密が古本屋の鉄則だと注意したが、あとの祭りというものである。

えらいことになった。志功がほしくて庄司が詐取したとは到底思われぬ。きゃつのめあては金に決っている。抜けめのない奴の性格から判断して、もはや志功は彼の手を離れてしまったものと最悪を考えねばならぬ。

私は中村君にはじき返還するとお為ごかしを言い、古書組合の事務局に連絡して、盗難書の触れを全国の古本屋に回状してくれるよう手配した。触れは三時間くらいの間に末端まで届いてしまうが、それでも遅きに失した処置かもしれなかった。庄司が中村君宅に現われたのは二日前なのである。

私は庄司の居所をつきとめるべく、彼の実家の針金屋に出向いた。

格子戸を開けるとそこが座敷で、野球帽をかぶった庄司の親父が向うむきに寝ころがって、テレビの活劇に見入っていた。受信機がゆれるほど凄い音を鳴らして、私の声にふりむきもせず、しないはずだ、どうやら眠っているらしい。他には誰もいないらしく、どうしたものかと途方にくれていると、台所口の戸がきしる音がして、「はい」と女の声が私に答えた。うたた寝の親父の頭をまたいでジーンズの娘がかけてきた。私は気押されたようにあとずさりした。誰かに似た娘だ、そう思った瞬間、自分の顔がたぎるようにほてった。中村君に買いあげてもらった、そして庄司が詐取した、あの志功の肉筆にそっくりなのである。

私は手短かに用件を告げたが、なんだかしどろもどろであった。

「お父さん、うるさい」そう言って娘がテレビの音を低めた。そして改めて聞き直すと、おちょぼ口をかわいく引き締めて、遠くを睨《にら》むような目つきをした。

「兄のいる所、案内するわ」玄関におりて、つっかけに片足のせようとして、ふとためらい、座敷に戻って父親の肩をゆすった。「死んでいる！」

「えっ！」

親父の野球帽が音たてて座敷におちたのである。「本当ですか！」

「うそよ」娘は戛々《かつかつ》と笑って、走るように表にでた。シャボンの香りが私の鼻先を、うるんだ香りでよぎった。銭湯の帰りらしい。私と同じ位の背丈なのに、私の倍の歩幅と早さで、どんどん先を歩いていく。私は小走りに走って、なんだか振られた男が未練げに追っていくような恰好《かっこう》で、みっともないったらない。庄司の妹はひと昔前の造りのビルの階段をあがっていった。

二階は撞球場で、三人の男がキューを握って顔を寄せあっていた。いっせいにこちらをふりむいた中に、めざす相手も混っていた。

「本屋さんよ」と妹が庄司を睨みつけ、

「本をくすねたでしょう?」

「人聞きの悪いことを言うない」庄司が妹のおでこをこづき、「よっ」と私に目で挨拶した。

「コーシーを飲みにいこうや」

仲間には何も告げず庄司が部屋を出て、二、三度とびあがって、かぶりをふり、

「なんだろ。今、耳がツーンとして聞えなくなった」

「ポーズつけちゃって」と妹がひやかした。

「るせえ」と庄司が凄んだ。

「おれよ、悪気があってやったんじゃねえんだよ」

喫茶店で庄司がいいわけした。

「おれは、あの、女の絵が、こう変に、なんか好きになっちゃってよ」

「本はどこにある」

「あれ、おれによ、ゆずってくんないか」

「売っ払ったんじゃないだろうね」

「おれ、ほしくてよ。おめえに値段を聞いても邪険だろう?　おれがさ買うよ。金はある。奴に売った値に色をつけるからさ。な、いいだろう?」

「おれの立場がある。先方に返さなくちゃいけないんだ。さきさまは本がほしいんだ」

「そうはいったって儲かるとなれば、誰だって話は別さ」

「あんたのような奴じゃない」

「ちょうだい」と妹が庄司に手を出した。

「なにを？」

「その本よ」

「お前には関係ない」

「ある。わたし泥棒の妹にはなりたくないわ」

「ちょっと待ってくれ。本当なんだ。そりゃやり口は泥棒みたいだけどよ。本当におれ、あの絵がほしかったんだ。いや返すよ。本は持っている。ここに置いてある」

庄司がカウンターの坊ちゃん刈りのマスターに声をかけると、「はい。お預かりの宝物」と布袋を持ってきた。袋には『犯罪幻想』が入っていた。

「ちょっと見せて、その絵」と妹が横取りした。表紙をめくって見入ったが、何も言わなかった。すぐ私に返してよこした。私は思いがけない結末に、むしろ拍子ぬけした。悪い方悪い方となりゆきを追いかけていたのである。

私は本をバッグにしまうと、茶代の伝票をつまんで立ちあがった。次の瞬間、私は相手の頬に平手打ちをくらわせていた。わが事ながら全く予期しない、おのれの腕の動きであったが、それより驚いたのは、平手打ちした相手が、庄司でなく、隣りの妹の方だったことだった。

兄貴はすばやく身をかわしたのである。

「ごめん」私は逆上した。

妹は頬をおさえて、「いいの。気がすんだ?」微笑したが、そのはじけたような瞳から、ぽつりと涙がこぼれた。

「血迷ったみたいだな」と庄司が空笑いした。

「そんなつもりじゃなかったんだ」

「兄が悪いのよ」妹がとりなした。「となれば私だって同罪よ」


てんまつを中村君に報告すると、彼は『犯罪幻想』の肉筆画をつらつら眺めながら、「実をいうとね、俺もこの女の顔に魅せられちまってね。お恥ずかしいが夜中に起きだして、女房に内緒で見入る時がある。すると急に酒が飲みたくなる」

「どれどれ」と私は中村君の手から取りあげ、もっともらしい顔をして見つめたが、しだいにおのれの顔が上気してくるのがわかった。目まいを催したような気分で、墨一色の女の顔が、私を凝視しながらあえかな吐息をもらしたように感じられた。「売ったのがくやまれるなあ」よほど真に迫った言い方だったらしく、中村君があわててひったくり、

「危ない危ない。こいつは今後、門外不出だ。皆、毒されちまう」

ところがそれ以来、花田君のご機嫌がななめなのである。私の顔を見るとすねたように目をそらす。あらぬ方を向いて返事をする。そういう態度をことさらとるのは、庄司の妹が私に電話をよこした時なのである。（お察しの通りあれから私は彼女と「お安くない仲」であった）私には花田君の気持ちが見えるようにわかるので、はなはだ間が悪かった。

彼には一つかふたつ違いの妹がいて、つい先日上京し、彼と同居していた。私に会わせるべく彼がひそかに呼びよせたらしい節がある。彼女が上京した日に私は彼に誘われて、閉店後かれのアパートで初めて対面したが、兄貴に似てひそとした物腰の、しかし年に似あわぬ長《た》けた色気のこぼれる女性であった。どこかで一度会っているような気がしたが、そうじゃなく、庄司の妹にそっくりなのである。いやそれは決して私の僻目《ひがめ》ではなかった。ある日庄司の妹が私の店にとつぜん遊びにきて、そのとき花田君もいたが、彼が、「あっ」といって瓜ふたつにのけぞったくらいだった。その時から彼が私につんけんするようになった。

なんといったらよいだろう。私には花田君の好意がわかりすぎるほどよくわかる。彼の妹も美人で好ましい。けれどもだからといって花田君の思惑通りにならないのが人間であって、それを責めるのはまちがいというものだろう。お義理で男と女が結びつくためしが、絶対ないとは言いきれないが、まあむずかしいだろう。花田君が心中おだやかでないのはわかるが、私に当り散らされても如何ともしがたい。

「あの志功が、そもそもいけないんです」そんな謎のような言葉を吐いて、花田君はまもなく当店の店番をよしてしまった。地質調査の会社に就職がきまった、というのが表向きの理由である。花田君とは疎遠になり、私はもっぱら庄司の妹と仲よしになった。密会にあけくれて商売に身が入らなくなった。

けれどもお互いの誤解から始まったような（一般に皆そうだけれど）この頼りない恋は、やはりつまらぬ誤解がもとで終息してしまった。

千鳥ケ淵でボートを漕ぎながら、私は志功の話をしたのだった。彼女が志功えがく女にそっくりだとほめ、兄貴があの絵をほしがったのは滑稽だ、だって妹のあなたに恋したようなものだ。「近親相姦みたいじゃないか」と言わでものことをしゃべったのである。「ずいぶん無神経な言い方ね」みるみる彼女の表情が翳《かげ》って、それきり口をきかなくなった。私には別に深い意味はなく調子づいただけだったのが、相手は感情をこじらせた。翌日から会ってくれなくなった。下町の女性特有の性格でいこじになると手がつけられなかった。

すべてが面白くなかった。飲んだくれて町をよたっていると花田君と行き合った。彼は水色の背広を着て同色のネクタイを結んでいた。若がえって溌剌《はつらつ》としていた。「太ったじゃないか」別にそうは見えなかったけれど、私は世辞を言った。「そうでしょうか」花田君ははにかんだ。

「その節はすみませんでした。急にやめたりして」

「どうせ閑古鳥の店だ。気にするな。それより飲もうや」

「僕におごらせて下さい」花田君が気負いたった。「今日、給料をもらったんです」

「そいつは豪儀だ。たからせてもらうよ」

花田君はしかし、酒ははなはだ弱いのである。盃ふたつ、みっつで、たちまち他愛なかった。

「本当にご迷惑かけました」

「うるさい。もう、くどいぞ」

「僕はですね、告白しますとね」

「柄にもない。お前、酔っているな」

酔っているのは私かもしれなかった。

「僕はですね、笑わないで下さい。恋を、したのです」

「結構じゃないか。誰が笑うものか。へん。それでどうした」

「実はですね、僕があの、あなたの所をやめたのは本当いいますと、彼女の手前はずかしかったからなんです」

「恥ずかしい？　何がだ」

「正規のですね、ちゃんとしたですね、職をもたないと彼女に軽蔑されるような気がして、それで就職試験を受けたという次第であります」

「お前、今、恥ずかしいと言ったな。古本屋の店員が？」

「彼女に本当のことを言えなかったんです」

「何が恥ずかしいんだ、この野郎」

私はかっとなって思わず花田君の頬を張っていた。突き出しのらっきょうが、勢いでころがった。

「すみません。そんなつもりで言ったんじゃないんです」

「それじゃどんなつもりなんだ。言ってみろ」

「悪酔いしていますよ」

「はぐらかすな。でれでれしやがって。女に、好きです、なんて歯が浮くようなセリフを吐いたんだろう？」吐いたのは私であった。「古本屋がいやだなんてぬかす女、ふっちまえ」そう言う私は振られちまったのである。虫の居所が悪くて、確かに私はどうしようもない酔い方をした。

気がついてみると花田君兄妹の部屋に寝ていたのだ。足もとの方で兄妹が真剣な口調で言いあっていた。私は目がさめたのだが、目をつむって聞くともなし、聞いていた。花田君が妹に結婚をすすめているのだが、妹ががえんじない様子であった。田舎に帰ると親父に殴られると妹が泣いているのである。話の前後がわからないが、いりくんだ事情があるらしい。潮時をみて、私はたったいま眠りからさめたように、空欠伸《あくび》などして起きあがった。

しあっていたのである。

「トイレだ」

「足もと気をつけて下さいよ」と花田君が部屋の電燈をともした。闇の中で、彼らは話しあっていたのである。

「階段あぶないですから、手すりにつかまって、――」「わかった、わかった」

トイレは階下であった。花田君のアパートの階段は、勾配が相当きつく、おまけに照明が頼りなかった。

鎌倉の社長からお声がかかった。考えてみると実に久しぶりの呼び出しで、ほぼ一年ぶりである。ひどくしゃがれた声の電話で、風邪をひいていますね、と私は見舞った。志功のあの本は手元にあるかと社長が問うた。私は中村君とのいきさつを話した。そうか、と答えてそれ以上何も言わなかった。電話を終ったあとで、よそに売ってしまったのはまずかったかしらん、と少々気になった。

花田君に連絡をとると塩梅《あんばい》よく体があいていて、同道してくれることになった。今にもしぶいてきそうなむしあつい日であった。通い馴れた道をなつかしく眺めながら車を走らせた。

社長は風邪ではなかった。どころではなかった。めっきり痩せてしまって、荒い息使いをして床にふしていた。その枕もとにおびただしい量の本が、崩れた石垣のように置かれてあった。

「どうしたんです社長?」どうしたもなかった。社長は、「うう。苦しい」とうめいて、激しくせきこんだ。私とは初対面の夫人が、あわてて社長の背をさすった。

「肝臓と肺を、やられてしまったんです」と奥さんがわけを語った。「この人、酒も煙草もたしなまないのに。一体どういうのでしょう」

「うるさい」と社長があえいだ。私たちは体がかじかんでしまった。黙って座敷の本をたばねはじめた。どう慰めたらよいのか、わからない。社長の切迫した呼吸のみ鳴り響いた。

「肝臓のなおし方、という本があるはずですよ」とはっきりした口調で、ふいに社長が言った。

「その本がまざっていたら、のけて下さい」

「はい」とびっくりして私と花田君が同時に答えた。

しかし本は出てこなかった。しばらくたってまた社長が催促した。「確かにあるはずですよ」と怒ったように強調した。そしていびきのような呻き声をあげ、「うう。苦しい」と悶えた。奥さんが息せききって胸をマッサージした。私たちは早々にすませると、いたたまれなくて、逃げるように暇乞いした。社長所望の本は、とうとう見つからなかった。

私たちは帰りの車中、お互いムッとして、しばらく口をきかなかった。とつぜん車の後輪がパンクした。本を積みすぎたのである。厄介なことになった。道ばたに車を寄せ、さいわい降りそうな様子もないので、本の束を路上におろしはじめた。車体を軽くせねばタイヤ交換ができない。

「あれ？　この本じゃないか？」

例の、社長の本である。

「なんだ。花田君うっかり見のがしたな」

「いや。わざと黙っていたんです」

「どうして？　あんなに社長がせがんでいたのに」

私は花田君を睨《にら》みつけた。花田君は視線を外した。「なんだか社長に酷なようで、

――」

私は鼻白み、本の頁を繰った。肝臓ガンという活字が隠見《いんけん》した。私はそうかそうか、と首をがくがくさせた。

車をさばきながら花田君が、「怒らないで下さい」そう前置きして、

「この間はぼく、古本屋を侮辱したと叱られましたけど、けなすつもりは毛頭なかったんですけど、僕はいやになってしまったんです。僕にはできない商売だと思って」

「あんたの言いたい意味はわかる。あこぎだというのだろう？」

私だって、今日はこたえている。

「一緒にこうして本を買いに、何度もお供させていただきましたけど――」と花田君が続けた。「考えてみますと皆ご主人が亡くなったとかで、――」

「そりゃ僕だっていい気はしないさ。だけど悪いことだろうか」

「いい悪いというより、僕には耐えられないなあ、という気分なんです」

主人をなくしたばかりという家に、花田君と本を引き取りに伺ったことがある。月初めの一日で、何故そんな些細を覚えているかというと、そこの奥さんがカレンダーを破いたからだった。故人の書斎で私たちが本を整理していると、奥さんが、「そう、月が変ったんだわ」とつぶやいて、壁の月めくりカレンダーを破いた。そしてふいに泣きだした。ご主人が新しい月のカレンダーの「絵」を見ずに亡くなった、そうくりごとして激しく泣きじゃくったのである。ひとしきりして、「あんたたち帰って！」とすごい見幕で私たちを追いだした。本を売りたくなくなったとわめいて、とりつく島がなかった。私たちは黙礼してひきあげた。そんなことがあった。

考えてみると花田君の述懐の通りで、彼とは不思議に遺品の整理にでかける時が多かったのである。

「僕には古本屋さんは向かないというのがわかったんです」

「おいおい、シャイロックのように見ていたのか」

古本屋は奪衣婆《だつえば》ではない。自身本が好きで、本をこの世の重宝《ちょうほう》だと思っているからこそ、本を愛した故人の気持ちを生かそうと考える。故人の大切な蔵書を新しい所有者にひき継ぐのが古本屋の役割で、その過程において金銭が動くが、決して不当な利得とは思わない。

「自分がそうだから肩をもつわけじゃないけど、古本屋は大切な商売だと思うよ」

「社長はお金がほしかったんです」と花田君が別のことを言った。

「部屋はがらんどうで、壺だの刀だの剝製だの飾り物が何ひとつありませんでしたもの」

「言いたいことはわかるよ。古本屋は確かに誤解されるし、辛い商売だと思う。売り主にしてみれば、いくらだって金がほしい。こちらがせいいっぱい買取り値をつけても、高く評価してくれたとは思わない。売買とはそういうものさ。どこかで非情にならないと、やっていけない部分がある。そこに痛みを感じるか感じないかで、ビルを構える商売人に飛躍するか、食うだけがせめての小商人で終るかの、違いがでてくるような気がする」

「物を買うってむずかしいですよね」と花田君がうなずいた。

「本来値段のあるわけでもないものを査定するんだから、お互いが納得するはずがないよ。評価の根拠といったって曖昧だしね」

「うさんくさいものですねえ」

「あんたが彼女に古本屋の店員をつとめていると、いばって表明できなかったのも、だからわからないではないさ」

「すみませんでした」

「結局本そのものの評価が人によって揺れ動くから、そこにうろんさが生じるんだろうなあ」

「肝臓のなおし方という本が、今の社長にとってはかけがえのない本であるようなものですね」

「古本屋では百円均一の本だけどね」

私たちが店に到着したとたんに、その社長宅から連絡が入って、社長がさきほどなくなったという。時刻を聞いてみると、ちょうど私たちの車がエンコした頃に当っていた。

あのとき私たちは車からでて、そこが草やぶだったので並んで立ち小便をした。ふたりでひょぐったとたん、枯草の中から蜆《しじみ》のような色と形と大きさの無数の蛾が、灰かぐらのように舞いたった。花田君が、「あっ」と飛びのいて、顔をひきしめてふるえている。

「どうしてこんなにひそんでいるのでしょう?」やがて花田君はそこにしゃがんで嘔吐しはじめた。

「僕は虫はどうも苦手なんです」彼は涙ぐんでいた。

その花田君が自分の嫌いなやつに変身したと思いたくない。しかし生まれたてのようにまっ白の蝶は、ひそと詩集の背なにしがみついてこゆるぎもせず、他の本の白さにまぎれて蝶と見分けがたく、そんなつつましさは、まさに生前の彼を思わせる風情であった。

私は花田君が心残りの詩集をみやげに、思いたって焼香に伺った。アパートには妹がひとりで住んでいた。花田君の事故当時、彼女は田舎に帰っていたのである。彼女は色糸を使ったマクラメ編みというのに没入していた。

葬儀の日彼女は終始すすり泣いていた。野辺の送りは数人の知友によって行われたのだった。ようやく落着きを戻したらしく、愛想を言って頰笑んだ。仏前に手向けてしまうと、私は話題に窮した。花田君の死をむしかえしたくなかった。といって相手が静かすぎて、それ以外を語る雰囲気ではない。大体へやが森閑としすぎるのである。

「お願いがあります」と妹が色糸を器用に縒《よ》りながら、顔をあげないで言った。

「本を、処分したいんです」

花田君のだろうと察したが、「あなたの？」

「押入れいっぱいにあるんです。見ていただけますか？」

そう言って別に立ちあがる様子もないので、私はうなずいて押入れの唐紙を開けた。きちんと積みあげられた本は、いずれも花田君が私の店からアルバイト料がわりに持ち帰ったものであった。私はしばらくそれらを睨んだ。妹が黙りこくっているので息苦しくなり、

「とうとう見えませんでしたね、お葬式に」

「どなたがですか？」

「一章君の、彼女ですよ。いたのでしょう？」

「どうだか」声をたてないで笑った。

「いましたよ、確かに。僕に打ち明けてくれましたもの」

「私のことじゃ、ないんですか」と妹が言った。

私はギョッとして振りかえった。

「あの人、恥ずかしがり屋でしたから、ひとには妹だと紹介していたみたい」

「あなたはすると、――」まさか？「妹じゃないのですか？」

「あの人には、義母に当るみたい」

ひとごとのように言ってのけた。そしてふいに立ちあがってきて私の傍らに身を寄せ、

「この本があの人が一生かけて読んだ全部なんです。一生の量としたら、多い方なのかしら、少ない方なのかしら」

思いつめたように問うので、

「彼はいくつでしたっけ」

「三十八でしたわ」

「三十八？　誰のことです」

「あの人の享年よ」

「一章君の？」

「昭和十年生まれでしたから」

「ばかな！」私より十年も年上だなんて。

「驚かさないで下さい。複雑なわけがありそうですね」

「あの人、ソーメンとか冷麦とか、そんなものしか食べなかったんです。食が細くて、体格のせいもあったでしょうけど、育ちざかりに、食べものでずいぶんつらい思いをしたのでしょうね。高校生のとき、小学生とまちがえられたそうですわ。三十八で、あの人、とうとう女の人を知らないで、死んだんです」

鼻声になって、泣いていた。

「あたしを、妹だと自分で信じようとしていたんですわ。ものごとをきれいに見たかったのでしょうね。若死する人って皆そうみたい」

「僕は、――」うちのめされた思いだった。「てっきり、自分より年下だとばかり、――花田君、なんて、気やすく呼んでしまって、――」

「私だって弟のように見ていましたわ」ふっと笑った。「複雑なんです。何もかも。話せばながいことばかり」

「さしつかえなかったら教えて下さい。彼は、本当に、事故だったのですか？」

妹は、つかのま、口もとをふるわせた。やがて、「あなたもそう思いますか」視線を落した。すぐに口調をかえ、

「でも、いいえ、事故ですわ。だって、――そうでないとしたら、あたし、立場が、――でも、……」

ふっと黙った。

「私にはあの人が何を考えていたのか、さっぱりわからないんです。あまり私を責めないで下さい」

涙をぬぐうと、ことさら明るく、まっすぐ私を見て、言った。

「この本、全部で、おいくらになりますかしら。白御影《みかげ》の、お墓をこしらえてあげたいんです。そうでもしなければ、あの人、この世に生きていたあかし、なんにもない」

「おいくらですか？」切口上で、たたみかけた。

「それは、――」

さきほどまで私はごく軽い気持ちで、いつもの商売の眼で、花田君の蔵書を査定していたのだったが、このとき根底から、その私の眼の正否を問われたような気がした。

押入れいっぱいに詰めこまれた書籍は、灰になってしまった一章君の形見というより、彼の魂の生涯そのものであった。私は、私の知る一章君の、無名で薄幸であった三十八年間を、金額で評価しようというわけであった。


（『無明の蝶』講談社、一九九〇年、所収）

解説　古本屋のことはぜんぶ出久根さんに教わった

南陀楼綾繁

私が出久根達郎さんの『古本綺譚』（新泉社）を読んだのは、それが出た一九八五年の秋だったと思う。

田舎の高校生がどうしてマイナーな出版社の本を手に入れたかというと、新泉社の社長である小汀良久《おばまよしひさ》氏が母校である私の高校に講演に来たことで、社名を覚えていたからだ。

当時の私にとって、『古本綺譚』は宝物のような一冊だった。

種村季弘、荒俣宏、井上ひさしらの古本についてのエッセイを読み、古本屋への憧れを抱いていたが、現実には身の回りには古本屋は存在せず、一度だけ行った神保町の記憶がすべてだった。

そんなときに読んだ同書は、客の立場で書かれた文章とは違い、古本を生活の糧にしている身ならではの生々しさに充ちていた。

日がな一日帳場に座って、客が訪れるのを待つ。あるいは、客の家を訪れて本を買入れる。古本屋にとって本は商品だが、そこには何かしらの思いが付着している。客や同業者も、ただ商売の相手というだけで終わらず、彼らの人生に入り込んでしまう。

同書収録の「お詫びのしるし」は、均一本にとりつかれたSさんの話だ。彼が姿を消したあと、家主の女性が古本屋の店内を見渡して云う。

「こうしてたくさんの本があっても、本屋さんだと別になんでもないのに、これがふつうの人の部屋の中にあると、不気味な感じがするのはなぜでしょうね」

ただのモノであるはずの古本が、誰が手にして、どこに置かれるかで、違う印象を与えるのは、たしかに不思議だ。

セドリ、目録、饅頭本などの業界用語を覚えたのも、同書だった。

上京して、ひんぱんに古本屋に足を運ぶようになってからも、『古書彷徨』『古書法楽』（いずれも新泉社）など出久根さんの本を愛読した。出久根さんの店である高円寺の〈芳雅堂〉にも何度か行ってみたが、上品そうな奥さんが店番をしていてご本人には会えなかった。

そこで、『出久根達郎の古本屋小説集』である。本書は、一九九〇年代までに書かれた「古本屋小説」から選んだアンソロジーだ。

出久根さんは『書宴』という古書目録を発行していたが、そこに載せた文章が編集者の高沢皓司氏の目に留まり、それが『古本綺譚』にまとまった。

「高沢さんは、「古本屋の親父の身辺雑記、と人には言いふらして下さいよ。小説集、と絶対に口をすべらせてはいけませんよ。無名の人間の小説集は売れませんからね」と釘をさした。私は口外しないと約束した」（「親父たち」）

その嘘に見事に引っかかった私は、かなり後まで『古本綺譚』はエッセイ集だと信じていたのだ。

出久根さんは、子どもの頃、投稿マニアだった父の影響で「文字を書く喜びと楽しみ」「文章を読む悦楽と、作る愉快」を知ったという。月島の古本屋に就職してからは、店番の合間に現代小説を読みまくった。目録より前に、小説を書いた経験もあったのかもしれない。

だけど、出久根さんが尊敬して会いに行った井伏鱒二がそうだったように、これは小説、これはエッセイと、区分することにそれほど意味はないのかもしれない。

出久根さんの文章には、ありそうで、なさそうな本がよく出てくる。

たとえば、「そつじながら」の『宗一は語る』は、関東大震災の際、大杉栄とともに虐殺された橘宗一が生き延びて、事件を回顧する体の本だという。そんなアヤシイ本の話を枕に、古本屋がからむ戦時中の事件の真相が語られるのだ。

「書棚の隅っこ」は、売れないまま棚に居座る『貧乏の研究』という本が、古本屋の日常を観察する、『吾輩は猫である』的な作品だ。

古本屋を訪れる人々もまた、ちょっとアヤシイ。

「腹中石」には、全国の古本屋を回ってセドリをする「回し屋」が登場する。良質な本を回してくれる「めりかり」と、辛辣な皮肉屋の「青田」に、主人は翻弄される。「本好きな客は、本であくどくもうけようという人間を許さないからだ」という青田の言葉が刺さる。

「背広」の主人公は、古本を持ち込む屑屋さんの「しんせ」さん。同業も「ツバ」「ヨッちゃん」「ドンマイさん」「シジン」などと無造作に呼ばれている。彼らの間のドタバタ騒ぎに、主人は根気よく付き合う。

市井の人への視線が温かいのは、自らもページの間にひそむ紙魚《しみ》のように、ひっそりと生きる存在だと自覚しているからだろう。

その目は人間だけに向けられているのではない。「猫じゃ猫じゃ」「赤い鳩」「東京駅の蟻」「無明の蝶」などでは、本好きの魂が動物に乗り移る。

「蝶と蝶がしがみついていた本との取りあわせに、私はと胸をつかれたのである。その本は詩集で、花田君が、「近いうちに買いにきますが売れてしまいませんように」と念じた本であった。本は残っているが、花田君は急死してしまったのである」（「無明の蝶」）

本と人との関係を見つめ、ときには余計なお節介をする古本屋は、ハードボイルドの探偵に似ている。実際、紀田順一郎『古本屋探偵の事件簿』（創元推理文庫。今年九月に二分冊で復刊された）やジョン・ダニング『死の蔵書』（ハヤカワ・ミステリ文庫）をはじめ、古本屋の探偵ものには名作が多い。

見たこともない本が出現する古本屋という空間には、外の世界とは違った風が吹いている。そして、その風をまとって古本屋にやって来る人たちは、ちょっと変で、ちょっと温かい。

出久根さんの小説を通して私は、古本屋のことだけでなく、人の生きかたについても教わったという気がしている。

（なんだろう・あやしげ　ライター・編集者）

本書は、ちくま文庫オリジナル編集です。

三島由紀夫レター教室　三島由紀夫
五人の登場人物が巻き起こす様々な出来事を手紙で綴る。恋の告白・借金の申し込み・見舞状等、一風変ったユニークな文例集。（群ようこ）

コーヒーと恋愛　獅子文六
恋愛は甘くてほろ苦い。とある男女が巻き起こす恋模様をコミカルに描く昭和の傑作が、現代の「東京」によみがえる。（曽我部恵一）

七時間半　獅子文六
東京―大阪間が七時間半かかっていた昭和30年代、特急「ちどり」を舞台に乗務員とお客たちのドタバタ劇を描く隠れた名作が遂に甦る。（千野帽子）

青空娘　源氏鶏太
主人公の少女、有子が不遇な境遇から幾多の困難にぶつかりながらも健気にそれを乗り越え希望を手にする日本版シンデレラ・ストーリー。（山内マリコ）

御身　源氏鶏太
矢沢章子は突然の借金返済のため自らの体を売ることを決意する。しかし愛人契約の相手・長谷川との出会いが彼女の人生を動かしてゆく。（寺尾紗穂）

カレーライスの唄　阿川弘之
会社が倒産した！　どうしよう。美味しいカレーライスの店を始めよう。若い男女の恋と失業と起業の奮闘記。昭和娯楽小説の傑作。（平松洋子）

愛についてのデッサン　野呂邦暢　岡崎武志編
夭折の芥川賞作家が古書店を舞台に人間模様を描く「古本青春小説」。古書店の経営や流通など編者ならではの視点による解題を加え初文庫化。

おれたちと大砲　井上ひさし
家代々の尿筒掛、草履取、駕籠持、髪結、馬方、いまだ修業中の彼らは幕末の将軍様を救うべく、奮闘努力、東奔西走。爆笑、必笑の幕末青春グラフティ。

真鍋博のプラネタリウム　真鍋博　星新一
名コンビ真鍋博と星新一。二人の最初の作品『おーい　でてこーい』他、星作品に描かれた挿絵と小説冒頭をまとめた幻の作品集。（真鍋真）

方丈記私記　堀田善衞
中世の酷薄な世相を覚めた眼で見続けた鴨長明。その人間像を自己の戦争体験に照らして語りつつ現代日本文化の深層をつく。巻末対談＝五木寛之

ちくま文庫

出《で》久《く》根《ね》達郎《たつろう》の古本屋《ふるほんや》小説集《しょうせつしゅう》

二〇二三年十一月十日　第一刷発行

著者　出久根達郎（でくね・たつろう）
発行者　喜入冬子
発行所　株式会社　筑摩書房
東京都台東区蔵前二―五―三　〒一一一―八七五五
電話番号　〇三―五六八七―二六〇一（代表）
装幀者　安野光雅
印刷所　中央精版印刷株式会社
製本所　中央精版印刷株式会社

ISBN978-4-480-43916-1　C0193